跨界创意访谈录

凌逾 ——— 著

**Crossover
Creativities**:
Interviews

SPM 南方出版传媒、花城出版社
中国·广州

图书在版编目（CIP）数据

跨界创意访谈录 / 凌逾著. -- 广州：花城出版社，2021.5
ISBN 978-7-5360-9377-5

Ⅰ. ①跨… Ⅱ. ①凌… Ⅲ. ①文艺评论－中国－当代 Ⅳ. ①I206.7

中国版本图书馆CIP数据核字(2021)第030757号

出 版 人：肖延兵
责任编辑：黎　萍　夏显夫
技术编辑：林佳莹
封面设计：仙境设计

书　　名	跨界创意访谈录 KUAJIE CHUANGYI FANGTANLU
出版发行	花城出版社 （广州市环市东路水荫路 11 号）
经　　销	全国新华书店
印　　刷	佛山市迎高彩印有限公司 （佛山市顺德区陈村镇广隆工业区兴业七路9号）
开　　本	880 毫米×1230 毫米　32 开
印　　张	11.125　1 插页
字　　数	280,000 字
版　　次	2021 年 5 月第 1 版　2021 年 5 月第 1 次印刷
定　　价	45.00 元

如发现印装质量问题，请直接与印刷厂联系调换。
购书热线：020－37604658　37602954
花城出版社网站：http://www.fcph.com.cn

本书为华南师范大学审美文化与批判理论研究中心、华南师范大学粤港澳大湾区跨界文化研究中心的研究成果；系国家社会科学基金重大项目"香港文艺期刊资料长编"（项目编号：19ZDA278）、广东省教育厅2017年重大项目"粤港澳大湾区的跨媒介创意研究"（项目编号：2017WZDXM005）之阶段性成果。

目录

一、跨界论

网络时代的跨界写作——少君、凌逾访谈录　　003

冲浪于网络文学潮头——少君、凌逾访谈录　　017

点亮"新古韵"——葛亮、凌逾访谈录　　042

迷宫悬疑哲思小说《写托邦与消失咒》
——潘国灵、凌逾访谈录　　058

二、学术论

赵稀方学术答问录——赵稀方、凌逾等　　079

中国作家的海外"遭遇"——刘俊、凌逾等　　099

现代主义、跨国流动与南洋文学——张松建、凌逾等访谈录　　127

关于海外华文文学的新思考——陈瑞琳、凌逾等　　144

赛博时代的可能世界互动叙事
——中山大学"南方文谈"沙龙，张均、郑焕钊、王瑛、
陈瑜、凌逾等对谈　　156

三、美学论

笔墨跨界舞,故国梦重归——施玮与凌逾等对谈新书《故国宫卷》 177

听香相遇朵拉情——朵拉、凌逾访谈录 208

Footnotes:写画感觉的大书——唐睿、凌逾访谈 222

港派文学大师影像之世与界——凌逾访谈黄劲辉导演实录 249

沙城筑文——凌逾、林兰英论《写托邦与消失咒》改编剧《洞穴剧》 266

四、传播论

斟饮《香港文学》办刊之苦甘——陶然、凌逾、黄丽兰访谈录 281

对话陶然:文学创作与香港文化漫谈——陶然、凌逾等 292

"小而精致,而非大而无当"
——凌逾、霍超群、林兰英向《香港文学》总编辑陶然提问 304

中国芯和中国造如何走向世界——孙博、凌逾等座谈 314

叩应——访谈录后记 343

附录 345

一、跨界论

网络时代的跨界写作
——少君、凌逾访谈录

访谈时间:2018年5月10日

访谈地点:华南师大大学城校区教学楼2-202

少君,经济学与文学双博士,曾就读于中国北京大学、美国德州大学,曾任职于中国经济日报社、美国匹兹堡大学,兼任厦门大学等高校的客座教授。1988年开始网络创作,被誉为华文网络文学的先驱者,在网上留下数百万文字。已出版《人生自白》《爱在他乡的季节》《人在旅途》等50余部书。

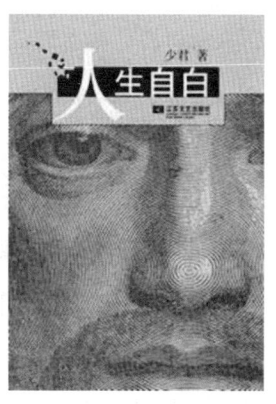

《人生自白》

少君

一、文学与摄影的跨界：静态深思与俯瞰扫描

凌逾：少君老师，您作为网络文学的元老级作家，开疆辟土，拓展了文学新领地，您的作品可读性强，影响了后来的创作者，这是很多人都论述过的话题。我感觉，您的作品其实还有一个重要特色，就是跨界人生经历影响下的跨界写作。我一直想从跨界的角度切入，对您的创作展开研究。目前，我感悟到您的跨界叙事明显体现在文学与摄影之间。有些人的写作是绘画思维的，但我感觉您的写作经常是摄影思维的，一双慧眼很有美感意识。比如说您散文的很多写法是移步换景，好像是摄影家看世界，随着游踪兴之所至，笔之所至，您觉得是这样吗？

少君：我个人从小就爱好摄影，在我那个年代，拥有照相机的家庭很少，我上大学之前就拥有了照相机。但是我在写散文时，其实还是一个理工男的思维方式，尽量不煽情，而给读者更多的画面感和知识感，所以说我在写作时经常掉书袋。但我的描绘有图片感，将我所看的东西尽量呈现出图像的感觉。所以我的散文有一种画面感，但又不是一种视像感觉，而是把动态变成静止的画面去描述。我经常说：做一个好的旅游者，美食、美景、美女是不能错过的。我到一个城市，首先看它的自然风光，然后是它的历史人文。所以经常去看的地方就是它的山水、它的城市、它的酒吧，白天夜晚、过去现在，交叉描绘。这是我写散文"掉书袋"的一个方法，很多人喜欢，也有很多人不喜欢。

凌逾：显然，您的跨界特色得益于新科技时代的媒介变革。您刚才提到的一个很有意思的话题，就是绘画是把动态变成静态的一个过程，

但是电影一般来说是把静态变成动态的。有些人的小说明显是有电影思维的，很有镜头感，比如说李碧华、严歌苓、杜拉斯，但是您的文学作品较少有电影思维，原因是什么呢？

少君：因为第一，我个人对影视作品看的不是很多；第二，我不是影视的爱好者。我很早出国，写作思维还停留在20世纪80年代的纯文学领域。而且我没有经过系统的文学训练，所以我基本上是用摄影的原则来描绘一个故事，一种感觉，把它变成一个静止的画面去欣赏，不让它在镜头里动起来。因为动起来就很难去沉思和细心琢磨画面背后的心灵意味，只有画面静止了，我们才有可能去静静地琢磨思考，静静地回味。

凌逾：所以您的写作是从动到静，然后进入沉思的阶段，哲思的境界？

少君：对。如果是一个动态的镜头，你就得跟着走，就好像我们坐在汽车上，本来是静止的画面，突然让你动起来了，那你得到的是一种暂时的感觉。可是当我们面对静止的画面，比如在黄山顶往下看，静静地观看，那我们又得到另外一种感觉。

凌逾：这样一说，您的散文就更有意思了，跟别人的思维不一样。

少君：我没有经过太多的散文训练，基本上都是大散文。写旅游散文主要是为了让国外读者了解中国城市。

凌逾：要懂得怎样将中国的城市特色推向世界。

少君：成都本地作家可以把成都的每一条街巷、每一个胡同都进行非常细致的描述。但外国人看不懂也不想看，他们是站在这个盆地的顶端往下看，他们只想知道各种各样大块的景色，比如熊猫，比如宽窄巷，知道这些已经够了。

凌逾：新形势下的新散文，面向世界，需要新的视野和角度。

少君：我的是扫描式散文，站在高处往下看的。

凌逾：俯瞰式散文，而且这种写法照顾的受众群体会不一样。

少君：其实主要是照顾外面的人，而不是照顾本土人。因为你写的肯定不是本土，所以是照顾外面的人怎么看成都，吸引外来人，以这种角度写作的人不多。

凌逾：应该是一个新门类，很有开拓意义。

少君：像你所说，我的散文是俯瞰式的而不是仰望式的。

凌逾：不是小思的漫步式的，不是本雅明的浪游式的，不是本土人一辈子生活在此处，一点一滴地去关注街道、店铺、大厦、景观角落，关注细微之处的人性……

少君：我就像一个扫描机，在顶端扫描出成都的几个特点，但是细节并不能呈现。

凌逾：好像无人机在空中俯瞰……

少君：是的，相当于无人机在扫描，它不能看到每条街巷的细节，比如宽窄巷就只是看两条巷子，里面的每个胡同是怎么回事，对外人来说不重要。

凌逾：您的散文很像文化小品，有大量写景笔墨。您说您是理工科思维，但我感觉您的学者散文多是情景交融，很有意境。尤其是您的散文很有美感，善于引用古典诗词，文气盎然，雅致精致。您是如何做到这一点的？

少君：我写散文全凭自己的感受。很多人讲看你的散文和看你的《人生自白》感觉不是同一个人写的，一个俗一个雅。对我而言，《人生自白》的故事可以随意编，而散文不行，散文要写实。

凌逾：散文是您自己真性情的流露。

凌逾：我发现您的散文里面有很多省略号，比如《最忆是杭州》中间部分有很多省略号。沈从文的作品也会用很多的省略号，如小说《八骏图》。您什么时候会用省略号？

少君：我经常会用省略号。第一种是在词不达意或词不达情时，我不知该如何去描述了。第二种是我希望留给读者一些回味的空间。第三种是有些东西不好直面书写的时候。

凌逾：您的小说写人写事，纵横捭阖，无所不包，也更跨界。您的小说经常揭黑幕，抖落出人生华美袍子里的虱子，揭露人性的假、丑、恶。但您的散文却是那么唯美，呈现更多的是美与善。

少君：陈思和曾比较我和余秋雨的散文，认为余秋雨的散文太多的忧愁和怀古，而我的散文是一种"乐游"。我在旅游时不会在意小的事情，例如钱包丢了、护照丢了、迷路找不到地方，都不会影响我的心情。我觉得人生既然在游玩了，就不要让杂事去影响自己。我在旅游中基本是抱着一种特别快乐的心情，我在写的时候自然不会写城市的黑暗和人群的黑暗，尽量不提及。因为任何一个城市都会有黑白两边，那既然我们是"乐游"，就没必要写不快乐的事。

凌逾：这和您的人生态度、人生哲学有关。

少君：旅游的时候就应该展现好的地方，你的目的是让人喜欢这个地方。

凌逾：什么题材放在小说里，什么题材放在散文里，您是如何决定的呢？

少君：我没有任何计划，写小说的时候就不写散文。最早我是写评论的，经济评论、社会评论，那个时候我就没兴趣写小说和散文。写评论的原因是因为稿费,我写作的目的就是挣钱,写小说也是为了挣钱,但是那个时候挣钱目的并不强烈,因为是网络小说。我写网络小说近十年后,有人来找我出书了。

二、人文与科技的跨界

凌逾:您创作时理性和诗性怎么结合呢?

少君:我写作基本是天马行空的。我写旅游散文基本上有一个大架构,先了解这座城市的历史,再了解这个城市的风光、这个城市的日常市井文化,然后再了解城市的夜生活,最后结束时,让大家对这个城市有所思考、回味和怀念。这基本上是我的套路,只是用的典故和诗歌不同,景色不同。

凌逾:感觉就像是一个电脑编程,这跟我们文科佬写东西好像不一样。

凌逾:那您认为什么是跨界呢?

少君:我觉得当你所学的和你所做的不是一个领域的事情,就是跨界。我们讲文学跨界,无论你是医生、工程师,还是建筑工人,当你在写作上去努力的时候,这本身就是跨界。理由也有很多,因为生存,因为爱好,因为形势,因为各种各样的原因。过去历史上也有很多的跨界,这些跨界对当事人来讲可能是一种生存的需要。鲁迅讲:所有的写作行为都是被认可的。我们现在也是这种情况,中国有一大批人是专门从事写作的,其中有一部分人也很成功,比如张翎和严歌苓,她们都把文学当成自己的使命,所以她们在文学创作上很焦灼。而像我们,不是靠文学生活的,所以文学给我们带来的更多是快乐,写作对于我们来说也不是一种负担,而是一种爱好。所以我从来不会因为一个东西琢磨半天写不出来而困扰。我们很幸运,当网络文学兴起的时候,我们在国外,所以成为网络文学的早期人物。换了别人也是一样的结果。像图雅是学数学的,方舟子是学生物的,都是跨界。所以我认为,只要是你本专业以外的创作,都是跨界写作。

凌逾: 我们国内理工科出身的作家有哪一些?

少君: 应该有一些,但不多。

凌逾: 为什么会出现这种情况呢?很奇怪。

少君: 一是环境不同。现在大学毕业生为了生存,为了工作,要养家,要谈恋爱,他们没有心情去进行创作。你让他们在同一时间做很多事情,他们会觉得疯掉了。国外是因为你的孤独,没人打扰你,你可以做任何你想做的事情。二是国内整个生活节奏相对比较慢,大家都在为生存奋斗,很少有人去想自己的个人理想。整个中国社会在过去30年里都在想怎么赚钱。而西方已到了不是想赚钱而想实现自我的阶段。当我们对收入不会有太大的焦虑时,才会有闲情逸致去进行创作。所以这是为什么国外很多人,包括留学生,在进行跨界写作。

凌逾: 智能技术如果用到文学创作里面,您觉得会怎样?

少君: 我觉得这是一个很大的挑战。现在人工智能的诗歌软件发展很好,我觉得再继续研究的话,就可以写出长篇小说了。当有一天AI所写的小说不次于老舍和茅盾的小说后,那我们会提出这样一个问题:作家还有用吗?

凌逾: 就是这个问题。人还有用吗?

少君: 以AI现在发展的程度,可能未来十年,它写的小说比作家写的好。

凌逾：好像已经有电脑编出了电脑小说，只是还没达到大众喜欢的水平而已。

少君：因为人工智能的机器学习还不够深入。如果机器学习到了一定程度，机器可以自我思考时，就可以按照市场的要求去编小说，编故事，甚至要求这部小说的哪一页让人哭，它也能做到。

凌逾：它可以在海量的数据里进行搜索。

少君：随着电脑速度的加快，以前搜索这些词句、段落需要几天，现在可能就几秒钟。

凌逾：作家失业了，老师也失业了，人也失之为人了。

少君：医生都有可能失业。所以AI到底能发展到什么程度？会威胁到人类吗？这个谁都不能断定。但是现在大家知道Alpha Go和深蓝是绝对战胜人类了，这是过去大家都不相信的。所以我今晚的讲座会讲为什么Alpha Go可以战胜人类，我会告诉大家那个小设备里装了多少CPU，上千个，仅仅一个就有差不多3亿次的运算，好几千个是什么概念？每两秒钟可以阅读全中国所有的图书馆，这是人所无法企及的。

凌逾：您跨越了那么多专业，经济、物理、文学、人工智能，那您觉得这些对文学创作有影响吗？

少君：有，肯定有影响。而且每次跨界都不是我自觉的，都是被动的。所以我每次跨界是多少有点心不甘情不愿，并不是主动想跨界。

凌逾：为什么是被动？

少君：工作原因调动，比如我在北大学声学物理，毕业后到清华热能系教书，还没教完一学期，就调到机关工作，然后又到经济日报搞经济，这都是组织调动的，不是我的个人意愿，我没有选择权。在经济日报干得挺好，然后突然被派去出国读书。我的每一步都是别人在督促着我走。好不容易到了匹兹堡大学工作,然后又出来搞商业。每一步都是非自觉性的。我每次在变动的时候,心里都会有波动,很难讲是悲还是喜,但是每一次波动都会产生一些情绪。

凌逾:然后这些情绪都会写到文字里面去?

少君:没有那么直接。只是说有了这些情绪,就有了很多故事可以写。到现在,我的《人生自白》,还有很多人会说:"我就不相信这些情节不是你自己的。"我的读者认为是真的,可是真的不是,这不可能是我的真实生活,但是读者认为就是真的,我觉得这跟我的职业变动有很大的关系,因为我每变动一个职业,就会接触一群新的人,就等于说我多了好几个层次的朋友圈。

凌逾:您的人生何等丰富,认识那么多人,去过那么多地方,经历过那么多事情,您活成了一个传奇,一辈子过了别人几辈子的生活。

少君:其实有比我更传奇的人,但是他们不写东西。

凌逾:您是很难得的跨界写作典范。您的作品文体很齐全,比如说小说、散文、诗歌、杂文、政论,还有纪实文学,现在就差戏剧和影视编剧,几乎就全了。

少君:我在北大曾经写过剧本,但是没有发表,是非常完整的一个剧本。

凌逾:表演了吗?

少君:准备排,但当时话剧团临时改排《哈姆雷特》的剧本,这个就没有排了,但得到了北京人艺梅阡老师很高的赞赏。我大学期间就编过这一剧本,手写的。

三、中外视野的跨界

凌逾：您生活于中国社会历史变革的关键时代，参与了几乎所有的重要关键事件，生存轨迹带着时代的深刻烙印，被深深地嵌入时代，一不小心就成了关键时间节点上的人。您怎么看这种机缘呢？

少君：我觉得这是运气也是命，这是可遇而不可求的东西。比如在中国改革开放的时代——20世纪80年代初期，我正好一毕业就参与了国家30年改革开放的整个策划和争论，还有社会变革的事情，那时是变革的年代，这就是运气。就好像当年父辈参加抗日、解放战争一样，这不是你所期望的，但是就这样遇到了，你变成这个浪潮里面的一分子。所以厦门大学的徐学教授一直希望我以这30年为背景写一部小说，他说因为作家群里没有人像你一样拥有这么深厚的政学背景，很年轻就参与了改革设计。我说这个需要容我想一想。

凌逾：您觉得21世纪前后，我们国家经济实力增强以后，中国人的思维变化是怎样的？

少君：我觉得21世纪中国经济实力增强后，可能民族主义的情绪会稍微降一点。中国人未来最需要的不是奋进，而是宽容和非金钱化。我们现在还有点发展中国家那种急功近利的思想，每个人一睁眼想的都是房子、车子和票子，长此以往，这是一个社会的悲剧。当社会发展到一定程度，这种情绪会淡化。所以我希望，当中国再过10年、20年经济发展后，人文建设开始跟上，现在中国的人文发展还很差。其实高级的社会形态会更多地关注人的思想和信仰。

凌逾：但是不是说美国的人文学科现在发展也不景气，也有点边缘化了吗?

少君:没有。他们是属于知识精英阶层,有自己的圈子,大部分老百姓是不关心文化的,但是从社会来看,整个精英阶层还是很关注文化的,他们主导了整个社会的走向。美国《纽约时报》发行167年了,一直坚持每个星期都公布图书排行榜,你看我们国家的媒体就没有。他们是每个星期都有公布,指导大众读书。每个美国人坐公共汽车或坐飞机都会拿本书阅读。美国家庭每一个月在图书上的开销是近百元美金,而我们国家计算出来是几毛人民币。《纽约时报》每个星期都公布图书排行榜,公布10本书,80%的人都按这个排行榜去买书、看书。美国的书并不便宜的,10块、20块、30块的都有,但买书量很大。

凌逾:欧洲人其实也很喜欢看书。

少君:欧洲现在不如美国。欧洲人在吃社会的福利,更多的人不愿意工作,更多的人什么都不干,就谈谈恋爱、画一些画之类的。所以整个欧洲是在堕落,特别是西班牙和希腊,都已经垮掉了,意大利也是这样。而中国是个奋进的国家,虽然我们经济改变了很多,但是人文没有跟上。经济飞速发展,人文滞后了。你现在拼命跟中国人讲你要发展人文,他们也不会听。只有当钱挣到一定程度的时候,中产阶级变成社会主流的时候,大家才会关注人文。

凌逾:现在学术界已有不少关于您的评论,有六本左右,如《阅读少君》《解读少君》《网络少君》《从东方到西方》《素描少君》等,您想未来的评论最好从什么角度切入呢?

少君:我觉得可能会讨论一种现象,你可以从跨界的角度来讨论这种现象。为什么这一代人可以跨界写作?跨界是从20世纪30年代、40年代郭沫若、老舍、鲁迅这批人开始的。

凌逾：几千年来，中国偶有跨界作品，但没有像现在一样，一大批人自觉跨界，在网络世界里自由跨界，成为潮流。

少君：20世纪30年代、40年代的一批作家几乎都是跨界的，后来就停滞了。然后到了改革开放之后，又开始跨界了。我觉得这是一个值得比较的点。跨界的意义、跨界的原因、跨界的理由、跨界的前景，所以说我觉得你做跨界研究，你就把这个符号放进去。我之所以当作家，是因为之前有杂志请我写东西，再加上思想的活跃度和有发表的园地，有一个不受任何管制，不受编辑控制的网络发表平台，所以造就了我后来越写越想写。如果一开始受挫不能发表，那我就不会再写作了。

凌逾：所以运气好。

少君：也是各种大环境的机遇造成的。

凌逾：您在北美学习工作期间，一不小心就成了网络文学的元老，好像就是当时的网红。

少君：对，每天有30万点击量。当时网民很少，30万点击量很高，相当于现在的300万、3000万，那时候的网络作品太少了。

凌逾：那跟今天的网红比较起来，您觉得差别是什么？

少君：我觉得现在的网红比我们当年要聪明得多，也更加会写了，点击率也高很多。今天的网红是受市场环境影响的，是社会的宠儿。而我们那时候上网的人数很少，这是第一。第二是喜欢看的人也很少，理工科学生不太喜欢看，他们还是喜欢钻研专业技术。第三，当时我们没有受过任何训练，而现在有训练、有炒作、有水军，这些我们都没有。最关键的一点是我们跟他们完全不同，我们当时的"网红"根本不在乎是不是网红，也不在乎点击率，你爱看不看。现在的网红，所有的策划都是为了让点击率升高，让自己变成一个网红。也就是说他们是努力让自己变成网红，而我们正好相反，我们是不知不觉地成为了一种网红。整个理念不一样。我更佩服他们，他们是有目标地生活。

凌逾：您觉得网络文学的标准是什么？怎么样进行经典化确认呢？

少君：网络文学的定义早期是很清楚的。第一是在网络上写作的传统文学方式，第二是用网络语言写，第三就是用网络做载体输送。那现在的网络文学基本上是占据了整个文学阅读80%的空间，80%的文学作品都是网络文学。现在的网络文学没有一个界限，传统文学和网络文学没有什么界限了。因为大部分的作品，包括《芈月传》《甄嬛传》都是从网络文学出来的，所以说你很难把网络文学确定为一种文体。现在所有作家出书之后，都希望放到网上，这也是网络作品。我觉得过度地切割网络文学与传统文学的边界，现在已经不需要了。现在只要是把文学放在网上发表的都可以定义成网络文学。

凌逾：现在有很多经典文学都数字化了。

少君：这也是网络文学的一种。比如说现在的手机阅读，已经成为最大的趋势，手机就是一个载体。

凌逾：作为一个跨界作家，您认为自己创作的特色是什么？

少君：我觉得是随意性，还有就是写实性，没有过多的修饰，比较接近口语。更深入的应该没有，我没想过更深入地去描绘我的世界。很多人会把我当成一种"少君现象"去对待，但我觉得只是说像我这样的作家不多，跨界的不多而已。

凌逾：您在《不读文学》那篇文章里，说文学不如真实的人生精彩，是不是隐含着对文学世界的失望？

少君：失望倒没有，但我更喜欢真实。很多人都说《人生自白》很精彩，那你为什么不写你自己的人生自白呢？我说这一百个人加起来都没有我自己的人生精彩，所以不能写。我一直觉得生活比文学精彩。可能有些人的生活很单调，但是有些人的经历真的是无法书写的。这也是我为什么用那么多省略号的原因。包括我自己，很难去描述我真实的生活，写出来以后大家可能会被吓到。

（研究生刘玲整理）

少君、凌逾访谈：《网络时代的跨界写作——少君访谈录》，《网络文学评论》2018年第3期，总第6期。

冲浪于网络文学潮头
——少君、凌逾访谈录

访谈时地：2016年11月6日，北京，第二届世界华文文学大会暨第十八届世界华文文学国际学术研讨会的会议期间

一、网络文学新变

凌逾：少君老师您一直是身处网络时代潮头浪尖的知名作家。如今，互联网从万人联网又发展到万物联网。时代剧变，您看文学将会产生怎样的变化？

少君：我想主要是因为读者阅读习惯的改变。以前的我们躺在床上看书然后安然入睡，这是一件很幸福的事情。所以过去讲"读万卷书，行万里路"。随着网络的发展，特别是网络文学的发展，大家在慢慢改变阅读习惯。记得在1997年时，我第一次提出网络文学的出现会取代传统书本的阅读习惯，当时所有的作家都不相信。

少君

那次是中国作家协会在泉州华侨大学召开的第一次"北美作家作品研讨

会"，我和於梨华现身说法。当时绝大多数文学研究者、作家和很多著名的评论家都在现场，例如：王蒙、陈忠实、刘登翰、铁凝、赵玫、刘醒龙、叶辛等。他们对网络文学的产生第一表示惊诧，第二觉得它不可能代替书本的阅读习惯。可是到了今天，我们发现，几乎绝大多数年轻人都用手机来看文字的东西。其实网络不但改变了阅读书本的习惯，而且使得读者几乎放弃了书本的阅读方式，而用手机、电脑来阅读所有的东西，包括报纸、杂志、小说、影视等。所有网络文学的阅读习惯造成了今天的E时代产生，E托邦、E阅读、E-communication，一切都可以用网络来解决阅读问题。在这种情况下，我们的文学怎样生存？据我所知，中国一年大概会产生3000部小说，其中，真正让读者看到的小说不会超过100部。也就是说产生这么多文学作品，大多数不会被读者阅读。这不能简单地说都是文学垃圾，作家们很辛苦地把作品写出来，将来怎么让别人去阅读？而写作的目的就是让更多的人阅读。我们知道很多作家的书，基本上除了他自己和他的朋友阅读过之外，没有第三个人去阅读。在这种情况下，文学怎样生存，文学的方向在何处，都有待探讨。我觉得在今天的大数据时代下，怎样谈文学，怎样谈文学的阅读习惯，怎样谈文学的载体，都是我们日后研究的方向。物联网的产生，又开始改变我们的生活方式，传统商店的生存模式被物联网挑战，这又让我们开始考虑改变生活的习惯。

凌逾：那如果大家都不阅读了，网络作品还有什么意义？

少君：正好相反，现在的年轻人都在大量阅读，只不过他们借助网络和手机阅读。

凌逾：也就是说，因为有网络，因此有了更多的阅读。

少君：对。他们在等公交车、坐火车、坐飞机时也会阅读。过去拿本书很沉,很多人不喜欢。

凌逾:那这样会不会导致网络文学更加短小,更加微小化?

少君:我觉得网络文学一开始就非常具有随意性、发泄性的特点,更有随机性和微小性的特征。所以文学作品越来越趋向简单而深刻,即简单的语言却富含深刻的道理。

凌逾:但是这怎么展现作者自己的思想呢?似乎是慢时代才会有思想,在快时代中思想是否会消减?

少君:没有。你看现在盛传的微信段子,其实都很深刻,语言简短却内容深刻。所以说,是微小说、E小说的延续。我们这一代作家要习惯新的阅读习惯,创造出更多更好的作品。要用更简短直白的语言,描绘深刻的故事。所以说,文字阅读习惯的改变要求作家在最短的句子里囊括更大的信息量,这是对作家提出了更高的要求,要求在短小的文字中展现自己的写作水平。

凌逾:您是否赞同20世纪是长篇小说当道的时代,而现在是微型小说、微文化当道的时代?

少君:我不认可。20世纪长篇小说当道,是因为我们没有更多的文学作品可供阅读,并不是说那个时代长篇小说比较发达。其实今天长篇小说的产量和质量更高。

凌逾:也就是说,今天人们还会借助网络来阅读长篇小说?

少君:对,例如《甄嬛传》《芈月传》,它们是长篇小说,后来通过影视改编被大家所熟知,网络下载量也很大。所以不能简单认为19、20世纪是长篇小说当道,而是因为那时读者没有更多的阅读资源,所以长篇小说成了他们汲取文学营养的主要渠道。现在长篇小说的数量和质量并不次于20年前。只是读者已经改变了阅读习惯,他们无法再忍受慢慢谈、慢慢聊，他们需要在最短的时间内通过最短的语句了解作者的意图，了解作品的内容。

凌逾：对，我从凯文·凯利《必然》一书中看到一个新词——"注意力经济"，赢取注意力，是未来经济的关键点。或许文学越来越需要快速地把信息传达出来，以抓取读者的注意力。网络文学如果不再像传统文学那样只有长篇文字，而变成图像式，通过计算机使之图文并茂、视频结合，此类新载体会对网络文学产生新的变化吗？

少君：10年前的网络已经出现了对话、修改、互动、音频等等，经过这么多年的发展，我们可以清楚地看见文字的吸引力更强大。这类网络作品也涉及技术问题。当一篇网络小说有音频、图像、背景音乐等等，它的传输比较慢，所占内存比较大，使得传播速度、传播范围变得缓慢、狭窄。当然有些短小的散文、诗歌，比较适合如此处理。所以，10年以来我们可以发现，文字版即text版的文学更受读者欢迎。

凌逾：那这样的话，网络小说跟传统小说有什么区别呢？

少君：只是阅读方式的区别而已。其实，从全局来看，网络文学并不是标新立异的新文学种类。它实际上是为适应网络阅读习惯而创造的文学作品。它跟传统小说的不同之处在于，传统小说有大量的篇幅，其中夹杂着很多语句，可以慢慢细诉，如描述一个风景就可以用千字的具体语言，而在网络小说中，因为读者快速阅读的习惯，它无法忍受用很长的篇幅去描绘一件事，慢慢讲述。

凌逾：那您觉得新一代的网络作家和老一代的网络作家有差异吗？差异又在哪里？

少君：差异很大。比如说，老一代的网络作家，网络文学前十年都是北美华语网络作家占据天下，他们大多是理工科背景，较少文学素养教育，未经过文学写作训练，错别字连篇，古诗古文读得不多，但他们创造了网络文学这一文体。而现在的年轻人，他们从小得到的信息和受到的教育比老一代好很多，无论是文字功底还是描写形式，还是他们对世界的了解，都比老一辈强很多。比如《甄嬛传》的作者是毕业于中文系很年轻的中学老师，却能写出那么深刻的古代剧。

凌逾：您也看这类电视剧吗？

少君：我有浏览过，没有一集一集地看过。至少她用现代的语言描绘了一个古代的故事，来吸引读者。当然这里面有很多编剧后加工的成分，不一定全部是小说里的呈现。但它的故事至少可以吸引导演去买这本书的版权去拍戏。所以，我觉得现在的年轻人，第一是受教育的水平比老一辈要高很多，第二是他们吸收的文学营养要多很多，第三是他们很多来自于文科，并且对网络文学情有独钟。

凌逾：其实就是，现在的网络文学对技术的依赖更少一些。

少君：少很多。例如，最初三年的网络文学，你不是理工科的学生，你打不开电脑，也无法输入文本，因为那个时候电脑是运用UNIX操作系统。所以现在的网络文学数量和质量都高于老一辈。所以说，80后、90后是可敬的也是可怕的。

凌逾：您觉得可怕在哪里？

少君：可怕之处是，第一，他们实力很雄厚；第二，他们知识很丰厚；第三，他们笔头很快。所以他们基本上把老一代作家淘汰掉了。可敬之处是，他们也很勤奋，网上打字也很辛苦。据我所知，网上的年轻作家们有一年收入上千万元的，比传统作家高很多，同时也意味着他们更勤奋。

凌逾：他们是通过什么来赚钱呢？

少君：点击率。涉及广告问题，商家付钱给网站做广告，网站按点击率付钱给作家。其实在中国作家中，高收入的前十名基本上都是网络作家。例如，作家陈忠实的《白鹿原》很有名，但我相信它的销售量和被阅读率绝对不如网络作家慕容雪村写的《成都，今夜请将我遗忘》。

凌逾：他们的点击率更高？

少君：不单单是点击率，而是因为网络小说的销售量和盗版量更大。最关键的是他们几乎不在乎盗版，因为他们中的大多数不靠此谋生，很多网络作家都有自己的职业，只是用业余时间来写小说。

凌逾：年轻人多用微信写作，这是否更有利于网络文学的传播？

少君：他们目前还是主要在网络上写小说，因为目前微信还没先进到这一步，但这并不影响它们在微信上传播，因为太多年轻人只在手机上看网络小说，他们已经不习惯以传统的方式阅读小说。假如他们一年平均每个人阅读100本书，也许他们可能只会在实体书店买一本书。所以，我们已经不能根据实体书店的销售量，来判断年轻人有没有阅读习惯了。

凌逾：您觉得，只有中国是这样的现状，还是美国也是如此？

少君：国内外都一样。手机阅读、电脑阅读、网络阅读已经成为趋势。

凌逾：也就是说，20世纪80、90年代出生的人已经和60、70年代出生的人有很大的鸿沟了？年青一代属于新人类？

少君：阅读习惯完全不一样。让一个90后拿一本书看，简直是ridiculous（可笑至极、不可思议），这是什么年代了？

凌逾：那假设以后技术更新，图文传播迅速以后，您觉得多媒体和跨媒介的创作会怎样发展？

少君：会有的，例如诗歌、散文等需要配上背景音乐、配上画面，营造美好的景象。

凌逾：但是互动呢？

少君：你是说互动修改、互相讨论吗？这个早期也有，但目前的载体还不够快，所以会占用很大内存。我估计在未来，再过几年这个技术问题解决以后，可能我们会看到一种随时被修改更新的文学作品，甚至可以独家定制的文学作品。

凌逾：也就是说，我们的小说会发生剧变，小说可以互动。

少君：对，我们可以戴上VR阅、听、看……

凌逾：不要VR，VR太辛苦，戴着那设备让人头痛。可以直接就是全息剧场，立体的虚拟影像，然后可以和虚拟人物互动，甚至可以改写这个人物的命运。

少君：当然可以，如果技术能达到。我们戴上VR看小说，那这个小说也是很生动的画面，像是有人在朗诵，阅读体验完全不一样。而且VR可以随时随地播放，就像电影一样。所以说，网络改变了人们的整个阅读习惯。想象一下，我连手机都可以不用看，直接戴着VR看小说，一坐在车上就可以通过VR看小说了，外界的事情与我无关，抑或恐怖小说，抑或电视小说。VR可以延伸到新的领域，电视小说可能因此而盛行。通过VR技术，电视小说的内容加上动画、电影、图片等等，每一个小说的场景都配上画面、音乐场景，你可以想象这种阅读会很舒适。

凌逾：这样会削弱人类的想象力吗？VR技术只呈现了一种可能性，没有多重可能性的存在。传统阅读，人们可以有无穷无尽的想象，但是现在戴上VR……

少君：不会的。这种读书方式就和我们看电影一样，看电影过程中，我们还是会想象的。电影中的某个镜头戛然而止，我们还是会浮想联翩。你要相信人的智慧，还是会有想象力的。

二、网络文学拓荒牛

凌逾：过去人们说，文武双全，已经很厉害了。您自小就喜欢读书、写文、练武，后来又攻读了很多专业，北大声学物理学学士、美国的经济学博士、国内的文学博士，甚至还读了美国的警校，跨度之大，非常人能及，实在了不起。您这多专多能，比人们常说的多才多艺又更进了几层。我很好奇，您觉得所学这些专业有哪些相通的地方？什么时候会发生打通的奇妙感觉？

少君：所有的学习都是努力的结果，这是共性。我从小受到的教育还算完整，虽然也经历过历次政治运动，但似乎对我影响不大。虽然成长在"文化大革命"这样一个动乱的年代，但因为父母工作性质的原因，没有经历太多的苦难。另外，我从小就有一个很好的阅读环境，家里藏书很多，我不仅仅读小说，还会读物理、化学相关的书，书架上有的书我都读，所以我的想象空间比较大。后来读了理工科，是因为父母觉得那个年代要有科学救国的本领，那个时代也认为读物理、数学是最大的荣耀，所以就考去北大学习理工专业。在北大读书时我并没喜欢上文学，而是比较喜欢参与社团活动，例如学生会活动、团委活动等。

在北大读书时，我有一个奇遇。北大每一年都有"五四文学奖"和"五四科技奖"，大三时恰好两个奖的第一名都是我。那一年，我写了《多普勒效应的统一场形式》一文，因为当时物理教科书上的多普勒效应,在光学、电磁学和普通物理学中有不同的公式。当时有个科学家,他是留学法国的博士,也是小居里夫人的最后一个学生,曾担任过中国科技大学副校长,是非常著名的物理化学家。在他的鼓励下,我用了一个暑假的时间,很辛苦地推算出多普勒效应在光学、电磁学和普通物理学上的统一公式。直到前两年,科研领域的人还在问我是怎样推算出这个公式的。这种研究在学生时代是比较突出的,所以那年我获得了北大团委的"五四科技奖"。同一年我也参加了文学奖的比赛,因为我当时的女朋友是中文系的。我在帮她做张恨水的研究,我们找了张恨水的所有同事,包括左笑鸿、邓季惺,还有张恨水的子女,等等。做访谈,也收集那个时代的作家资料。在查阅资料中,我发现自己很喜欢戴望舒的诗歌,那时中国是看不到戴望舒的诗歌的,它属于"封资修"的毒草,是禁书。我托了留学生朋友,在新加坡帮我买了一本戴望舒的诗集。诗歌对我来说是新的领域,但在女朋友的鼓励下,我还是写了一篇文章《论戴望舒的诗歌意象》,投给了京城很多杂志,都不敢登,最后被一家外地的文学杂志选登了。于是我拿它参加北大五四文学比赛,结果拿了一等奖。这也是我当年和文学的一点渊源。

学声学物理却做了记者,后来又被公派出国读经济。我觉得自己年轻时的经历还是很丰富的。上课读书对我来说是比较轻松的事情,自身理解能力比较强,这可能跟天赋有关。在留学期间,我突然觉得自己没有讲中国语言的渠道了。当时的女朋友后来的老婆、孩子、同学、导师,他们都不讲中文,我突然从一个中文世界到了一个英文世界,没有发泄的渠道了。所以我经常会说我的文字,我的网络文学"纯属自慰",自我安慰,这个词虽然有点儿不雅,但是很贴切。我突然发现,在网上写作是一个很好的发泄渠道。为什么呢?第一,不需要邮票钱,那个年代对于留学生来讲，邮票还是很贵的，1毛7分钱。我有很多同学需要彼此交流，有的在欧洲留学，有的在澳大利亚留学，有的在美国，我们交流比较密切。如果经常写信，邮票开支是很多的钱。而那时美国提供给学校的网络是不要钱的，因为网络刚刚兴起，账号那些的都不要钱。所以通过网络，我们可以写一些东西放在自己电脑里，然后text给朋友告诉他可以通过FTP（早期计算机的一种文件传输协议）来阅读我写的东西，那时还没有E-mail。刚开始是写英文的，后来开始写中文的。

最初的网络中文怎么打字呢？中文的编码和英文的编码不一样，中文的编码比英文的差半码，中文打不进去，那时候也没有视窗，只能录入英文，不能录入中文。我们有一个姓魏的中国留学生发明了中文码，每一个中文的字被变成4个编码，然后出来是一个图像。比如说"铁凝"这名字，要编成8个码。在电脑上只能看到编码是看不出来字的，必须用打印机打印出来，成为图像。也就是说我们每天输送的是图像，把汉字当作图像来处理，早期的网络文学是这样的。到1991年，《华夏文摘》成立时，也是没有办法直接用电脑看的，杂志也不可以直接看的，也必须打印下来，因为没有视窗。

凌逾：是说它一打印出来就是文字吗？

少君：不是文字，是图片，输入要用编码打进去，输出时也不是文字。所以写东西很辛苦，造成当时的网络文学都比较短，因为没有那么多精力。到了1993年之后，有了视窗才慢慢改过来，后来很多人发明了中文软件，包括王安电脑公司的中文处理软件、严永新的下里巴人软件。严永新发明了第一代的中文软件，用4个编码输入可以在DOS或视窗里看到中文字，这在当时是非常非常难的发明，他当时是美国莱斯大学的博士研究生。这是一个历史性的突破，有了这个中文软件支撑，我们就可以在电脑上直接打中文字了。

我在网络上写作纯粹是一种发泄,没有任何理由,没有任何文学的期望,而且在此前对文学也不是很有兴趣。但我非常喜欢阅读,我从小读了很多古书,在小学时就把《三国演义》《红楼梦》这些书都看完了,然后开始看明清小说,因为我父母的单位是个保密单位,所以他们的书都没被抄走。当年有很多苏联专家,也留下了大批的苏联文学作品,所以我也看苏联文学,但更喜欢明清小说。

凌逾:那美国小说也看吗?中国那个时候可能没有英美小说,是吗?

少君:那个时候中国不可能有英美小说。我后来能到美国也许还有另外一个原因,我是教会学校毕业的,潞河中学(1867年建立的),是一个比北大还老的学校,它是燕京大学的前身,后来成为燕京大学的主要组成部分。潞河中学在1949年以前叫作协和书院,协和书院是燕京大学的前身,燕京大学是在协和书院基础上成立的。老师有些是新中国成立以后留任的,很多都有留学国外的背景。老师在讲课时会不由自主地讲到巴黎的奶酪好吃、纽约的汉堡包很好吃,给我们描述了西方的很多东西,也给我们看他们过去在国外留学的照片,所以我对西方的向往在中学时代就有了。到了北大,接触到留学生,我有很多好朋友都是留学生,加拿大的、美国的等等,所以就有一种想出去的愿望,但是一直没有机会,直到公派。可是20世纪80年代公派学习是很严格的,要求已婚、党员、35岁以上才可以,我那时候只符合其中的一条,后来因为领导特批还是出去了。出去以后,到了国外的第一眼,感觉这不正是共产主义吗?美国的自选超市就是自己选商品,很符合共产主义教育的各取所需,所以那时对美国印象特别好。但是后来发现,我们突然从研究中国当代经济发展的学者变成了美国普通留学生,这种心理落差还是蛮大的。我大学毕业之后,参与了一系列中国经济改革的研究,例如西部大开发的研究、"七五"规划等等,参与了整个20世纪80年代初期中国改革开放的热潮,可以说是青年得志。我是那个时候在北京最早有摩托车的人(摩托车车牌到现在还保存着),也是属于北京最早配电话和小汽车的那批年轻人,1984年就开自己的专车了。车是公家配给的,那时候私人是不能拥有汽车的,汽油不准私卖,必须有专门的油票到加油站才会给你加油。我的生活一直走在很多人的前面……

凌逾: 所以说是潮头浪尖,快时代好几拍……

少君: 有评论家曾说,当别人想买自行车时,少君已经骑上了摩托车;当别人开始琢磨攒钱买摩托时,少君已经有自己的小汽车了;当别人开始计划买汽车时,少君已经在美国了。所以今天的我,其实运气一直很好,包括被抓进过监狱,我又很好地走出来了,也是运气造成的。我一直觉得自己最好的地方,是思维方式没有太大的拘束,虽然我在体制内待了几年,但对我来说自由自在是更重要的。这是北大人的一个特征吧,即自由比较可贵。在美国大学做研究,后来和一帮志同道合的人在美国做公司,同样运气很好,那公司运行得也很好。后来公司卖掉了,发现自己退休也许更好,但需要干点儿其他的事情,于是又开始重新拾起文学。所以1999年底退休之后到现在,也写了差不多50本书了。

凌逾: 那您是退休以后才开始写书?

少君: 对,我之前没有写过书,只有一些零散的网络文学,像《人生自白》的一部分,是退休之前写的,但散文全是退休以后写的。我本来没有计划写任何东西,《人生自白》也是很偶然的写作。虽然在网络上写了很多,从1988年开始写,断断续续,后来被当时几乎所有的网络媒体转载,也包括一些报章杂志,如《中国青年》《人民日报》等等。

到了1994年的时候，我住在达拉斯，达拉斯有家报纸叫作《达拉斯新闻》，它是香港人办的报纸。这家报社看中了我的文章，要求我每星期在这个报纸上登一篇，每周报纸有一个整版都是我的文章。你知道，在美国报纸给你登整版的内容，不打广告是很浪费的。我想好吧，反正前几期也不用我现写，报社可以转登我在网上写的东西。大概登了20篇左右，网络文学稿没有了，我自己也没写新的，报社打电话给我说："读者都在抗议，你怎么突然停登了？"我说："这么严重啊！"为了不得罪老板和读者我必须马上写，所以此后一年半的时间，把后面的写完了。其实《人生自白》最后写成的有110多篇，但真正成书的一共有100篇，是为了好听，刚开始书名是《人生百态》。大陆出了两版，江苏文艺出版社、九州出版社各出了一版，可能还要再版。

凌逾：那这部书算是您的处女作吗？或者说是成名作？

少君：基本上算是我的处女作，也是目前的代表作。但是我个人觉得自己的散文写得更好，散文比较真实。

凌逾：散文更真实，那诗歌呢？

少君：诗歌，我不觉得我是诗人，我离开北大就没有再写过诗。

凌逾：散文最好，小说其次，然后是诗歌？

少君：但是在其他人眼里，《人生自白》最好，好像无法超越。其实我还写过长篇小说，叫《少年偷渡犯》。这个版权被长春电影制片厂买走了，准备拍成电影。

为了写这部小说，我找了很多蛇头，去他们家里收集素材，不是直接访谈，而是通过吃喝玩乐喝酒聊天，得到一手材料，他们还给我看他们的偷渡合同。后来，我有个朋友是美国移民局副局长，他是我的老美酒友，他质疑：为什么中国来的人都很年轻呢？我回答说，没办法，因为美国对青少年的政策非常宽容，偷渡了被抓，不能把他们遣送回去，要负责供养他们，供他们上学，给他们吃。今天想吃麦当劳就从监狱里带他出来吃麦当劳，在监狱里要上各种各样的课。

凌逾：偷渡者是钻了这个空子？

少君：是，为了保证青少年的利益，18岁以前即使偷渡也不能送回本国，18岁以后就被亲友保释出去了。通常这些小孩儿都会撒谎说是政治避难，说自己的妈妈如何被残害了，坐飞机或者轮船来到美国之前，把所有的护照撕掉了。

凌逾：这本书在中国大陆有发行吗？

少君：有发行，中国青年出版社出版的这本书。所以我写的那些东西大部分都是退休之后写的。退休之后我主要在旅行，旅行之余，有时候会写点东西。其实我写什么东西从来没有想过要给谁出版，基本上都是出版社要的。像一些有名的出版社找过我，也提出一些我认为不太合理的要求，比如让我买一千本书等，都被我拒绝了。我说我写的要放网上的，也用不着出版。有很多机构，权威的机构，包括某个杂志或者报纸要开个发布会，你需要赞助一点，我也都一口拒绝了。任何一个出版社要求我参加签名售书，我一律拒绝，从来不参加，而且每个出版社都会提出类似的要求。

凌逾：那您为什么拒绝？不想参加，不想成名？

少君：不是不想成名，我觉得这跟我无关，卖书是你的事情。我写书你付我稿费对不对？

凌逾：就是已经得到了您所得到的东西。

少君：对对。就像他们买我的版权，至于拍不拍跟我有什么关系？现在很多影视公司买了版权，天天在愁到底拍不拍呀，对不对？所以跟我没关系。我是个不靠文学生存的人,所以我一直跟人讲我是文学玩票的人。就跟你喜欢打乒乓球一样,喜欢散步一样。这只是我的一个爱好,不是我的一个职业。

凌逾:非常好的一个状态……

少君:对,所以他们说我不为稻粱而谋。江苏文艺出版社有个总编室主任卞宁坚,他写过一篇评论很不错,题目叫《初识少君》。他是南京大学1977级中文系的。

三、跨界无边

凌逾:我觉得,对您而言,网络世界,云游世界,是您生命中的两大重要主题。

少君:我觉得如果要写的话,可以写少君是一个游走于世界的人,无论是网络世界还是现实世界,不停地在行走。这个行走其实可以概括我为什么换不同的职业,而且换得比较顺利,就是我已经行走自如了。

凌逾:其实就是跨界无边,无界高手。

少君:对,就是跨界,一个人可以有很多种活法。就好像他们讲少君不是一个人,意思是他是三个人,物理学的少君,经济学的少君,文学的少君。

凌逾:就是您一个人活了别人几辈子的经历。

少君:这个需要很多条件。比如说,我如果是天天为生存而生活的人,就不可能退休去旅游。我在欧洲、澳洲旅行的状态就是完全享受,因为不用考虑别的问题,如机票、旅费等都是小钱。比如说我想改行,比如大家开个会成立个公司每人投资,那我也可以考虑,变成一个企业家。

凌逾：所以您可以随时地变形。

少君：对，有这个可能。但我有一个宗旨就是，所有这些事情都不能影响我旅行。

凌逾：最重要的是旅行。

少君：旅行的目的是看更多的世界，就是我希望我能在有限的生命中看更多的世界，见更多的人，这是我的一个人生宗旨，是我从小的一个梦想。其实退休这件事情，是我在中学就告诉自己的。

凌逾：您当时就设定好了四十岁一定要退休？

少君：没有那么准确。我跟你讲，我父母很年轻时就工作了。像我父亲，从十四岁就开始当兵了。他们都是没有自我的一个人生，就是经常会失踪好几个月，没了，去工作或者做实验去了，不告诉你任何事情。他们的一生都给了国家。没错，"两弹一星"他们贡献很大，他们得了奖章，但他们没有自己的人生。他们去过很多地方，却从来没去过这个地方的景点，下飞机去工作，工作完走人。他们走过的城市很多，但他们没有玩，他们觉得玩是浪费生命，这是第一。第二是他们没怎么吃过美食，吃饭的目的就是单纯地填饱肚子，继续工作。

凌逾：但您在游玩的过程中，反而成就了您自己。

少君：其实，如果我能坐下来，我能写更多东西，可以写得更好……

凌逾：……得失……（笑）

少君：我相信我未来的几个小说，如果静下来，哪儿都不走了，肯定能写好。

凌逾：比如跑到修道院什么的……香港的也斯就是这样的，他为了完成长篇小说《后殖民食物与爱情》，特意跑到法国修道院修炼很长时间，在不讲爱情和饮食的地方，写爱情和饮食的故事。

少君：那我倒没有，我倒没有那么大的决心。我是觉得我写一部长篇应该用两个多月的时间，我肚子里其实有很多故事。我也给国内一些杂志写专栏，因为稿费特别高才写，就是总有些诱惑。所以别人问我写作目的是什么，我就说是为了钱。

凌逾：那还是为稻粱谋啊。

少君：不是，体现我的价值嘛。

凌逾：那您跟别人不一样，别人是为了生存的稻粱谋，您是为了价值的稻粱谋。

少君：我挣钱都可以捐出去，我会捐很多，而且我已经捐出去过，我捐给过大学，也捐助过两个小学。

凌逾：您证明了自己是个有能力的人。

少君：对，我是认为付出了就应该得到回报，除非我心甘情愿说文章捐给你了。所以我觉得人生你要活出你的价值，你可以体验各种价值。

凌逾：美国很多作家有创意写作工作坊，您有参加过培训学习吗？例如很多华文作家都参加过聂华苓夫妇主持的爱荷华大学的创意写作工作坊，那里培养了一批名家。

少君：从来没有，有些人怀疑我后面有一支团队，因为产量太多了。我跟他们讲，其实产量并不多，因为很多出版社把我以前的文章重新组合出版，并不是每篇都是新文章。比如《人生自白》就出版了四版，就是四个不同的出版社出的，我不知道他们之间是怎么谈版权的。但这些我都不管，怎么出版、封面设计都是他们决定，我从来不关心。

他们爱怎么样怎么样,跟我没关系。

四、全新的留学文风

凌逾:您作品里有许多神来之笔,比如说《失去记忆的北京》,"在北京的深秋里,我感到自己好像一个寻找宾语的动词,努力想让过眼的一切转换成语句留在记忆的深处"(选自《怀念母亲》第164页)。

少君:那是我太老了?(笑)……因为我很年轻时,二十多岁时就离开中国了,北京给我的记忆就是二环以里,其余都是农村。所以我很怀念我青少年时代的北京印象。现在每次回来北京,老觉得,第一,北京不认识了,破坏了很多古迹,牌坊什么的都拆没了;第二,我连坐出租车,司机都问我这路怎么走,我说你不是北京的?他说不是。就是整个北京对我来讲是一个失去记忆的北京。我发现中国的城市,北京、广州、上海,越来越像,没有自己的个性了。上海还有一些个性,北京没有了,深圳也没有。我觉得,欧洲那么多古城,它们几十年几百年都没有改造过,他们照样活得很好,我们的城市为什么一定要改造呢?我们完全可以建一个新城嘛,把老城留下来,对不对?所以我在写的时候,北京市某些领导看后就说,你这样说就不对了,我说这确实是实话实说,该说的话还没说呢。

凌逾:我是觉得您的文字经常会有很诗性的感觉,就像刚才念的句子:"好像一个寻找宾语的动词",很诗意的,只有您自己想得到的,跟别人不一样的东西。

少君:我觉得我的语言流露是自然而然的……就是天生的,因为我没有接受过文学训练。我经常会写错别字,感谢电脑可以纠正错别字,就是打这些字不对时,可以用电脑补救。但是我口语中经常说这些错别字,因为我小学没怎么上过,"文革"期间嘛,所以我的古文和文学功底都很差。

凌逾:但是您看了很多书……

少君:我后来看了很多书。所以我说我是非常大的矛盾体,我不能代表很多人,我甚至不能代表与我同时代的人,但我至少能代表我自己。我觉得我的人生价值,对我来讲,我还是比较满意的。我对我的人生基本上没有后悔过,包括我不停地转行。很多人说,如果你不出国的话,现在至少是副部长了,因为同级的干部都是这样的位置了。我跟他们说,我如果不出国的话,很有可能就那个了。任何事情都要同时往两边想,对不对?

凌逾:我想问您一个文风和格调的问题,百年前留日派鲁迅、郁达夫等,他们也在异国他乡流浪过,但是他们好像没有在日本找到一个立足点,笔端总是比较忧郁,比较怨天尤人。中国现代文学很多著名作家的处女作,如《狂人日记》《沉沦》等,多数都写"幻、狂、死"。但是百年以后的留学生好像自信很多。尤其像您的第一篇作品,命名为《奋斗与平等》。鲁迅、郁达夫、郭沫若多数是弃医从文或者弃经济从文,您好像自己也行走在多个行业上……

少君:但我从来没弃过,没放弃过。我同时在兼顾着。这点我跟他们不同。

凌逾:对对,您做到了前辈没有做到的事情。您跟现代作家的格调也不太一样。您和当代京派作家也不太一样,虽然你们都有很浓郁的京腔京调,根脉很深,但是您又没有玩世不恭感,而更多积极、乐观、阳光的因素,类似西方人的姿态。您是怎么理解现代作家和当代作家的这些差异呢？

少君：我觉得是这样的，因为时代不同了，他们那一代出去，对中国抱持一种幻灭的思想，是为了改变中国、寻求良策出去的，他们当时出去，是不得已去学习日本明治维新的理念，试图回来改造中国。但他们到了国外后，发现他们差得太远了，他们无法融入日本社会。他们只是在日本学习东西，回来宣扬新文化，但他们在国外没有真正地进入主流社会。所以他们回来以后，写的是《狂人日记》《沉沦》。他们对于整个留学生活持一种幻灭思想，而回到中国后，发现这还是无法扶起的顽固社会，他们在国外所学的用不上。所以他们两边都是幻灭，他们无法改变这个社会。我觉得我们不一样。我们出去的时候，中国在改革开放，西方对中国而言，像新鲜的海水一样，我们就像干的海绵一样去汲取。我们没有那种幻灭感，我们发现这么多好东西，拼命地吸取，试图武装自己。但我们没有想过回来试图改造中国，只是想让自己的生活变得更好，这一点和他们不同。那时候他们几乎都不肯留在国外，当时国外也没有现在这种移民政策。而我们这一代是不停地让自己丰满起来，我们的理念是，只有我们每个个体丰满，整个群体才会强大，国家才会强大。这是我们和他们老一辈作家的不同，所以他们弃医、弃政、弃科技，回来做作家，他们放弃他们所学的东西。我们一样地著书但绝不放弃所学，就是说喜新不厌旧，所以我现在跟别人讲我很传统，从来都是喜新不厌旧。

第二就是因为我们没有试图回国改变中国社会的抱负和理念，所以我们可以很自由地、放松地吸取西方社会的养分，而且很快让自己融入这个主流社会，变成他们社会中的一分子。这样我们的心态很健康，所以我们在旅行、写作过程中很阳光，因为我觉得人生就是一个乐旅，不是苦旅。陈思和曾经写过一篇评论，写我和余秋雨的关系，在香港《明报月刊》上登过。他说，读少君的游记，就是充满了幸福和快乐，垂涎三尺的感觉；读余秋雨的游记，比较苦，常常要思索几千年。他说两个都是很好的散文家，但是我更喜欢少君的乐旅，他说人生很短暂，为什么不欢乐一点？陈思和有一个博士生，叫罗四鸰，她好像曾经做过《文学报》的编辑部主任，她写过一篇论文，题目就叫"论少君的乐旅与余秋雨的苦旅"。

人生很短暂，得到的、获取的、感受的价值越大，人生过得就越有意义，并不是做很高的官就有意义。古代人讲人生一世，当有三立：立德、立功、立言。立功，我年轻时离开了故土，功肯定立不了；立德也不可能，大德对我太遥远了；立言，我尽量争取做到，这也是为什么我拼命书写的原因。我觉得最起码占一项嘛，否则三项都不占的话，太愧对自己的人生了。所以在旅游中我很少看到黑暗面，即使偶尔看到，也从来不去在乎这个，比如路上被骗了，被坑了，或者飞机晚点了，我从来不上心。如果说航班晚点八个小时，我立马拿出一本书或者手机开始阅读。上了飞机，如果是经济舱，不提供任何饮料、开水，别人就开始大骂，我又开始读自己的书了。

凌逾：所以您对时间把握得特别好。

少君：对，我对自己的时间抓得特别紧。这是第一。第二，我对很多事情都很坦然，我觉得人生没有过不去的坎，退一步海阔天空嘛，什么事都不要太计较，太计较的人是自己给自己找痛苦。

凌逾：那您对成功的定义是什么？

少君：快乐，我对成功的定义是快乐。我要好的同学之一做了政府领导，我觉得他也不是很快乐。你让我去做，我未必喜欢，当然我做不到是另外一回事。所以我说人生最成功的定义就是有好多朋友，在我的笔记本里能称之为好朋友的应该超过四位数字。好朋友就是打电话说我需要一万块钱，他会立刻汇款。金钱不是万能，但可以考验朋友，考验是不是真朋友。你不信现在就发短信给所有朋友，说我现在需要一万块钱，帮一下忙，汇来的都是好朋友。这只是鉴定方法之一，当然你要一百万元没几个人能拿得起。其实在关键时候，你会觉得平时和你来往不多，但关系最铁的也是最慷慨的。我的朋友大部分是我在年轻的时候交的，当时由于家庭的原因，我家境比较好。举个例子，我在北大读书的时候，我们那时候一共有补助十四块钱，五块钱是买牙膏、牙刷、课本、笔记本、钢笔什么的，九块钱是给你饭票，所以拿到手里只有五块钱。所有学生都有这笔钱，他们叫助学金，大部分学生只靠这些钱读书。到食堂饭你不能选，给你啥饭你吃啥饭。我们的老师、教授的工资大概是五十六块钱，最多七十块钱。而我那时候的生活费，家里给我五十块钱，再加上那十四块钱，我的生活费很高，比有些老师一个月工资都高。这是第一。第二，我当时经常给香港一些杂志写稿。

凌逾：您大学时候已经开始写稿了？

少君：对，那时候就写稿，《七十年代》《八十年代》，一稿就是一两百块钱人民币。

凌逾：那您那个时候就已经是"富翁"了。

少君：应该算是，我基本不在食堂吃饭，我常在外面餐厅吃，那时的饭菜也很便宜。所以那时候碰到人很容易相交，我就维系了很多朋友。他们许多来自农村，来自外地，过年过节没有地方吃饭，没有地方住，我就把他们带回家去吃。然后他们在困难的时候偶尔需要十块钱二十块钱，因为我没有负担，我就毫不犹豫地给他们了。

凌逾：那就是及时雨，慷慨解囊，非常义气……

少君：慷慨是交友的一个必要条件，当时大部分吃饭是我买单，这也是维系朋友的一个办法。我经常给我孩子讲，做人不要太小气，你不知道二十年或者三十年后，他会不会混得比你更好。这是我的人生经验，就是说，当你有条件的时候，你要慷慨，就像在四川汶川地震之前，我就开始捐助彭州的小学，那时候没有太多的钱。

凌逾：您是在2008年地震捐助的，还是之前？

少君：更早，大地震之前很多年。

凌逾：是无名的捐赠？

少君：有名，但是当地的采访都被我拒绝了。在20世纪90年代中期，我还赞助海外华文文学研究会十万块钱，那个时候十万块钱相当于现在两百万元的价值。那时候人民文学出版社说你能不能赞助两万块钱，我们出你一系列书，我说对不起，我不赞助。

凌逾：这个反而不赞助？

少君：所以我说，在一个人有能力的时候，慷慨一点没有关系，但要用在点上。

五、成就与影响

凌逾：您已经写了50多本书，可谓著作等身。您觉得自身的文学特色是什么？

少君：我的文学特色，以《人生自白》为例，基本上是在很简短的语言里面涵括很大的信息量，这是我最大的特色。第二就是，文字比较简练。简练有褒义有贬义，简练到没有文学修养，但是比较直白，这就是为什么《人生自白》受欢迎的原因。第三就是,毕竟我做过记者,就是在描写手法中,我经常把小说写成报告文学的感觉,也像纪实小说。

凌逾:好像非虚构一样。

少君:对。再一个我的散文特色就是掉书袋比较多,我比较敢掉书袋。我知道这是散文一大忌,但我是理工科出身,我老想读者在我的文章中能得到更多的信息,而不是更多的抒情,就是感动之余,了解更多的细节。所以我的散文,特别是旅游散文,掉书袋特别多。我想这是我的缺点也是我的优点吧,喜欢的人就喜欢,不喜欢的人就不喜欢。

凌逾:您善于写人,善于写景,善于与人沟通,善于活学活用……

少君:善于写历史。我比较喜欢写历史,所以在一个城市的描述里我会花很多篇幅写历史。其实卞宁坚那篇评论写得挺好,他说少君把散文最大的一个忌讳给用活了,他说学文学的人知道散文是不能掉书袋的,但是少君偏偏掉书袋,每篇都掉书袋,但是读起来还很可爱。他是老三届的,功底非常扎实。我的语言特色就是,在下笔的时候没有那么多框框。我没有经过文学的训练,所以我写的时候,没有想到读者怎么想。再一个信息量大的原因是因为我涉猎多学科,所以我会写到许多别人看不到的资料。别人想不到,我写一句,我会想很多。比如谈到一个理工科的词一个物理上的词,我会立刻想起来,这是我的理工科训练的背景造成的。

凌逾:可以说您不需要想——"我这个写起来像不像文学",完全不需要这个顾忌。

少君:对对。这是我的好处。

凌逾:有点像孙悟空那种……

少君:你可以那么说,但是没那么高精深。你可以那么讲,恣意妄为，就是说没有文学的框架。我写东西，不会写长篇大论，也不需要打草稿，从来不写一个大纲，我没有这个习惯，走到哪儿写到哪儿。你爱看不看，我就这么写，反正我在网上发，我的作品基本都先在网上发。

凌逾：您作品外译的情况怎么样？

少君：外译方面，《阅读成都》翻译了五种文字，《人生自白》大概翻译成三种，日文和韩文，英文到现在翻了十年还没翻译完呢。

凌逾：为什么呢？

少君：是一个美国汉学家……

凌逾：噢，他太忙了。他找的您？

少君：他告诉我想翻译，说想让学生参与一起翻译，但一直没有完成。我懒得催，跟我没关系，爱翻不翻。那个韩文版译者许世旭你知道吗？

凌逾：噢，好像已经仙逝了……

少君：他是我好朋友。然后日文版的是一个叫西仓的翻译的。这是《人生自白》的三种，那《阅读成都》翻了五种语言：法文、英文、西班牙文、俄文和德文。据我所知就这样。

凌逾：好，很了不起！您的口才相当了得，滔滔不绝，口若悬河，让人惊叹。今天的访谈，我的收获很大。祝您在网络世界的立言路上越走越宽广，越写越丰硕。

（研究生马紫田整理，少君、凌逾审订）

少君、凌逾访谈：《冲浪于网络文学潮头——少君与凌逾访谈录》，《网络文学评论》2017年第2期，第179~188页。美国《亚省时报》22版B2文学栏目连载五期，2017年3月10日第1094期至4月7日第1098期。

点亮"新古韵"
——葛亮、凌逾访谈录

访谈时间:2016年11月7日,北京,第二届世界华文文学大会暨第十八届世界华文文学国际学术研讨会的会议期间

葛亮,1978年出生,原籍南京,现居香港。哲学博士,毕业于香港大学中文系。现任香港浸会大学副教授。文字发表于海峡两岸暨香港。著有长篇小说《朱雀》,小说集《七声》《谜鸦》《浣熊》《戏年》《相忘江湖的鱼》,文化随笔《绘色》等。2016年8月出版首部散文集《小山河》,10月出版南北书之《朱雀》《北鸢》。

葛亮

一、锻造"新古韵小说"

凌逾:最近,葛亮兄在海峡两岸出版的长篇小说《北鸢》非常热销,读者反响很好,获奖多多,囊括海峡两岸暨香港的各类大奖,如入选"亚洲周刊2015年度十大小说"。热烈祝贺!我们的访谈先从一个

《北鸢》

《绘色》

小问题开始吧。你的很多书都用两个字做标题，如《朱雀》《北鸢》《七声》《谜鸦》《浣熊》《戏年》《绘色》……为什么喜欢两字题目？

葛亮：这涉及语言或者文字的审美感问题，想要求简洁。我相信，中国汉语言表达能力有一个层面非常重要，就是所谓的"言未尽而意已达"，越精练的东西从某种意义上来说，其含义会越丰富，能给人留下更大的想象和诠释的空间。所以在取书名和章节取名这些事情上，我个人非常倾向于"节制"。这种节制从某种意义上来说，也是一种自我表达欲望的克制。当你有这样一种表达欲望克制的时候，你对语言本身的选取就会更加审慎，留给读者诠释的空间（想象力）会更丰富。

凌逾：非常好，这样的意念，正好跟我界定大著《北鸢》为"新古韵小说"[①]是承接的。其实你小说里有一种复古的倾向，或许是五四以后的白话文太白了，你想重回文言文阶段，重新找回古文的美感意识，通过一个字一个词……

---

① 凌逾：《开拓"新古韵小说"——〈北鸢〉的复古与新变》，《南方文坛》，2017年第1期；《光明日报》，2016年11月14日13版"文艺评论"。

葛亮：其实也不能说是文言文的阶段，而是说其实就是我们中国的一种语言传统。

凌逾：对，文言文传统其实很优美、古雅。弃绝文言文，就像是泼小孩的洗澡水，把小孩也给泼掉了，其实应该把古语的精髓留下来。

葛亮：五四作为一个很重要的运动……当然了，也可以把它当作是一种革命。同时，随之而来的新文化运动，包括白话文运动，实际上从某种程度上来说也改变了我们中国传统的语言生态。从某种意义上来讲，它这种改变是一体两面的东西。当然了，创造另外一个语言系统，也许更加有利于它在所谓一般民众当中的传播，但是中文本身的美感，以及语体当中带有的节奏和语感，也会因为这种革命或所谓不破不立的语言建构体系而随之剥落。我在这个小说里实际上是希望能在语言系统的重拾方面做一点自己微薄的努力吧。

凌逾：实际上就像是一种语言的复古。

葛亮：对，也就是重新回到那个现场。

凌逾：就像文艺复兴一样，复兴古希腊罗马文化。

葛亮：起码回归到一个比较古典的、古雅的语言系统或说是文学现

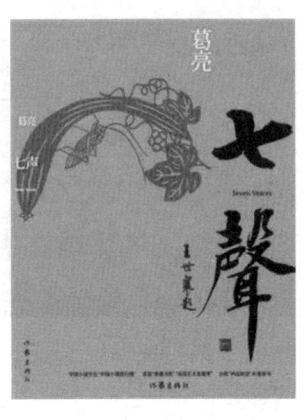

《七声》

《朱雀》

场当中。

凌逾：所以说，两字标题其实渗透出你一贯的文学主张和潜意识。

葛亮：对，其实这些两个字的标题，其背后还是有一些出典的。它本身也象征着书名背后能够意涵到的和书相关的或是和小说主题相关的意象……

凌逾：就是想把整本书的东西都凝结在这些字词上。这花费了你很多的心思吧？

葛亮：对。《朱雀》实际上就是对整个城市的一种比较到位的概括。因为从实际上来讲，以前南京二十四航最大的一座浮桥就是朱雀桁。所谓"南朱雀"这种意象非常能够概括这个城市的气韵。它是轻灵的，甚至有点飘零的。同时我们也能感受到，它隐隐之中包含了一点哀伤的倾向在里面。像《北鸢》也是一样，它实际上是来自曹雪芹先生另外一个不太为人所知的作品，就是那个《废艺斋集稿》里面的《南鹞北鸢考工志》。实际上这个出典本身从某种意义上来说已经代表了我对这个小说建构的倾向。它不见得是很主流的东西。像曹雪芹这些人，并不那么简单，实际上我非常佩服曹雪芹先生，他博学于文。像在《北鸢》这个作品里我有很多格物的成分。从某种意义上来讲，曹雪芹作为一个文学家，

《小山河》

在精神方面给我很多感染。但毕竟他和我，无论是创作语境还是题材的语境都大不一样，所以我还是希望能够保持自己在小说情节和主题建构系统上的独立性。

凌逾：是向曹雪芹致敬？

葛亮：应该说，我是向传统致敬。

凌逾：其实，你除了两字标题，也有多字标题，如《相忘江湖的鱼》《小山河》？

葛亮：其实《小山河》原题也是两个字，后来编辑改为这个标题，说更贴近大众，也挺好的。

二、畅想"中国三部曲"

凌逾：你已经写了一部《北鸢》，那你会不会创作一部南书？

葛亮：不会了，因为《朱雀》本身就是南书了，两者是相互呼应的。"中国三部曲"的第三部，我会放在一个更大的语境里，和西方对接的语境里面。因为现在南北书这个概念，本身是南中国和北中国两套地域和文化系统的对话。到了第三部，我可能会把整个中国文化甚至是东方文化精神作为一个主体，来和所谓的异文化语境进行观照。比方说，与西方的语境进行对接和观照，或者，用西方的眼睛来看中国。我相信，实际上从异文化的语境或是视角进行切入看到的中国，与我们站在本土看到的中国，一定会是不一样的。所以，为什么我会在《朱雀》里面用了许廷迈这个角色，用一个外来的华裔年轻人的角色进入到对中国、对南京的考察，实际上就有这样的意图。到了第三部的时候我可能会把这种意象放大，变成一个主题性的意象。

凌逾：我觉得这很有意思，因为第一部《朱雀》有不少外来的意象，第二部《北鸢》主要讲述中国文化传统内部的历史流转，有点像从小孩的视角来看祖辈。

葛亮：与其说是小孩的视角，我更愿意把它理解为是从卢文笙的视角来看。我又不想把它定义为成长小说，因为这太单一，且太类型化，从某种意义上来说，可能会对小说意愿的解读有所限制。因为实际上，我更想把文笙定义成《老残游记》中的"老残"这类角色。他在成长过程中，见识了那个时代二十多年有关家国的各种各样的风景，但他的本质没有变化，一颗赤子之心。而且，你会感觉到他对事情的观照还是冷静的，有一点抽离的。这和老残所处的地位是一样的。

凌逾：是的，我大学时还写过一篇文章叫《老残非残》。虽然他名为残，但实际上是不残的，其实蛮有想法，起警世钟的作用，正如鲁迅的"狂人非狂"一样。

葛亮：对，他的想法从某种意义上来说，在于他的静观，他不僭越。文笙也是一个不僭越的人。很多作家像叙事者和主要人物，他们想要嵌入到叙事当中，甚至想要改变事件的走向，但事实上，故事当中没有哪个主体是文笙所改变的，他更多像是一种静观的态度。这也非常符合我自己的审美。

凌逾：正如命运造化弄人，不以人力为转移。

葛亮：起码不以他（文笙）为转移。也许在民国这种非常动荡的时期有各种各样能改变历史走向的因素，但不以文笙为转移，他没有僭越时代，他也没有想要改变时代，我觉得这点恰恰是吸引我的地方。我觉得中国的文化语言美非常重要的一个地方就是冷静，静观或说是不逾矩。但现在我觉得中国文学中，无论是作家，还是书中人物，甚至是叙事者,都太喜欢发言了,而我不是这一种类型的。

凌逾:这有点像张爱玲?

葛亮:张爱玲其实很想发言的,她的叙事立场就是最大的发言。她也许不在里面夹叙夹议,但她的立场已经发言了。

凌逾:她经常替别人说话。

葛亮:对,其实她笔下很多人都很刻薄,这种刻薄感实际上来自她本人。我觉得因为文笙这个角色本身就决定了这个小说某种意义上基调是比较有包容感的。很多事情,即使一个人的走向会有偏差,但是你放在一个大的时代里去考察的话,它可能很多东西都是因为不得已。

凌逾:刚才你谈到用外来华裔的叙事视角。我想问个问题,你以后会出国吗?你怎么看那些有国外留学经验的作家作品?我发现,你的《朱雀》写到了日本士兵、美国间谍等,第二部《北鸢》则写到了日本军队的核心人物、俄罗斯没落贵族等。其实你小说中有很多对这些国外人事的考虑,所以,就有了我前面两个问题。

葛亮:我近阶段不太会长期地生活在国外。我有比较短暂在国外的经验,但我近阶段不太想选择(到国外)。因为我现在人在香港,这是个恰到好处的位置,来表现中国。就是不在内地,会有一个近观的距离,但同时,我们又没有脱离中国的母体,所以我觉得是个恰到好处的距离。如果你到了西方的话,第一,西方的观念可能会对你造成影响;第二就是实际上有时候从西方来看中国,你作为一个作者来看中国,和以你笔下的一个角色来看中国,实际上还是不一样的。我不希望某些观念会影响或是覆盖到我。所以我现在宁愿在香港这个位置来书写,实际上这是一个相对中允的位置。

凌逾：这对你写"中国三部曲"也是很有好处，是吧？

葛亮：对，我认可。

凌逾：你是想先把中国故事处理完之后，再去做其他的研究，这样也许会更有好处？

葛亮：我认可。我其实就是想找一个相对平衡的位置，这就是我所说的在中西体系里面，你可以站到一个相对来说对两边的观照都比较中允和客观的位置。

凌逾：这也是与我接下来的问题相关联的，你出生在南京，读硕博和工作在香港，两个城市的异同或是两地经验给你的创作带来什么影响？或者说香港身份给文学创作带来什么优势或劣势？

葛亮：我这么说吧，之前也讲过，南京对我来说，就是文学写作的温床，因为毕竟多年在南京的经验构成了我的价值观，包括一些比较清晰的自我沉淀的文学的轮廓。这个东西包括一些生活经验的题材，对我来说都非常重要。但在南京我永远不会写作，因为南京是一个非常舒服的城市。所以南京很多人视自己的生活方式为一种表达，你没必要行诸于笔。但到香港以后，香港可能说是我写作的一个磁场，因为它跟南京的气韵差别太大，它的仓促、它的节奏之快以及各种各样的差异感……其实我对于任何一个城市的观照，南京是一个例外，对南京以外任何一个城市的观照，实际上我都是比较抽离的，即是说，我不会为它的节奏所左右。但我可以体会到这种节奏的不同。就像是A和B，两者都在我面前，我对A的感情更深一些，但当我看到B以后，我会发现B与A的不同，所以我就会想去表达A，但不代表B已经对我造成干扰了。而我在写作上，从自我的认知来看，我作为一个作者的独立性还是很强的。就是说我不会因为生活在一个环境里面会受到这个环境太大的影响，甚至是对我的观念产生太大的影响。

凌逾：对，能够感觉出来你的独立性很强。

葛亮：就是说，你看在香港，很多人会写一些体裁，包括表达一些经验立场，实际上会香港化，但我会一如既往地按照自己的审美立场或是文学态度去处理我的东西。

凌逾：但香港能不能赐予你一些好的东西？

葛亮：有。香港的好处，第一是它的文化包容感。你刚才也提到了我的作品里面实际上有很多外来的意象，这与我对这个城市的认知是有关联的。有时候两种文化之间可能会有一些所谓碰撞性的东西，更加能够投射一种文化本身的一种形态或本质，比起你单纯地去看这种文化体系，以及从内部去分析它，你会看得更加清楚。所以其实任何一种文化，你都需要放到一个更大的语境中进行检验。如果你单纯地深入到它的肌理，当然也能够看到它很多很好很深入的东西。但有时候我们也知道中国有句老话叫"一叶障目"，或者是"只缘身在此山中"，这个时候实际上是有问题的。所以我更加倾向于抽离出来看。

三、品尝"越界的滋味"

凌逾：前几日你在微信发了一篇讨论封面设计的大作，转载率很高，大家都相当赞赏你对封面美工的高品位。你也写过一本精彩的影评《绘色》，艺术的跨界给你的文学创作带来什么影响？

葛亮：因为电影对情景和色彩等鲜艳东西的把握还是挺有力的，所以在我写小说时，可能在场景感的描述，包括在人物的描摹方面，头脑里面会有一种立体感。但我又不想说是电影感，因为现在电影感对小说而言并不是什么正面的评价。对我而言,在描述或体会的时候笔下的文学形象会变得更加立体。我觉得这个实际上是一个比较积极的东西。

凌逾:还有什么因素会影响到你的创作,让你与众不同呢?

葛亮:阅读经验。比较早的阅读经验,小时候阅读笔记体小说,家里的长辈尤其是我爸,很小的时候就要求我读笔记体小说,形成了我对小说语言的审美,或者说是一种审美的尺度,又或者说是培养了我在小说书写上的美感。

凌逾:你既是作家又是学者,两重身份给你的创作带来什么优势或劣势?近年来,"学院派作家"研究很热门。很多人都是双肩挑,多才多能,三头六臂,是因为总喜欢给自己更多的挑战和压力?你怎么看这个现象?

葛亮:互为成全吧。实际上我的压力主要不是来自于小说。学术确实是有压力,我想凌逾姐你在大学里也是一样,我们都有共同的压力。然而小说这一块,我前面说过是我的自我沉淀,我在写小说的时候状态是完全放松的,没有任何的压力,更多的是享受其中的过程,是用来换脑筋的。学术训练虽然有压力,但对小说写作而言是有积极意义的。比方它能够培养我思考问题的逻辑感,建构小说实际上需要有一种内部的肌理的梳理。谋篇布局实际上就是学术训练,对逻辑感的训练是非常有帮助的。另外一点就是说所谓的学术训练里一些常规的手法,比如方法论methodology,比方说田野考察。

凌逾:你会用吗?

葛亮:我当然会用到,尤其是《北鸢》里格物的部分,实际上都和这些东西是相关的。所以(学术训练)还是有相当积极的意义在里面。

凌逾:你的《北鸢》写了七年,具体每年是怎么安排的?

葛亮：一开始想写成一个非虚构的作品，前面花三年的时间做资料整理、案头工作，差不多一百多万字。后来就开始进入到小说虚构的状态。后来在中间还是经历过一些思考，调整了一些问题。

凌逾：你的写作和教学时间如何安排？

葛亮：教学时间是恒定的，不过在繁忙的工作中尽量不去触碰长篇这一块，一般来说都是比较长的假期，比如圣诞和暑假，这两个板块对我很重要。平常繁忙的工作中就写一下论文吧。最重要的障碍不是来自于心神而是时间，真的没有时间。那些一小块的短时间，写专栏还行，我也接了一两个专栏。

凌逾：蛮多专栏的吗？你那个散文集《小山河》都是从专栏里面选取出来的吗？

葛亮：不是，《小山河》当中有一部分出自专栏。

凌逾：你写散文是有感觉有灵感就写，还是随意的？

葛亮：还算是比较随意，但有些确实还是约稿，但不能说全是专栏。专栏中间那一部分是写美食、写时尚的。

凌逾：那你觉得是写专栏约稿好还是自己随性比较好？

葛亮：我现在基本上不能自己随性写一些小的东西。我随性的话会觉得切割出来写些小的东西是在浪费时间。我更加愿意投入地把这些时间放在万字以上的短篇小说。这些一千多字的文章还是需要一个外来的推动力，比方说专栏，要不然你会觉得比较难突然随性想起一千多字。

凌逾：你的小说很有新古韵的味道，就是你书写的内容很古远，笔法也很老到。相对而言，《北鸢》比较古，《朱雀》比较近。

葛亮：对。《北鸢》比较古，因为我特地选择了另一种表达体裁的语言，这种语言跟《朱雀》是大不一样的。这个语言本身是经过考虑和打磨的。并不是有意识地形成两者的差别,而是有意识地使《北鸢》的语言与其民国的内容和主题相匹配。

凌逾:你以后会不会尝试写直切当下、反映现实的小说?

葛亮:我直切当下的部分全部放在短篇里面了。长篇的部分暂时不会涉及当下,我现阶段还是着重回望历史,因为历史中间值得我去咀嚼和表达的东西会更多。

凌逾:你有没有觉得中国当代文坛有这个现象:直切当下、反映现实的小说更易被大众注目,比如说莫言、贾平凹、苏童、余华等人的作品都很关切当下?还是说这种现象已经太多了,你想反拨一下?

葛亮:每个人的审美取向和对题材的热情都不一样,我只能那么讲。我也不知道哪个好哪个不好。就我本身而言,我会觉得历史特别是晚清到民国这段历史,对我更加有吸引力,因为我觉得,这段时代实际上是最能表达出所谓的个人个体在一个动荡时代,进行自我选择的可能性。我更加关注这样一种可能性。当下有时候我觉得太规则化了,前面有作家朋友曾经跟我说越来越觉得不想写小说了,为什么呢?因为当下的现实比我们写的小说实际上更荒诞更精彩,所以起码从我的角度不是很想去触碰它,但短篇会。

凌逾:所以说你是少年老成。在新古韵小说方面,你已经跟很多当代的作家形成了一个分水岭,划分出了一个新的时代。你前后创作的风格和内容有什么转变?

葛亮:从《谜鸦》到《北鸢》当然是很大啊。《谜鸦》还是相当于实验性的。最大的变化在于,我已经从一个所谓自我表达的逻辑,慢慢到更尊崇所谓的时代或者历史发展的更加宏大的内部逻辑。就是从相对个性化的自我表达逻辑,慢慢地转向对历史的敬畏,而不是诠释。它们本身就存在于此，我进入到它的肌理进行呈现，而不是急于去打量和诠释它。我不想去做这样一个逾矩的事情。

凌逾：你的《北鸢》就是这样一个思路。

葛亮：对，《北鸢》就是比较完整地表达我的这种取向。

凌逾：我觉得你的作品写人特别好，能够突出人的亮点，写活一个人。

葛亮：我现在对自己写作的一个要求就是"将心比心，人之常情"这八个字。你想让读者真正想要去理解和体会你作品中的人物，那你首先就要进入到这个人物的内心。以他想为己想，这种情境下我觉得实际上会有助于对人物的塑造以及保持相应的张力。

凌逾：你有没有想过在写人时特别注重写他的什么？

葛亮：我觉得写他人性中的两点，第一个是尊严，第二个是他的不由己之处。

凌逾：一个是人命，一个是天命。

葛亮：对的，你概括得特好。一个人的尊严是内心中可以自持的东西，天命有时候不可违。今天下午一个记者采访时说，《朱雀》的宿命感强，我认可这一点。命悬一线，在《朱雀》里会更明显一些，几代的一种循环会更明显，包括命运互相之间的叠合，几代人之间的叠合和呼应，在这些方面我确实会觉得蛮宿命的。

凌逾：画家是用画眼睛的方法来画活一个人，那你觉得写人写什么能够把一个人写活？怎么提亮一个人？

葛亮：个人与环境的关系。就是说要把人放在一个周遭的环境里，才能够准确地考察他的性情。

凌逾：就是把这个人在纸上雕刻出来，像找到一个坐标，或是感触到某种氛围?

葛亮：对，有时候具体到一个空间。比方说《北鸢》里面写到一个人物叫石玉璞，石玉璞的原型就是褚玉璞。鸳鸯蝴蝶派作家去考察和表达他，把他当作历史人物来写，这会有些局限之处。但是我在写石玉璞的时候，是放在一个家庭本位的角度写，就是说写一个历史人物，我更加倾向于把他还原成一个人来写。这就是刚才谈到的人的存在实际上不是一个个体，他是存在于一个环境中的个体。

凌逾：那你是如何观察生活的？你有没有为了写小说而特意去观察生活？

葛亮：这是一定有的。但因为写的是历史题材，特别是民国，你不可能直接地去观察，但这种积淀和体验的把握是非常需要的。有时候为什么要做案头工作，包括我祖父的纹札啊，包括他自己的一些作品，包括他以前的一些书画评鉴笔记，就是通过他的文字才能体察到那个时代的人的性情。我觉得写一个人，归根结底还是写一个人的性情，因为这样一种性情的把握，你以这种性情为肌理或起点去写，我觉得这是表达一个人、观察一个人的前提。你看到一个人的外表和举动实际上都是非常表面的东西。但如果深入到生活当中实际上写的还是性情。

凌逾：那你在写作的时候是求句还是求篇？你看很多作家像李碧华都有很多金句警言，一拿出来就是很亮眼的经典的句子。

葛亮：我是求篇，但不以牺牲所谓句的审美为代价。有的作家泥沙俱下，整个的作品气势恢宏，但他中间的句子方面或是细节方面的处理相对粗糙。我不能说企图兼顾，但在谋篇的范畴之内，我肯定希望片段或是语句还是能符合我的审美要求。所以我想从《北鸢》里提取一些段落出来。即使它没有本身十几万字篇幅的支撑，但单独提取出来去考察，它在审美上仍然是过关的。

凌逾：那你有没有刻意写一些诗歌、诗句来提亮自己的语句？

葛亮：有一句话说得好，任何一个优秀的小说家内心都是一个诗人。我觉得其实没有必要说特别训练自己去写诗。你心中有诗意，实际上就建构在小说当中一些自然而然的东西。

凌逾：你自己觉得作为一个作家，上天赐给你什么样的天赋能力，神来的东西？

葛亮：我真的不觉得这是上天赐予的。我对语言方面的审美比较自信，我感觉是小时候阅读的经验带来的。写作中间是有一定的天分的，但这个很难去进行自我评估，或说很难自我去界定。如果大家都能做评估，知道自己好不好的话，那知道自己好的就做作家，自我评估不行的就放弃写作就好了。

凌逾：那这样很多优秀的种子就不会发芽了。

葛亮：但从某种意义上来说并不是这样的，其实有些作家可能天分并不怎么高，但写作这种事情和绘画和其他艺术形式不同，它可以通过后期的磨炼甚至是经验的积累来提高。它不是一个顿悟或一蹴而就的过程，而是一个慢慢积累，从量变达到质变的过程。有些作家实际上就是非常有天分。还是有写不同的类型吧。

凌逾：促使你写一部作品的机缘是什么？或者说你写作的目标在哪儿？

葛亮：一定是我感兴趣的。对某题材感兴趣，同时觉得自己有能力表达，而且自己有阐释的兴趣，我就会写。还有一点很重要的就是我的审美。哪怕是写一些其实不怎么美的东西，这些题材实际上象征着人性的某一种比较晦暗的部分，但起码我在表达方式上是美的。

凌逾：像《问米》一样，非常惨的故事，但是你写得非常凄美、悲悯，给人打动人心的美感体验。

凌逾：有些作家写得很好，但是，口才却欠佳，口讷。但上天却赐给你极佳的文笔、很好的口才，这真让人羡慕。你的作品有没有创作年表？

葛亮：等待着凌逾姐你来写……

凌逾：深得你心的评论有哪些呢？为什么？

葛亮：如陈思和教授说，《北鸢》不是政治民国的作品，而是文化民国的作品，非常精准。再如，你点出《北鸢》开拓了新古韵小说类型……

（研究生罗浩整理）

凌逾：《点亮"新古韵"——葛亮访谈录》，《文学评论》（香港）第51期，2017年8月。《回归古现场——葛亮、凌逾访谈录》，收入李森主编，林建法、宗仁发执行主编《学问：中华文艺复兴论8》，花城出版社2018年11月版。

*本文为国家社科基金重大项目《华文文学与中华文化研究》（批准号：14ZDB080）的阶段性成果。

迷宫悬疑哲思小说《写托邦与消失咒》
——潘国灵、凌逾访谈录

访谈时间：2016年12月8日
访谈地点：香港浸会大学

潘国灵，香港作家，著有长篇小说《写托邦与消失咒》，中短篇小说集《静人活物》《亲密距离》《失落园》《病忘书》《伤城记》，散文集《消失物志》《七个封印》《灵魂独舞》《爱琉璃》，诗集《无有纪年》，城市论集《第三个纽约》《城市学2》《城市学》等。

潘国灵

一、三与众与一

凌逾：非常感谢您今天抽空来接受访谈。在出版了14部书之后，您今年7月初完成了首部长篇小说《写托邦与消失咒》的写作，请问完成后您有什么体会？

潘国灵：心情挺复杂的。这小说写了颇长时间，最早开笔在2007年，中间经过停顿，一度不知道是否能完成。完成后一段日子感觉那三个角色悠悠、游幽还有余心，好像一直跟着自己一样，并没有因为小说的结束而消失。不知是我自己还未放手，还是他们继续浮游于某个空间，从好处想，我想角色是出来了。有评论说这个长篇将我之前的六本小说中的很多母题进行大的整合和深化，我视它为一个阶段的整合，也是一个新阶段的开始，因此，这作品对我的意义比较特别。

凌逾：您为什么会写这三个人物？为什么会说这三个人物会一直跟着您？

潘国灵：可能是我的构思过程一直在塑造着这三个人物。我觉得挺有趣的是，这个小说正如你的评论所说的，它不是很情节化。虽然小说不是很情节化，但我觉得那些角色都像是活生生地存活着。在"沙城"这边主要写这三个人物，而在"写托邦"那边则是一个"众"，即写托邦那边写的是写作众生，而沙城主要写的就是三个人物，但这三个人物也用来串联写托邦的很多人物。而写托邦那边则是一场一景，像是旋转木马一样很多写作种类的人不断出现，比如抄写者、筑居师、沉降者等，是群像式写法。

凌逾：这些"众"包括孤读者、离乡者、忧郁者、失焦者、失神者、无适度者、否定的人、无所归属的人、不安的栖居者、失眠症患者、巫写会成员……

潘国灵：所以就形成了个体和整体之间的协奏。其实在写作的时候也会用音乐的思维来思考。

凌逾：是的，我看您的"灵感站台"网站，知道您会作曲填词和弹钢琴。

潘国灵：你会看到那三个人经常会进行三重奏，有时则是二重奏，如余心和悠悠，有时候是悠悠与游幽。这三个人不断地进行协奏曲，而后面的"众"则是整队的唱诗班，唱诗班就是用来形容写作的众生。里面有抄写员等很多写作的族群。后面就像是合唱团一样，前面有几个人物，后面则有很多人轮流上场。

凌逾：以前觉得您的作品场景像是戏剧，现在看来更像是舞剧。

潘国灵：我写的时候想过古典希腊悲剧这种形式。几个主要人物组成一个协奏，后面则是合唱队，逐个上场逐渐形成"众"；此外也是掌握沙城与写托邦两个世界的对位，从而形成集体与几个主角之间的合奏。

凌逾：那么，这三个人是否属于您一个人？

潘国灵：看过这小说的读者不少都谈到角色的分裂。我想写作的人多少都有些分裂，写《静人活物》时主体分裂已经是一个重点。重象、分身、分裂，这些也十分吸引我。我自己也可说是分裂的人，三个角色各自或有点自我的影子，有些是刻意放进一点自我书写，但角色也有参照及转化自其他现实人物，也有些纯粹虚构想象。若说作者与角色的关系，这小说三个人物中两个是女的，有的单从性别上看会倾向将男的游幽对照作者，但小说中余心和悠悠两个女声其实占更重的地位，评论家洛枫便曾经谈到我小说中的"阴性书写"。

二、写托邦与写作病

凌逾：怎么会想到"写托邦"这个词？

潘国灵：我想处理一个写作的世界，因为自己以前的很多题材里都处理过如"消失""城市""爱情"等议题。但"写作"本身是这几年特别受关注的,究竟写作的族群是怎样的?写作的本相是怎样?或者说是写作的命运……有的人会问我,是否只关心写作的世界。我觉得一方面对写作的关切固然带文学本位,但另一方面写作又不仅是写作的问题,一个地方或世界,如何对待写作这回事,写作族群的命运和处境如何,也反过来映照这地方本身,写作只是一种症候。另外,也可以说是个人对于生命意义的探求。从事文学写作多年,有时候会问自己:写作的意义到底是什么?写作还有什么可能性?文字在这日益碎片化、市场化和图像化的年代,真正的书写者会否都步上手工业者的命运?所以书中提到一场"文学病变",这些"病变"与世界"病变"存在什么关系?用写作或是用作家来作为写作的对象,这是历来都有的。比如乔伊斯的《一个青年艺术家的自画像》,但我最初构思这小说时,就比较排除了一个作家的传记这种写法;在写几个角色的成长之外,也强调"写托邦"的群像性,既描写他们的特点,也剖析他们的共同处境。

《爱琉璃》

凌逾:您一直都很关注"疾病书写",比如《病忘书》《爱琉璃》,还有其他作品吗?

潘国灵:有的,《失落园》里面也有写到"疾病",其中一篇就叫《病辞典》。最初没想过一定要创作"疾病书写"的,可能是评论上有"疾病书写"这说法,但文学创作的角度与评论是有不同的,评论会尝试去命名一些观念、概括一些作品,如"疾病书写""地景书写"等。但创作的话,往往是发自对某样事物更本能的敏感多于先从某文类切入,其中我对疾病,或也有一定的敏感度。

《失落园》

凌逾:为什么会有敏感度?

潘国灵:我认为,疾病书写是有几个方面的。一是身体性的,即身体真的出现毛病了。比如像西西的《哀悼乳房》,因为疾病在个人身上发生,从而让自己想到很多事情。从生活场景去到另一个平时不在那里生活的医院场景,就会产生一种陌生化的感觉,可能会对存在或者生命产生另一种看法,这是个人性的。另一方面,疾病也是有共同命运的,像瘟疫,写流行病很有名的作品,像加缪的《鼠疫》、萨拉马戈的《盲目》,他写的盲其实是虚构的,人物只要看一下你,你就会变盲,像是传染病一样。像瘟疫、鼠疫、非典以及其他病毒,这些传染性疾病若发展至一个极端情况,个体的差异会被削平,文明、人性都会面临严峻的考验。也有些病不那么有"传染性"的,比如忧郁症,它看来较个体,但它又有一定的时代性和集体性。另外我想所谓"疾病书写",不一定是直接处理疾病,而是一种"疾病的眼光",牵涉你如何观照这个世界。比如你看一个城市,可能你会关注它破落、破碎的一面,或是所谓的城市的阴影。有的人也会看城市阳光的一面。当你看到城市阴暗的一面时,不是说你真的有疾病,而是用一种较悲痛的、阴郁的眼光去看城市的症候。

凌逾:那您为什么会用破碎、破落的眼光去看这个城市?

潘国灵：我想这是出于本能，或者说本身的属性吧。有些人可能会从书写策略来考虑，但我强调一个作家文学的眼光必须是源自生命深层，非因某种风潮、主义而写，事实上如果本身没有那种眼光，写出来也不会真实。这也不限于看城市，包括人生、各种事物。或者文学本身也有其属性，它不会只看事物的表象，它试图穿透表象，会看到受伤、阴暗、被遮蔽等层面。

凌逾：就像是与生俱来的一种直觉。

潘国灵：是的，正如你看城市或是其他的事物，你总是能够看到另一层叠影。我曾经把它形容为作家的"阴阳眼"，在可见之物上，会看出另一重魅影或幽灵的想象。用另一种表述方式，又或者可称为"不安书写"，对存在感到一份莫名的不安，写作在茫茫然不稳定的状态中进行。

凌逾：您觉得这些作品里面有哪些是特别出彩的？

潘国灵：一时间也难说清。如果回到最早期，像《伤城记》里一些小说，当时有一篇叫《血色咖啡》，在酒店里有一个侍应——当然这个酒店是虚构的——他的工作只有一个，就是不断问客人"要咖啡还是茶？"最终问到自己精神失常了，他精神失常之后引起了整个酒店的异化，最后精神失常至袭击了老板。

凌逾：最近看了韩国的电影《釜山行》……

潘国灵：当然这种极端的处境有其本身的现实性，它并不是完全与现实无关。我故意安排他的名字叫西西弗斯，因为他本身的工作就是不断重复的，不断在推一块石头。但现代社会的重复已经不是征服性的重复，而是平面上的重复。我当时对病态心理学比较感兴趣，当时也会看这方面的书，也曾去青山那些地方（香港著名的精神病院）看一下。到了《病忘书》，就是整本书描写城市的症候，当中提到很多种疾病，比如眼睛的毛病，是写得比较多的。像《突然失明》中的那个社会学家，当然那个是象征，他以为自己懂得如何观察这个世界，原来他自己也在慢慢失明。到了《失落园》，更多的是自我书写，而《病忘书》写的是他者的故事，就像去到了庙街等边缘的社会，合法偷窥，有些是历史失忆，这是用他者的角度去写。到了《失落园》尝试多一点

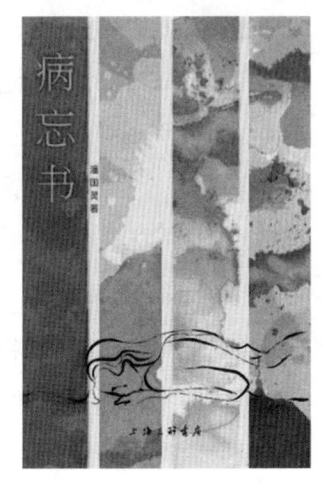

《病忘书》

寓言的手法，也比较注意文字的诗感。所以我的作品脉络一直都在变化，去到最新的那部长篇，里面的人都出现了分裂的状态。像悠悠的房间里，最初的场景都是在室内，由睡房到书房到客厅一直至出走家园。她的情人不见了，她也会出现一个不断受回忆突袭而导致失常的状态，但她最后用书写来克服。另外这部小说当中也写到"写作病"，一个作家长期无法融入社会，就像游幽，那为何会出现那样的情况，小说当中给出了很多可能性。其中一个原因是他慢慢把文字的世界放到很大，文字似乎殖民侵吞了他。他对城市有很多排挤，各种格格不入和写作病，透过悠悠去写出来，当然他自己也经历过一次。

凌逾：您笔下的人物形成了一个很大的反差，仿佛有一个是先行者，一个是后行者，有意识地形成一个对照，三个人好像象征着过去、现在、未来？

潘国灵：刚才跟你提到消失的可能性很多，究竟游幽为何会消失，你看完整部小说能够得到很多版本的理由。最表面的理由就是因为他要

写一个消失的人，于是亲自入戏，这是表面的理由。但其他的理由包括：可能他不喜欢那幢"华丽安居"，当中有洁净、中产的资本主义制度，他不喜欢这种生活，所以他出走了，这是其中一个可能。另一个可能是他走火入魔，故事中讲到写作的"附魔"状态：小时候玩捉迷藏，长大以后玩文字上的捉迷藏，越玩越疯，甚至最后离开了这个城市。也有写作的消失性与游戏性，等等，这个小说以多种消失的可能性来推进。他问的问题相当多，比如写作的处境、城市的处境等。写作消失的本质与城市、爱情消失的本质，这三者是结合来写的。

凌逾：您这个长篇确实密度很大，把前期所有的写作经历和思考都融入其中了。

潘国灵：刚才你问我对这个作品有何感受，我想这部作品比较沉淀，不单纯是写一个故事，而是把自己的思想以及多年来的写作母题在小说中不断沉淀，这需要相当大的耐性。我也不知道，下一部书有没有那么大的耐性。

《写托邦与消失咒》

凌逾：最近看到一句话说，如果一个人老是关注自己的问题、叙述自己、个体书写的话，是不容易走远的。您怎么看待这个问题？

潘国灵：基本上是认同的，但我觉得自我与他人又是可以并存的。我一直强调"双重性"，有些写自己也很好看，有些人寻找或借取他人的故事，但两者又不是非此即彼，也可以结合或往返的。我希望《写托邦与消失咒》两者都有，比如个人方面的，那几个角色当中都可能有自己的影子，但并不特指某一个。但当中又涉及一些相当大的命题，比如刚才说的写作的意义，在世界不断被某些东西侵蚀的情况下，写作能否与之抗衡，等等。而沙城体现的是所谓的"后九七"，心目中的结合点大概是2003年之后的香港。为了不直写，我设计了一个沙城。那个处境已经有别于浮城的处境，已经不是以前西西所写的浮城，浮在中间，而是变成流沙的状态。另一方面，隐喻一群人在沙滩写作，写完之后，就被一个大浪冲走，意味着香港的写作很难累积，很容易被冲垮，最终到了一个报废的境地。我想文学创作始终把声音发自内在，有些东西刺中或触动自己，但触动之余还是不能只写自己，还是会一直将问题深化和扩大。正如我一直形容一个摆荡，你如何从自我通往一个比较大的公共性世界，我觉得两者是可以接合的。

凌逾：写作是一种"病"，最近看到董启章长篇新著《心》，也涉及这个问题，你们是不是相互呼应？

潘国灵：出版社将《心》描述为董启章写作以来最私密的小说。说到疾病，我也不知道是否跟董启章近年身体的状况有关，以前有没有直接写及疾病等。《心》还有待抽时间细看。

凌逾：他写过一些，像《哑瓷之光》。您跟董启章长得挺像的，本科学生做展示作品时，将您和董先生的照片搞混了。

潘国灵：其实您会发现在语言、风格上也是有不同的。

凌逾：那您是否有心在哲思小说路径上谋求突破？

潘国灵：不少小说也有很强的思辨性。如果哲思小说指的是有宗教情操、存在叩问意识的，我是比较重视的。这也是来自自己的本能或属性，最初接触文学，十几岁时就是从宗教走入西方文学，特别是哲思性较强的，如加缪、陀思妥耶夫斯基等，反而是后来才看中国的文学。也可说是原初对"存在"的困惑，开启了我文学之门。近年我也在文章或讲座中提到，城市于香港文学十分重要，但香港文学不应只限于写城市，评论者也不应单以城市滤镜来接收文学。文学不仅只有社会性，应也可包容一些存在或哲学的层次。

凌逾：可能随着社会的进步，会有越来越多人关注哲思的问题。

潘国灵：可能勘探存在的文学作品，西方还是比较深刻，中国文学涉及当代精神性疲弱的处境就比较少。我在这方面是比较热衷的。当然这也不是抽离来看，存在需要落实于在世场所，对我来说，很大程度上就是城市的环境。所以城市、存在、哲思这些于我从来都是难分难解的，接下来的作品中希望把它们紧密缝合，探索更大的可能。

三、跨界、消失与诗性

凌逾：您原来学计算机科学，后转读人文学及文化研究。小时候唱合唱团，玩奏乐器，又热衷宗教等。在文科、理科、宗教、音乐等领域的跨界，对您的创作会有什么样的影响？

潘国灵：宗教在最初的时候对我是有影响的。中学时接触基督教，最初读到一些基督教文学作品如寓言小说《天路历程》，逐渐由此进入存在主义哲学和文学，如加缪、沙特、尼采、陀思妥耶夫斯基等人的作品。其实宗教广义来说不限于特定宗教，而是关乎人生的困惑、出路、意义等，跟文学并不割裂。记得那时候逛书店就经常徘徊在哲学、文学、社会学等书架之间，并不特别意识到是"跨界"，觉得是很自然的事。在小说世界中，探掘存在也不限于"存在主义流派"，譬如我喜欢的昆德拉就自成一体。音乐我曾经也是很投入的,现在没玩很久了。

凌逾:投入到什么程度?

潘国灵:大学住宿舍,小小的房间放了一架电子琴,那时候同学都知道。初出茅庐时薪金很低,但我仍同时上钢琴和电子琴班,差不多每天都练习。之前提到文学作品,其实西方一些作品,如Simon & Garfunkel的*Sound of Silence*、*I Am a Rock*等,文学和思考性都很高,在未听音乐前早在书本上读到歌词,后来一些亦用在早期小说里。现在虽说没碰乐器了,但我脑里经常有音乐,仍会创作一些旋律。我不时想,有天若心中无歌,便是我老之伊始。除了内容,某些音乐结构和曲式,亦可做文学创作的参照。

凌逾:那您有没有想过下次的创作会把这些内容融合出什么创意?

潘国灵:我比较少这样想,但创作基本上就是牵涉众多的。

凌逾:理科在文学上有影响吗?因为您有这样的基础。

潘国灵:我也很少这样想,我觉得很多学科分界是我们加上去的。

凌逾:我今天特意浏览了您的网站,之前没有留意到。您的网页上有很多对于网络语言和网络文学的思考。

潘国灵:那是早年的内容了。2000年前后,当时比较留意一些科技文化,但后来就没再继续写了。

凌逾:其实这很值得您继续写的是吧?

潘国灵:是的,今时今日思考人性或人类处境,也肯定不能排除科技。文学创作者如果只局限于"纯文学"或"纯文艺"范畴,有时反会有限制,因为人性不只存在于文学当中。你看董启章写《时间繁史》,他看了斯蒂芬·霍金的《时间简史》,后者虽说是普及性读物,也不容易明白。他的《天工开物》,里头就将科技史、物体系之类联系到家族和城市史。其实文科和理科不是壁垒分明的,很多边界你看无便是无了;写小说的人,都要有穿墙过壁的本领。

凌逾:您觉得参加美国爱荷华大学的国际写作计划,收获了什么?

潘国灵:去那里大概两三个月。这虽然是一个文学的驻校计划,但我觉得最大的是文化的冲击。在文学方面,不能一下子获得很多。三十多个作家来自不同国家,涵盖欧亚、非洲、中东等,作家的组成多少涉及美国外交的考虑,有部分作家所属的部门是外交部出钱的。这也反映出,文学跟整个世界的政治或者说局势是有联系的。所以比较大的冲击是这三十多个作家背后的不同国家、种族、文化,大家不同语言的交流。文化的碰撞不一定是文学上的交流,因为大家对对方的文学都不是太了解。但很多文化身份的意识等问题,自然会浮现出来,这也是可一不可再的经验。每个作家都是个体,但聚集在一起就必然携带着更大的文化因素,你想摆脱也摆脱不来,里头包括语言、文化历史、政治等因素。譬如说欧洲自然会形成一个"共同体",中东国家,有些彼此之间在打仗,譬如当年的叙利亚与埃及。作为香港作家,你如何言说个体、自身的文学及文化,常常又不仅是英语能力的问题,而必然牵涉一定的"失语症"。

凌逾:您观察到这么多东西,有没有将它们写出来?

潘国灵:写过几篇。

凌逾:短篇小说还是散文?

潘国灵:散文,比较纪实类的,散文集《灵魂独舞》里便收入一篇。写得不多,因为只有几个月的时间。但我不时还是会想到爱荷华,或更准确地说,2007—2008年在美国特别是纽约生活的日子。从这时开始,也尝试了比较流动书写的可能性。我现在写作也可以比较流动,去另一个城市,停留在那个城市里写作。以长篇小说《写托邦与消失咒》为例,最早在曼克顿十五街一家公寓开笔,后来回港,为了静下来写,又曾经在北京的方家胡同住了一个月。这种流动的感觉,除非是身体上不能支撑,否则还是挺好的。当然,我有时也会在家中的书房、在图书馆、在餐店中写。

凌逾:就是说空间的游离和挪移对您的创作造成较大的影响。

潘国灵:写作的空间(在哪里写)和写作的对象(写什么)没必然关系,有时关系没那么直接,可能是状态上的一种转变,不过是将书桌转移到另一个空间,继续写原来的作品。有时则比较直接,如采风、田野式调查或旅行书写之类,处身的地方会直接流于笔尖。

凌逾:这可能是当代一个非常重要的现象,全球化随意流转,而这种空间的游离可能会对作家造成很大的影响。比如,我发现每次出去开会,然后回来写作时,思维都会特别活跃。

潘国灵:是的,状态这东西,十分微妙但也是重要的。长期待在一个地方,习惯了一种步伐,有时就想借着空间的转移,寻找点陌生化的感觉。

凌逾:有些可能是自己都意识不到的影响。因为突然去到另外一个空间,不由自主地想起另外一些事情,由此会激发出新的想法?

潘国灵:是的,我们平日接触的都是日常空间,如街道,如何感受日常生活、细微观察,对写作十分重要。但偶尔也想离开日常性,去探索较陌生以至于异质的空间,如天桥底、医院、废墟、大厦以至于垃圾场等,则可能会产生不同的冲击。由日常空间至诡异空间,我也把它看成一个写作的钟摆。最近担任"油街现实"驻场作家,便思考到这方面的问题。

凌逾：您在去北京和其他地方之前，已经想好消失的主题了吗？

潘国灵：一直都在写，消失题材构思已久。很想处理"消失"这个主题。

凌逾：为什么您会想到一定要处理这个主题？

潘国灵：2006年在《明报》有一个专栏，我把它叫作"消失美学"。那时一篇短文配一幅自己拍的图片，描写城中消失了或处于消失边缘的对象。一直累积，目前已经写了近百件了，还没有写完。这方面对消失的关注是比较具体的，写物、写城市，也写消失。但在长篇小说《写托邦与消失咒》中，其中的消失包含不同意义，因为"消失"不是单纯的对象的消失，我不希望将物的消失写成是对物的怀旧。我想借小说将"消失"的可能性处理得更复杂，更多层次，包含哲学、美学和社会学几方面。这里的"消失"也包括写作，因为很多写作最后都会湮灭。小说中最后消失的游幽就去到一个报废站，这地方巧妙地又通回沙城中的堆填岛。

凌逾：想想世界的消失，一件恐怖的事。

潘国灵：当时看的其中一类书籍，就有历史上消失的城市，如著名的亚特兰蒂斯、庞贝古城等。有的城市因罪恶深重而被上帝诅咒，有的因天然灾难如火灾而毁，有的沉没到海底中。这些都是灾难性的。长篇小说笔下的消失没那么突如其来，城市、爱情与写作的消失互相推展，但写到后来也出现一个"灾难现场"，"沙尘暴"与"纸风暴"齐刮，纸团漫天飞舞，翅膀集体熔化，里头寄托了不同的寓意。一些事情不知是不是巧合，当小说快写完甚至已经出版了，"消失"又成了一个城中议题。

凌逾：是不是得到您的灵感？

潘国灵：也不好这样说。我只能说，文学作家有时会有一种"预感"，如地壳变动老鼠首先感到异样。你预先看到某些迹象，尝试用文学去捕捉它。当表现某些迹象的作品比较成形时，评论会用某些术语去概括、定义它，如"疾病书写""消失文学"等，但你起初写的时候，并不是从这里出发或入手。文学有时有一种"先知"，源自更本能的感受和长期的关切。

凌逾：除了您刚才说的图文《消失物志》，未来还有什么写作计划吗？

潘国灵：在当前工作繁忙的处境下，我想未必能够写得出下一部长篇小说。这一两年大概只能写一些中短篇作品。刚才说到的《消失物志》其实写了很久，其中一个原因，是我想写出散文诗的感觉。其文字不多，每篇500字左右，不希望只是杂文或掌故书写，而希望注入散文以至于诗的文学性。这对文字提出了更高的要求。而且在数量上也有一定要求，如此才能形成冲击力。就像《写托邦与消失咒》，沙城部分只有几个主角，但写托邦有很多人物，不能只刻画10个写作人，写托邦要写到一个纵深的世界，人物要配合场景不断移形换影，要有一定数量才能描写众生，才能营造一种冲击。

除了《消失物志》，其实也想过《写托邦与消失咒》能不能写续集。因为这个长篇小说重心在"写作疗养院"，这也是骆以军提过的，小说有一种"疯人院"的感觉，这种状态很有趣。如果继续写下去的话，还会有很多发挥，如在疗养院当中的写作人是否会重回社会？本来《写托邦与消失咒》的写作计划是写三部曲，第一部是《写作疗养院》，第二部是《沙城续记》，"沙城"还可以发挥的，当然"沙城"在第一部已经出现，但沙城的故事还没有结束，最后埋下了一个伏线。

最后有一个男孩出现,说他想写整个沙城消失的过程,但要写的话就要写很长,所以想过把"沙城"续写下去。第三部打算写余心的前传,第一部中,余心这角色早已离开沙城,去了写托邦,好像一个文字女巫、一个文学导师、一个诱惑者。这部小说中,人物的消失有一个先后次序,余心在之前就已经出走,她本来是沙城的一个演员。余心是否有前传?她在沙城的时候作为一个演员,她演过什么戏?有什么事情使她后来成为这样一个人?我曾有过这样的构思,但我不知道能不能写。另外也有实际的因素,我不知道《写托邦与消失咒》的反应如何,如果反应不好,也不知出版社会否续出下去呢,或者现在还不应想太多。总之,长篇需要花费很多心力才能再酝酿一本,一本书的难不在写,而在于如何把它酝酿到成熟,这个过程是最难的。

凌逾:我觉得,诗歌对您创作的影响很大,您文字的魅力体现在诗歌审美当中。

潘国灵:最初写作,对题材和形式的关注较大,大约到第三本小说集《失落园》,对语言的审美性意识敏感了,这也与小说的寓言取向有关。另边厢我也是有写点诗的。诗融入小说可以有不同手法,如早期插入一些西方歌词,到《亲密距离》中融入一点自己喜欢的宋词等。但除了这种"互文性"外,也有是以较诗化的文字来写小说。某些小说,包括最近那本长篇小说,也是有这方面的追求的。

凌逾:那这其实是有一些矛盾的,诗是感性的,但哲思小说强调理性,好像有一种撕裂的东西在里面。

潘国灵:撕裂可以形成一种张力,于创作可以是好的。另一方面,我也认为感性和理性并非二元的,而是可以两者共存,甚至可以互相紧扣,互相推高。到一定层次,你必须对事物有更深的思考,才可能达到更深的感悟。当然，不是所有小说都可以或需要以诗化语言来写。比如写一些市井小说，像《病忘书》里写庙街，写一些妓女、看相的，如果把小说写得很文艺诗意，便不太符合实情。从文字本质上说，诗的强项在抒情性，虽然也可叙事，但小说叙事往往需要平常、散文性的语言来推进。除了追求审美性，诗化语言更是内在的表现，要流出来而不是做出来。另外，说到诗化文字，也不能被它束缚，因为有些小说与诗的语言不一定吻合，譬如黑色幽默、嘲讽等，语言考虑会不一样。

凌逾：就是要根据题材来确定用哪一类的语言文风。

潘国灵：是的，要根据题材、角色、处境来写。

凌逾：我对您的一篇小说印象很深，一个男人跑到妓院里，对妓女反复说教，试图去拯救那些妓女，用吻去唤醒那些人的爱意，好像睡美人故事一样。

潘国灵：这出自《病忘书》，最初在一份现已不存的《新报》连载，算是我搭上香港连载小说的尾班车。当时对病态心理学很感兴趣，其中一种疾病就叫"救世主情结"（Messiah Complex）。小说写一个男主角觉得自己能够救世，他幻想自己作为一个嫖客，他不是去嫖，而是去拯救妓女。其实他自身也处于城市的边缘，是被社会遗忘抛弃的一群。这小说一方面写病态心理，也写边缘人物，另一方面也写城市的空间和地理。小说中写及庙街、砵兰街、旺角红灯区，为此我专门到这些区域考察，做一些研究和访谈。

凌逾：这与后来的写托邦、沙城书写形成很大的反差，圣城与俗世的对比。

潘国灵：是的，但将一个嫖客写成患有"救世主情结"，本身也是将"圣"与"性"放在一起。你说得很好，圣城与俗世，这撕裂或者说是摆动,我想在小说以至于人生,还是会继续下去。

(研究生罗浩整理)

凌逾:《与潘国灵先生对谈录(上)——关于长篇小说〈写托邦与消失咒〉及其他》,《城市文艺》(香港)2017年2月20日;《与潘国灵先生对谈录(下)——关于长篇小说〈写托邦与消失咒〉及其他》,《城市文艺》(香港)2017年4月20日。

凌逾:《潘国灵:穿透表象看到被遮蔽层面》,《羊城晚报》2020年4月26日。

二、学术论

赵稀方学术答问录
——赵稀方、凌逾等

2018年10月19日上午,华南师范大学文学院"珠江人文讲坛"系列报告第四十二讲、跨界创意文化系列讲座之五在文一栋五楼讲学厅举行。中国社会科学院文学研究所研究员赵稀方先生以"后殖民理论与当代西方理论"为题,为文学院师生做了一场别开生面的学术报告。

赵稀方

赵教授是中国社会科学院文学研究所现代文学研究室主任,"二十世纪海内外中文文学"重点学科负责人,中国比较文学翻译研究会副会长,中国世界华文文学学会学术工作委员会主任,论著有《小说香港》、《后殖民理论》、《历史与理论》、《翻译与新时期话语实践》、《翻译现代性》、《翻译与现代中国》、《中国翻译文学史》(新时期卷)等,为剑桥大学、哈佛大学访问学人,台湾成功大学、东华大学、波兰罗兹大学等校客座教授,曾应邀在美国、英国、法国、加拿大、波兰等地高

《后殖民理论》

校和研究机构进行学术演讲。

此次活动由文学院凌逾教授主持，远道而来的龙其林教授、刘秀丽主任、陆杰副教授、陈庆妃博士、汤俏博士，本校的申云同博士以及现当代文学专业、世界文学与比较文学专业的研究生及部分本科生参加了此次活动。

学生：我是华师比较文学的研究生。在很多思想话语都已经西化的语境下面，我们应该怎样把自身的经验结合起来，才能在应用后殖民理论的时候，不会产生误读呢？前段时间我看到有一个对后殖民理论的批评说，以杰姆逊为代表的第三世界理论，它本身也是有东方主义的嫌疑的，就是把我们中国革命历史里面一些他觉得好的地方拿过去，然后变成他批判西方内部的资本主义的一种理论。但是对这个观点我好像没有办法下一个论断，因为我对中国的革命历史缺少了解，也对整个理论的源流缺少了解，因此在这个问题上面产生了一种疑惑，谢谢老师。

赵稀方：谢谢。你说的这一批评，其实在西方和中方理论里，也是一个争论。杰姆逊曾在中国社科院做了一次演讲，我当面和他提出了一个有关于National Allegory（民族寓言）的问题。他在《处于跨国资本主义时代的第三世界文学》一文中有一个引起争议的观点，他认为所有第三世界的文学都是一种民族寓言。杰姆逊通过对鲁迅的分析，认为西方的现代主义是个人力比多的升华，而第三世界文学，像中国文学，只是一个民族寓言，也就是说，是民族集体性的反抗和斗争的结果。他的原话是:"第三世界的文本,甚至那些看起来好像是关于个人与力比多趋和的文本,总是以民族寓言的形式来投射一种政治:关于个人命运的故事包含着第三世界的大众和社会受到冲击的寓言。"这是一种东、西二分的观点,意思是说中国这样的第三世界国家还没有上升到西方现代主义的程度。对这个问题最有力的批评,来自于印度马克思主义批评家阿吉兹·阿赫默德(Aijaz Ahmad),他的文章的题目叫《杰姆逊的他性修辞和"民族寓言"》。在阿吉兹·阿赫默德看来,这是一种本质主义的概括,显然不能成立。为避免本质化的立场,杰姆逊解释说他"本质上是用描述的态度来使用'第三世界'这个名词"的,这更让后殖民理论家们感到不可思议。阿赫默德说:二元对抗必然导致本质主义,而本质主义却又必然要推导出民族主义。大家可以直接参阅他的《杰姆逊的他性修辞和"民族寓言"》一文,这里就不多说了。

如果说,杰姆逊1985年给中国带来后现代主义,1989年又带来了第三世界文化理论,这种"第三世界文化理论"给中国学界带来了对于后殖民主义的误导。我们的学术界非常崇拜他,没有人敢提出质疑。

与此相关的问题,是少数话语。德勒兹写了一篇文章,叫作《走向少数话语》,他讨论卡夫卡的德语写作,得出一个结论,少数族裔的写作跟西方是不一样的,第一个是他的集体性,第二个是他的政治性。也就是说,在被压迫的地区出现的是反抗性的文学,而西方的文学是比较侧

杰姆逊(Fredric Jameson)

重于个人力比多的体验、反映个人与社会焦虑的现代文学。这里无论是杰姆逊还是德勒兹,都做了一个西方和东方的区别,东方的文学和西方的文学是不一样的,这里面的确有东方主义的观念。

凌逾：非常好的问题！一个好问题就像发动机,能引发深度思考。正是这个原因,赵老师说很喜欢对话交流。就像刚才赵老师谈到刘禾的研究,我们一直在思考国民性的问题,省思要怎么改造,但刘禾反过来问：谁说我们有问题？是谁在建构这个话语？如此一问,仿佛高了N多个层次去看问题。所以问答论辩是有益于思维磨炼的。多谢这位研究生开了一个好头,我们继续吧？

龙其林：我其实也挺好奇的,就是觉得任何一个理论都有它的适用范围,后殖民主义作为理解当代的一种重要方法,如果把它普泛地放到理解所有这些现象当中,比如说在女性主义小说当中,用后殖民主义的眼光来理解,可以提供一些新的视角,但是会不会也由此造成麻烦？如超越它的限度之后,从看起来找不到的、看似无的地方找到一种有的验证？会不会形成一种先入为主的见解？因为有了一种理论的视角,然后再来找一个对应的表现。所以我很想知道赵老师您是怎么理解它的使用限度的问题？

赵稀方：好,谢谢龙其林老师,我觉得这个问题很重要。现在我就以后殖民理论与中国的关系为例,来回答这个问题。一方面,我觉得关于后殖民主义的普世性,实际上你提出来的也是比较典型的一个说法,后殖民理论特别是进入中国以后也受到很多批评,说中国并没有殖民地的经历。其实也不是完全没有,我们是一个半殖民地国家,像伪满洲国、香港、上海租界等都有被殖民的经历。在整体来说我们没有殖民地的经历,那么他们觉得后殖民理论在中国是不适用的。

我特别喜欢周蕾(Rey Chow)的回应,她有一本英文著作,中文翻译为《写在家国之外》,里面专门有一段论述这个问题。在她看来,后殖民理论的独特之处,恰恰在于揭示了没有经历过殖民主义统治的国家和地区,也仍然在文化上受到了西方主导和操控,它渗透在我们的日常生活价值里面。

萨义德谈到,当代阿拉伯世界的学术界,已经完全被西方所主导,各种理论都来自西方,整个社会科学评价系统都来自西方,甚至于他们看待阿拉伯人的方式,也受到了来自好莱坞的影响。萨义德说,阿拉伯世界最厉害的学者都是西方的,最厉害的阿拉伯本地学者也必须是从美国回来的,最好是某某大家如德里达、哈贝马斯的弟子。斯皮瓦克在这方面是有自觉的,她认为这些学者在西方的学者面前实际上是东方材料的提供者,而回到本国之后,又变成了西方话语的权威,她将其称为后殖民知识者。

凌逾: 好问题一个接一个。趁着现在还没有人举手,我先赶紧来问个问题吧。赵老师做研究很有特点,不管做什么研究都会从最根源之处入手,比如研究香港,从报章杂志入手探究香港文学的源头究竟在哪里。过去大家都认为是《循环日报》,但是您却发现第一份中文期刊叫《遐迩贯珍》,一下子就将香港文学的起点提早到1853—1856年,这是非常重要的发现。比如做翻译研究,探究翻译文学如何渗透现代性,从五四往前追溯到晚清,追溯到传教士关于宗教的翻译作为起点。以格物致知的精神做研究,学问功夫自然很不一样。再比如,您早期研究的不是香港,也不是后殖民,也不是翻译,您研究的是庄子与卢梭、苏轼与王国维、鲁迅与周作人、叔本华与尼采、陀思妥耶夫斯基与托尔斯泰、萨特与加缪,中西的对比研究,而且基本上名家大家都研究了一遍。所以我觉得您做学问非常独特。我想问的问题就是,赵老师既有扎实深厚的前期研究基础,也有宽广丰厚的研究领域,那么,研究到后来就可能越来越有贯通感,突然有一天很多问题都串通起来,这样的灵感体验可能是非常好的学术状态。那么,赵老师您能给我们讲讲特别有感觉的贯通研究好吗?谢谢。

赵稀方: 这个问题很大,也涉及很多问题。我觉得导师指导学生,要找一个中小型题目,一定要有限度,这里面的对象是可以穷尽的。论文做出来以后,即使没有一种新的理论阐述,也至少有新的材料和历史整理。我觉得学术比较高的境界,是做历史研究,然后有一个理论上升。如果做不到理论上升的话,在有限度的范围内,把材料全部给做出来,这个论文也就有价值了。所以我让学生做翻译研究,如做"孤岛"的翻译、"上海沦陷区"的翻译、"伪满洲国"的翻译,我要求他们把这段时间所有的报刊有关翻译的材料全部要找出来,就这一点,论文就自有其价值,别人以后做研究,绕不过你。如果做一个很大的题目,穷不尽对象,只会越来越吃力,越搞越糊涂。

另一个方面,就是要具有较为开阔的研究视野。我自己本身并没有什么学科意识,我自己是中国现代文学出身,读硕士的前一两年都在读报刊,就从《新青年》开始一直读下来了。后来做新时期翻译研究,1949年以后的报刊、新时期的报刊也都看,做晚清翻译研究,又往前追溯到传教士和晚清报刊。这几个过程下来,从1807年开始一直到当代,基本上所有的报刊都看过。

局限在某一时段的学者,视野不太开阔,不太了解前后的东西,这就是一个学科的限制。我们社科院学者,因为不在大学里教书,不必非得按照现代文学来上课,所以基本上没有什么学科的限制。但我们跟其他学科的学者一聊起来,就发现学科的隔膜非常大。每一个学科都有自己的前提和惯例,看起来和别的对象相近的学科差异很大。我们的阅读是应该打开的,这样就会在很多问题上融会贯通起来。

知识视野的大小,决定了看问题的角度与方法。如果读的东西很少,看了半天材料也看不出问题来。有学生专门给我打电话问:"我看《蕉风》,以及相关的报刊材料,就是没有问题,而你看了一遍,为什么就能发现问题?"这问题从哪里来呢?我觉得这与自己视野的宽阔有关系。马华是东南亚文学的一部分,但除了马华文学之外,我还了解香港,也了解台湾,也了解其他海外华文学。我一看东南亚的这些东西,就立马想到香港和台湾。在二十世纪五六十年代,香港、台湾跟东南亚之间的交流很多,但各个地方的情况又不一样。如当时台湾的是比较封闭的,因为有政治化环境的限制,但他们还可以在香港和东南亚发表文章,这些往往是不敢在台湾发表的文字,这些做台湾文学研究的人往往没有注意到。香港其实是一个集散地,有很多香港报刊的发行量,在东南亚比在香港还大。有台湾、香港与东南亚这样一个整体性视角,比孤立地做这些地区的研究,更加容易发现平常发现不了的问题。我觉得地域之间的沟通、文本和理论的沟通,都会给我们带来新的视野。

徐诗颖:赵老师您好,我有两个问题想请教一下您。我写博士论文运用的那些理论都是以前沿用得比较多的,像混杂性、第三空间都是后殖民理论的延伸。老师们评价文章时认为,我的理论话语还是很陈旧,没有走出大家的共同话语。因为赵老师您在香港文学这一块已经研究得非常高深了,那么针对这个环境,香港文学研究如何可以开拓出新的研究领域呢,如果不按照西方那个话语,而是适合香港的后殖民或者新殖民的理论?第二个就是,我们知道老师您也关注香港的英语文学,那么以后重新看香港文学的时候,我们需不需要把香港的英语文学纳入到考虑的范围内呢?

凌逾:你说的香港英语文学是指英文写作吗?

徐诗颖:是的。因为我们现在谈论香港的本地作家,还有一些来自其他各个地方的华文作家。像谈到澳门文学的话,它的土生文学和葡语文学也会受到关注。那英语文学这块,如果再进一步的话,如果在理论建构上面,需不需要把它们也纳入进来,做一个整体性的观照?

赵稀方:我觉得不是理论新旧的问题,而是理论与历史的关系问题。我们之所以很容易用理论来套用历史,是因为我们对于历史的研究还不够。

我在做历史研究的时候,极少用到理论的词汇,除非是我自己纯粹地做理论,才会运用理论术语。我觉得理论给我们的助力,其实是给你的一个眼光,你不需要把这些理论的词汇放进去。

我觉得首先要做历史研究,从历史上可以验证理论,然而更多的是修正和发展理论,因为多数理论都来自于西方,和我们的历史未必一致。就后殖民理论而言,这个后殖民理论跟香港的情况我觉得相差很大。我们用关于后殖民叙述的这些东西来看香港文学,其实并不一致,这恰恰是你可以发展理论的地方。香港和一般的被殖民地区还是不太一样的,比如说香港跟台湾就不一样,台湾基本上比较符合殖民主义的论述。台湾在日据时期,它的汉语文化都被压制了,基本上要使用日语的文化,但在香港并不是这样。还有,按照新殖民主义和依附理论,殖民地经济很难独立发展，但香港则不然，发展得很好。香港是被殖民地区一个很大的成功，其实它是一个例外。香港的问题很复杂，我们不要用西方的理论来套用。后殖民主义是世界性的，从南非到澳大利亚到加拿大，各地的历史情形都不一样，因此也有不同的后殖民主义。

通常的殖民地，就是被占领的这个地方，由于它本身就拥有本地文化，那么就会存在一个文化冲突的问题。通常来说，殖民者要用殖民地的文化来主导和消灭本地文化，可香港它并不是这样的。香港岛的特殊性在于，它本来没多少居民，这里的居民是后来自愿来的，是逃难到香港的。香港提供了一种跟中国内地不一样的制度，我们看到，每每内地有战乱等情形，都会有人逃到香港来。西方学者的看法是，香港本身是殖民者和被殖民者共同建立起来的，叫"cooperation"。不是说殖民者压迫被殖民者，然后才发展起来，这两者是一个合作的关系，就是香港的被殖民者是自觉自愿地和殖民者合作起来，共同来建设香港的。那么这在后殖民理论里面，是非常例外的情况。我们看历史材料就能看得很清楚，英国殖民者占领香港，跟通常的殖民地策略不太一样，占领香港并不是要改变这地方的文化，而是要找一个贸易港口。它的目的并不是要占领中国的领土，然后扩大它的盎格鲁-撒克逊的文化。香港的罗永生教授就试图以此为对象，发展一种特殊的后殖民主义。你到国外去开会，谈后殖民理论，谈萨义德、斯皮瓦克，人家比你还要熟悉，但是你谈中国的经验，谈香港的特殊性，谈伪满洲国，谈台湾，人家就很有兴趣。历史和理论的关系，其实是一个相互促进的关系，我自己后来出的选集就叫《历史与理论》，觉得这里面关系挺复杂的。

第二个是英语文学的问题。我觉得英语文学就香港文学而言，所占的比重是非常小的。对于香港而言，我觉得现在比较有伸展力的一个问题，其实是香港的语言，比如说粤语，香港方言和普通话之间的张力。9月底，我本来在台大有一个会，结果因为各种原因没有去成。但他们也没放弃，找了一个学者宣读我的论文，然后也专门把反馈发回来，其中就涉及这个问题，比如说方言运动，等等。广州和香港都是粤语地区。"我手写我口"，实际写下来又不是一个普通话，普通话和粤语这里面的关系应该怎么来处理，其实有很深的理论问题在里面。我后来写了一篇文章比较《虾球传》和《经济日记》。过去我们比较突出研究《虾球传》，但《经济日记》是20世纪40年代时用三及第语言写的，这在当时的香港其实有非常大的风险，这其间的语言张力蛮大的。

凌逾：您这篇比较《虾球传》与《经济日记》语言的论文发表了没有？

赵稀方：还没发表。

凌逾：我们等着拜读，这是个很有意思的话题。

赵稀方：另外，外语写作这问题我再谈一下。我觉得从华文文学这个角度来看，华人的英语写作，其实是蛮重要的。我现在谈论的不仅仅是香港，华文文学研究全世界范围内的华人写作，研究汉语的写作，所以中文系和外文系长期是分开的。华人在国外的英文写作，现在被放在外文系来进行研究。其实从去年以来，华文文学的研究也把这部分的作家纳入进来，若少了华人的英语写作，从逻辑上来说是不太容易能够自圆其说的。在美国，它是美国的少数族裔写作。在处理方法上，如陈老师提出来说，华文文学是中国当代文学的一个部分。实际上，这等于是把人家美国文学说成是中国文学。英文写作就是因为是华人的英文写作，而在美国则是一个少数民族的写作，怎么能变成中国当代文学的一个部分呢？这问题在逻辑上很难说得通。但在研究中，华人的中文和英文写作，若是由同一个作家来写的，我认为应该把英文写作也纳入进来。我们现在带硕博士，也带了很多英文系学生，这样可以补充华文文学里所看不到的事情，这是一个专业问题，是华文文学里面需要去探讨的一个问题。

凌逾：其实赵老师刚才在回答问题的时候，已经提出了很多新的研究课题。如大湾区有合作共赢的空间，怎样把香港经验挪用或移植到新时代发展中，值得思考。还有英语写作、方言写作、普通话写作等问题，今时今日，一个人会多种语言的现象越来越普遍，不仅会几种方言，然后外语也会，甚至很多种外语都会。这带来一个问题，不仅是自己的作品被他者翻译，其实我们自己在写作过程中就已经是多语言的翻译了，在考虑表达的时候会突然想到客家方言、英文词、普通话，各种词汇怎么表达在作品中，就已有自我翻译、自我生成、自我转化的转译过程。一个作家的双语写作、多语写作这种自我翻译研究，其实跟传统的翻译研究已经不一样了，这或许也是一个很新的角度，值得去拓展的研究方向。所以赵老师的观点非常有意思。还有问题吗？

陆杰：因为其实我来的时候就是带着好奇来的，刚好老师也说了，可以提后殖民以外的问题。我在看您的《小说香港》的时候，就发现有一个特别重要的关键词，就是香港本土意识。然后现在您是在重新改版、再版，现在经过1997年之后这么多年，那么

《小说香港》

您再看香港历史的话,您对原来的中心观点会有修正或者丰富吗?

赵稀方:新的发现还是有的。以前我们在谈香港本土意识的时候,主要提西西、也斯这一派,所谓"我城"派,其实香港本土性还有另一种形式,那就是《诗风》一派。20世纪70年代后香港的新生代作家群,并不仅仅限于"《大拇指》-《素叶文学》"一派,与此同时,还有另外一个甚至于更早的"《诗风》-《诗网络》"派。《诗风》早在1972年6月就成立了,较也斯同年创办的《四季》第1期(1972年11月)还早几个月。

也斯登上文坛是在20世纪60年代后期,他回忆当时存在两大潮流,一是内地左派文艺圈中流行的批判写实主义,二是台湾式的现代诗。他概括这两种方法,一是以文字作为反映现实的工具,题材多涉贫民区、工厂、工农兵等等;二是心灵的超越、扭曲的意象,诗人不太想与现实有直接的关系。对于这两种路径,也斯都不太认同,他的想法是表现香港,"和现实生活对话"。这种想法,就是他后来在主编《周报·诗之页》以至于《大拇指》时所提倡的诗歌的"生活化"。

黄国彬年龄与也斯相仿,出道时面临的是相同的香港诗坛。黄国彬同样反对左派和台湾现代诗,他回应的主要是晦涩的台湾现代诗。针对现代诗的洋化,《诗风》首先提出来的是回归传统。当然,回归传统仅仅是对于当下过于洋化的纠正,《诗风》最终的目标,是融合古今中外。

可以说,西西、也斯与黄国彬两派都是立足香港的,然而他们对于香港现代诗歌的建立却有着不同的理解。也斯、西西阵营倾向于借助香港本土建构"生活化"的香港诗歌,黄国彬等人则认为香港的长处恰恰在于它的文化开放性,能够汇聚融合古今中外。之所以存在这种差异,与他们身份的不同有关。大致而言，《诗风》同人基本上都是港大的学院派，而也斯、西西同人差不多是以民间自居的。

1972年的《四季》《诗风》和《海洋文艺》这三种报刊，被视为香港的民间派、古典派与写实派的三足鼎立。在这三分天下中，前两者都可视为广义本土派，他们分明已经占据大半江山。

凌逾：我作为主持人突然想到一点，现在访谈都是我们问老师答，现在我想加一个环节，等下我们问完最后一个问题之后，我想听听在座各位听了讲座之后的感受，现场反馈一下好吗？现在我们提最后一个问题，谁来？

学生：我以前一直是读赵老师的后殖民理论的，我2010年就在看了，但是看了以后也把它给忘了。但是我看这个理论时有种认识，我们接触西方理论是依赖翻译的。如果没有翻译，很少有人能根据原典来产生思考。所以赵老师您后来会组织系统地翻译西方后殖民理论。我比较感兴趣的，就是19世纪时中国人对西方理论的意见，有没有形成某些重要的渠道，或是因为这些翻译作品影响到整个五四时期那些人的思想？

赵稀方：对，这个比较少，因为我对翻译有过一个系统的梳理，对西方文化的翻译就是从新教1807年以来的马礼逊开始。大体上经过了几个阶段。第一个阶段是传教士，宗教的翻译，要把《圣经》这些东西翻译过来。第二个阶段是跟我们洋务运动相配合的，翻译了大量的科技知识。第三个阶段是到了19世纪，开始翻译西方的政治、法政、法律这些方面的著作，注重社会科学的译介。但这些翻译是由传教士、由外国人来主导。我们自己一直到20世纪初以后，中国人自己来翻译，才开始比较注意到理论的层面，如严复翻译《天演论》。实际上由外国人主导的翻译，对西方理论本身的翻译是比较少的。

学生：中国早期的这一批知识分子对西方司法的接收渠道有哪些？

赵稀方：他们的渠道，你看郑观应、王韬，就这批出国的人，然后他们也懂外语。你看王韬传播比较早，我看他最多是对于西方的政治制度的介绍，就是说我觉得要涉及理论哲学层面，它应该是一个比较后的事情，因为这个不是他急需的一些东西，他要科技要制度这些方面。

凌逾：现在我们进入第三个环节，我们听听现场的反馈。就是说你听完有什么感悟？或者说对你自己的研究有什么启示，大概是这类的。自由谈吧。

张衡：非常荣幸听赵老师讲课。之前看过您的一些书，也在超星的学术视频上看您讲课，但还是喜欢现场这样，有那么多老师和同学跟您交流，代入感更强一点。我在听您说的时候，感觉就是随着一棵大树在攀缘，您给我们更多的可能是一些树干，但是每一个枝节我们都可以去把它拓展开来，去延伸出一条新的路来。在知道您要开后殖民讲座之前，看过您有关后殖民理论的书，然后顺着您的研究思路，去读一些斯皮瓦克的、香港学者周蕾的书，如《写在家国之外》《妇女与中国现代性》。您给我学习上的更大启发，就是顺着您的思路去打开更广阔的视野。今天您的演讲包括凌逾老师刚刚提问题的时候，我也考虑自己怎样在以后的学习过程中，把各学科的知识点打通起来去理解，就是钱锺书先生说的打通法。非常感谢老师带给我新的视野和研究方法。我回去后也要反思，如何运用后殖民主义与西方当代理论，把它运用到香港和澳门文学的对比研究之中。我觉得比较有意思的是，澳门作为一个被殖民地区来讲，它被殖民的时间更久一点，有大概几百年的历史，但个人觉得香港文化呈现出后殖民的特色比澳门更强烈、更深一点，这是我们要思考的问题。

霍超群：今天听这讲座我学到了很多东西。刚刚师姐问了一个问题说，话语规则。我研究澳门文学也有同样的看法，澳门的被殖民经验好像不是特别适合后殖民理论的阐释。所以我在做研究的时候也会在想如何去找到属于澳门自己的经验，作为后殖民理论的补充。因为像澳门的本地学者，他们会认为澳门没有后殖民的这样的一种影响。因为澳门被殖民了400多年。在葡萄牙管辖期间，其实内地文化跟澳门文化是并立的两条线。它们之间是没有一个交集，澳门不是非常典型的一个后殖民的地区。今天听完之后，一个感受是能不能从澳门当中也提取到一种跟后殖民经验有关，但又自具特色的理论方法。

赵稀方：我觉得后殖民其实有一个问题需要注意，其实你看萨义德，他讨论的对象主要是伊斯兰。自公元632年穆罕默德去世后，伊斯兰在军事上的霸权剧增，至17世纪，"奥斯曼"一直潜伏于欧洲，对基督教文明形成了巨大的压力。所以它有特定历史的一个限度。实际上我们如果把帝国主义跟中国的关系，把它带进来看的话，会发现其实不太一样，当然其他也有适用性。比如说在19世纪以前，情况就跟理论讲的很不一样，西方对中国非常友好，18世纪中国有很多的战友，但是后面讲现代东方学这一点差不多可以延伸过来，就是说在西方的资本主义扩张以后,那么实际上是中国也纳入了全球体系。19世纪以后,西方对中国的叙述就变得很负面了,这实际上也是为他们的殖民主义和帝国主义谋得合法性,就是说我们其实既有不同的地方也有相同处。因为我们记住它是一个伊斯兰的经验。那么到第二次世界大战以后,美国的科学系统才开始把偶然的概念给变化了,其实不再是一个伊斯兰这个概念。所以我们把它的历史性要搞清楚。

凌逾:非常好,我们一发言又激发了老师的灵感,其他同学还要谈感受吗?

学生:老师的理论很深厚,给我很多启发。我有一个疑惑的地方,就是刘禾对鲁迅的批评,认为他的国民性概念来自于传教士,第一个是鲁迅对传教士有他的辩证思考,会指出一些西方的问题,第二个就是鲁迅先生的国民性论述出于比较深刻的自身体验,如对愚昧的农民的观察,第三个就是在另一种左翼论述里面,鲁迅反而是杰出的反帝和反封建的文学思想者。然后这些地方会让我产生疑惑,鲁迅先生乃至一些现代文学作家,是否真正地陷入了后殖民所批评的殖民主义的圈套。就是说,国民性系统可能在种族主义那里是一种否定,东方人的状态,但是知识分子他们有对中国现实的深刻体验,然后以批判国民性来改变当时的中国。我的疑惑就是后殖民主义用于中国现代文学是否真的有效?

赵稀方:我觉得你这个问题提得非常好,其实对刘禾的观点也有很多的批评。不知道你有没有看过刘禾的文章?很有意思,《阿Q正传》我们都觉得是国民性的批判,但刘禾提出了一个疑问,她说《阿Q正传》受到波兰作家显克微支的影响,那么这到底是波兰的国民性,还是中国的国民性？如果是普遍的话，那就不能称为中国的国民性。然后，她又提出来说，作者鲁迅本身也是中国人，但作者可以暴露国民性，批判国民性，显然说明他自己并不具有这种国民性，并且可以跳出来评判它，这说明中国人的国民性并不都是这样。

当然，我们不能从刘禾的观点来推定鲁迅上了一个殖民主义的圈套，因为她把观点拿过来，又进行了转化，用来进行自我批判。在我看来，鲁迅的重点实际上是对于中国的批判，他的批判必须要找一个"他者"进行对照，这个他者就是整体性肯定西方，因此在这里，亚瑟·斯密斯（Arthur Smith）论述到底是否正确其实并不重要。我们要批评一个东西，会找一个他者来进行对照，至于他者本身到底是不是这样，并不是他的重点。这有点像家长所说的"人家的孩子"，家长在批评自己家孩子的时候，很容易说人家小孩多好多好，事实上他并不关心别人的孩子，我们不需要追究别人孩子的真相，因为家长关心的是自己家的孩子。

昨天我在中大其实说到另外一个问题，刘禾探讨国民性问题给我们最大的启发是什么？不是说鲁迅是不是上了圈套，国民性到底是不是这样的，而是对于"国民性"的想象和建构。也就是说，我们对于中国国民性的叙述，其实是有历史主导和建构的性质。比如说批判国民性思想，是五四启蒙主义的视角，我们觉得中国很落后，要用西方的现代性来提升中国。在这个前提下，当然是中国本身是落后的。五四时期多乡土文学，都写中国乡土非常黑暗，种种的封建习俗，戕害人性，文学的视角是批判性的。但是，在20世纪40年代解放区文学中，就完全变了。在延安文学中，群众虽然也有落后的地方，但他们变成了历史的主体，形象完全变成了正面的，启蒙者知识分子反而成了被改造的对象。也就是说，我们需要关注的，不是中国的国民性到底是什么样的，而是我们为什么这样叙述。

学生：老师好，我是2018级的本科生。您讲到的一个问题我还不太懂。马尔克斯逝世的那段时间，整个中国对拉美文学产生了研究热潮。我自己也读过博尔赫斯、马尔克斯等。我发现拉美文学在作为文本书写的时候，是用西方语言写作的，然后在写的时候，好像是在西方文化跟当地本土文化之间找到了一个融合点。当然您刚刚说到了香港的情况，香港和台湾情况比较特别，它不是纯粹的殖民背景。那么我想问的是，我们目前的现代主义文学运用的大多数的写作技巧，其实都是来自于西方，建立在西方的文学技巧之上再做我们的本土写作。我想如何在本土传统文化跟西方的写作技巧上做很好的沟通，后殖民思考方式有没有一些帮助？

赵稀方：西方的现代主义基本上被认为是第三世界要学习的东西，但是我们看后殖民理论的讨论，会发现西方的现代主义恰恰并不是西方一个内在的东西，而是在西方与东方相遇的时候产生的，这是一个后殖民的研究成果。我们看博尔默（Elleke Boehmer）的书，叫《殖民与后殖民文学》。他指出，现代主义文学思潮的出现，正是殖民地与宗主国家作家互为作用的结果。20世纪初，在帝国遭受质疑的时候，欧洲作家对自己社会的真实性越来越缺乏自信，遭遇了意义危机，并开始对于殖民地"他者"的文化产生兴趣，这成了现代主义的缘起。博尔默谈到，在殖民主义日益败落的时候，反讽成了占主导地位的文学形式，黑色幽默、戏谑模仿、反史诗等都是对于西方主流价值的背叛。在晚期帝国主义的语境中，反讽既是一种鞭笞，也是自我怀疑和批判，它不提供新的选择。纪念在印度去世的吉卜林式的英雄帕西瓦尔的伍尔夫的著名作品《海浪》，就是这样一曲反讽的绝望的挽歌。艾略特为了学习印度哲学，专门学习了梵文和巴利文。他在《荒原》中将不同的宗教文化拼凑起来，为混乱的当代西方提供意义。关于殖民地"他者"对于欧洲现代主义的作用，萨义德和阿希克洛夫特在其著作中已经有所提及，博尔默的新颖之处在于，他认为殖民地不仅仅为欧洲现代主义提供了参照和刺激，而且殖民地作家本身就是现代主义的组成部分，甚至他们就是最早的现代主义先驱。

拉美文学之所以在中国引起这么强烈的影响，它的吸引力主要在什么地方？20世纪80年代我们有一个对于西方的模仿和超越的焦虑，马尔克斯1982年获得诺贝尔奖，这对中国作家产生了刺激，让中国当代作家觉得找到了一个赶超之外的途径。因为拉美本身也不是西方国家，而是第三世界国家，拉美魔幻现实主义直接超越了现代主义，在世界

《殖民与后殖民文学》

范围内取得了成功，并被认为是后现代主义的一个典范，所以萨义德说，后殖民主义和后现代主义唯一可以交叉的地方就是拉美魔幻现实主义。中国作家就是被这种成功所吸引，博尔赫斯的小说实验比马尔克斯更加先锋，所以他在中国引起了更大的热潮。

不过，20世纪80年代中后期以后，实验小说基本上中落，这个时候影响比较大的是米兰·昆德拉。米兰·昆德拉是捷克人，捷克是东欧的社会主义国家，后来米兰·昆德拉因为批判苏联被驱逐，现在变成了法国籍。这次在绍兴我们召开中法论坛，我专门谈了米兰·昆德拉。我觉

得在20世纪90年代以后,我们的注意力有所转变,这个转变的原因其实是从这种追逐西方、追逐拉美魔幻现实主义,变到对于中国内在历史的反省。20世纪80年代以来,我们对于中国"文革"实践的反省是很不够的,米兰·昆德拉给我们提供了一个新的参照。

凌逾:今天的访谈对话很有深度。我发现赵老师修炼得越来越炉火纯青了。第一场的讲座比较容易,因为有备而来。但第二场的对话访谈难度很大,要随机应变组织语言,将所有知识储备转化出来,深入浅出地讲明白,这非常考验演讲者的功底。我每次遇到这环节就开始冒汗,但是赵老师潇洒自如,娓娓道来,讲得详尽丰富,临场应变能力相当好,实在让人羡慕。这次来的听众都是真爱,都是对学术研究很有兴趣的人,从你们听讲的态度,从你们的提问,可以看出,这次来的听众都是高手。今天这场精神盛宴由讲座进入到论坛,变成了高端论坛、高端对话,是由发送者和接收者共同完成,这也是合作共赢的局面。非常感谢大家的参与,非常感谢赵老师精彩的演讲,我们向赵老师表示由衷地感谢!

(研究生刘春芬、陈丽妃、丁一、邓媛、夏婉琦、谢慧清、李婉薇、何春桃、肖小娟、蒋迪、李雯苑整理)

赵稀方、凌逾:《赵稀方学术答问录》,《学术评论》2019年第2期。

中国作家的海外"遭遇"
——刘俊、凌逾等

2019年6月14日上午,华南师范大学文学院"珠江人文讲坛"系列报告第六十三讲暨跨界创意文化系列讲座之七在教4栋303举行。南京大学文学院教授、博士生导师、南京大学台港暨海外华文文学研究中心主任刘俊以"中国作家的海外'遭遇'——以'南洋郁达夫'为例"为题,做了一次别开生面的学术报告。讲座由文学院凌逾教授主持,广州大学彭贵昌老师、文学院博士后徐诗颖、部分中国现当代文学专业硕博研究生和选修"跨界创意"课程的本科生参加了此次活动。

刘俊

开场

凌逾:刘俊教授的博士论文做白先勇研究,是首屈一指的白先勇研究专家。刘俊教授2007年入选教育部"新世纪优秀人才支持计划",曾在加拿大担任过两年孔子学院中方院长,并去过美国、新加坡、马来西

郁达夫画像

亚、中国台湾、中国香港等国家和地区交流和讲学。今天前来给我们开讲座，非常难得，让我们用热烈的掌声欢迎刘教授演讲。

刘俊：谢谢凌逾教授邀请我来跟同学们做一些交流，也谢谢同学们来参与今天这个交流活动。凌逾教授刚刚对我的介绍很客气，我其实就是一个普通的教师而已，做一些研究，跟中国现当代文学和海外华文文学都有点关系。在我们这个领域，凌逾教授是非常杰出的学者，所以她邀请我来，是我的荣幸。今天我到这里跟大家交流的是关于中国作家的海外遭遇，这个话题很大，可以写一本书，我在这里只能特别以郁达夫为例。

郁达夫这个作家对于同学们来说并不陌生，在现代文学领域他是个非常重要的作家，可是郁达夫晚年的一段生活经历，可能同学们就不一定很熟悉了，这就是他的南洋岁月。后来郁达夫的生命也是终结在南洋。郁达夫的南洋经历，我觉得对于完整的郁达夫研究非常重要，并且对于整个世界华文文学研究也非常重要。所以我对他的这段经历专门进行考察，看看这一段时期的郁达夫，也就是"南洋郁达夫"，有哪些特殊的地方？他在海外产生了怎样的影响？他的遭遇又是怎样的？今天我讲的内容主要就是围绕着这个话题展开。

一、中国作家的两种海外遭遇

在讲郁达夫之前,我们先讲讲中国作家的海外遭遇。同学们学中国现当代文学,知道从现代文学到当代文学,有很多中国作家漂洋过海,到了海外。在海外他们自然会受到外国文学和文化的影响,这些有了海外经历的作家,他们后来的创作,跟他们在海外的经历、遭遇常常有很大的关系。

我们一般讲遭遇,都是指这些作家的海外生活经历,在海外遇到了一些什么事情、发生过一些怎样的情况、受到了哪些影响等等,都是以这些方面为主。而我今天要讲的遭遇,除了他们在海外跟外面的世界发生了某种碰撞、关联之外,还包括他们对海外又产生了什么样的影响。

我先举同学们都比较熟悉的几个作家受海外生活影响的例子,比如鲁迅。鲁迅在日本,对他后来的创作有着重大影响的就是幻灯片事件,这件事激励鲁迅弃医从文,走上了文学创作的道路;此外他在求学期间,还遇到了对他有过影响的一位老师——藤野先生,他有一篇散文《藤野先生》,就是写这个老师的。相信同学们都有所了解,这些海外遭遇对他后来做人、为文都产生了很大的影响。

郁达夫在青少年时代被他的哥哥带到日本留学,后来在日本走上文学创作的道路并参与创立创造社。其实他在早期的留学生涯中,有一个很重要的经历就是写旧体诗,这一行为,到了他晚年的南洋岁月,有所发扬。在南洋的时候,他的白话文创作不多,基本上是写旧体诗。其实郁达夫十几岁留日的时候就写了不少旧体诗,并且写作水平非常高,得到了许多日本汉学家的赞赏。

林语堂受赛珍珠的邀请去了美国，他的许多英文作品都是赛珍珠帮他联系出版的。林语堂用英文写作，他的《生活的艺术》《吾国吾民》都是用英文写成的。林语堂的书在美国非常畅销，版税收入不错，他就用这些钱去发明中文打字机。中文打字机虽然后来发明出来了，但造价高，普及难，所以林语堂想推广中文打字机的理想，最终没能实现。这是林语堂在美国的遭遇。

周作人和郭沫若在日本的时候都娶了日本太太，这是他们非常重要的海外遭遇。周作人的日本太太后来对周作人的人生，包括对周氏兄弟的关系，都产生过非常重大的影响。

以上这些例子，都是中国作家的海外遭遇，我选这几个典型的例子，就是想说明，中国作家的这些海外经历，对他们的思想、感情、人生和创作都会产生或隐或显的重要影响。

中国作家在海外的遭遇还有一种情况，就是他们成为被书写的对象，也就是说，他们被创作成外国文学中的人物形象。在这方面最重要、最明显的，就是鲁迅的文学形象。作为作家，鲁迅影响力大、成就高，自然会引起外国作家的注意和兴趣，并将他融入到文学创作中去。中国作家的这种遭遇，应当说是更高层次上的，真正对海外产生影响的一种遭遇。比如说太宰治写过一部长篇小说叫《惜别》。大家还记得鲁迅写藤野先生的时候，提到自己要离开先生到另外一个地方去学习了，藤野先生送了他一张照片，照片的背面就是藤野先生写下的两个字——惜别。日本作家太宰治就以鲁迅和藤野先生的这一"故事"为由头，创作出了一部长篇小说。此外，日本作家霜川远志还写过《鲁迅传》，这是一部戏剧，在日本影响颇大。

中国作家在海外被外国作家作为人物形象，写进他们的作品之中，除了鲁迅之外,还有郁达夫。这类作品在很大程度上可以说是外国作家对中国作家的一种想象和建构,也就是说,外国作家以"他者"的角度和视野,对中国作家进行新的塑造。一个中国作家能够被外国作家写到文学作品中去,可见这个作家的影响力是很大的。那么,外国作家通过对中国作家文学形象的塑造,想表达什么呢?同学们可以先想一想。

二、郁达夫在"南洋"

下面我们就转到郁达夫"下南洋"的经历。"南洋"这个概念我们现在不怎么用了,可是在晚清、民国时期,这个词非常流行。这个词是中国人发明的,早在宋代就有了,明清时期经常出现在文字书写中,到了晚清就盛行了。它的定义非常复杂,有广义和狭义之分。广义上讲的南洋,它的范围、疆界,各种说法不一样;狭义的定义则各家的言说基本相同,也就是说以马来半岛、马来群岛为大致范围,包括了今天东南亚的许多国家,如:马来西亚,新加坡、印度尼西亚、菲律宾、文莱等。近代以来中国人很关注南洋这个区域,为什么?因为那个地方中国的移民最多。有些海外学者的书里面,就提到南洋是华侨集中的一个地方,并且还把这一点作为定义南洋的一个重要标准。因此,讲"南洋",其实是站在中国人的立场观点来说的,南洋就是中国南方的海洋,主要指华侨集中的东南亚的各个地方。

19世纪以来,由大规模的移民所组成的南洋社会逐渐形成。这个社会跟中国有着密切的政治经济联系,而且文化形态也非常相似。最初,在南洋的华侨社会里,他们把中国的文化语言、国家认同、民族情感、教育模式、生活习俗全部复制到他们的社群，所以南洋这个地方的华侨社会基本上就是一个"小中国"，可以说是中国在外国的一块"飞地"。当然这个情况后来慢慢地有所改变，当地的文化渐渐对华人的生活、思想、情感，包括语言都产生影响，形成了新文化。我们看现在的东南亚地区的华人文化，已经有了很多当地的文化色彩，但在当初是完全中国化的，即便到了今天，东南亚华人社会文化的核心，仍然蕴含着中国文化的精髓和神韵。

近代以来，有很多中国著名文化人到过南洋，像左秉隆、黄遵宪是作为外交官派去的；邱菽园后来就在当地落户了，成为当地的文化领袖；章太炎、梁启超都曾经路过并游历南洋；老舍也曾在新加坡逗留并写了《小坡的生日》；胡愈之、王任叔、杨骚等也都到过南洋。当然有一个人跟南洋关系特别密切，那就是郁达夫。因为郁达夫跟南洋有着生死联系，他1938年到新加坡，1945年在印度尼西亚的苏门答腊失踪，所以他人生最后将近七年的时光是在南洋度过的。郁达夫的这个时期，我把它叫作"南洋郁达夫"。

南洋时期的郁达夫，他的人生可以说兼具文学性与政治性。他去南洋是受当时新加坡《星洲日报》的邀请去编副刊，同时也受陈仪的派遣去南洋宣传抗日，他去了之后也确实参加了新加坡很多具体的抗日活动，扶持当地的青年作者，而且卷入了当地的文学论争，为中国文坛和南洋文坛的交流做了很多工作。在南洋时，他先是在新加坡编《星洲日报》，后来新加坡被日本人占领，他就跟着一批文化人士一起跑到印度尼西亚去了。

在印度尼西亚的时候，他化名赵廉，开了一个酒厂，做酒厂老板，被日本人拉去做翻译，跟日本人周旋，暗地里掩护左翼人士。到了抗战后期，由于有人告密，日本人已经知道赵廉其实就是著名的中国作家郁达夫。当时日本人也没有点破，直到日本投降以后，一天晚上，郁达夫正在跟朋友聊天，一个马来青年进来喊他出去一下，说外面有人要找他。郁达夫很有语言天赋，也会马来话，于是就跟几个朋友说，你们等我一下，我马上就回来，然后就穿着拖鞋，跟那个马来青年出去了，结果出去以后就再没回来。郁达夫从此失踪，生死不明，生不见人，死不见尸。到了20世纪50年代，他被中国政府追认为烈士。

郁达夫在南洋时期，都做了些什么事情呢？作为作家，他的白话小说不再写了，这个时期他发表了一些散文，写得最多的是政论和旧体诗。坦率地说，作为五四时期的著名作家，他的创造力在这个时候已经有所衰竭，但是他作为一个中国作家的意义，却在南洋得到了彰显。在那样一个特殊的时代，中国正进行着艰苦的抗日战争，他的中国属性就在南洋表现为一种鲜明的民族立场、坚定的抗战意志，虽然身处海外，但是他心系中国。他的民族立场主要表现为故国情怀、对中国抗战进程的时刻关心以及中国本位的立场姿态。

"南洋郁达夫"虽然人在国外，但他并没有把自己当作外国人，他还是一个中国人。在创作于这一时期的散文中，他写到了新加坡的杭州饭店、马六甲、三宝公等等。在这些散文中，每一次触动他内心的都是中国记忆和故国情怀。此外，他在南洋写了大量的政论和杂论，将近有百篇，我们从这些文章的名字——《纪念"九一八"》《"八一三"抗战两周年纪念》《抗战两周年敌我的文化演变》《抗战现阶段的诸问题》《粤桂的胜利》《华北捷讯与敌阀之孤注》，就可以看出一个身在南洋的中国作家鲜明的政治立场和民族感情。

郁达夫最初去新加坡时，并没有要在南洋长住的打算，更别说落户南洋了。他只是以一个侨居者或者过客的身份在南洋从事文学、文化抗日活动，因此，郁达夫在南洋时的所有言论、所有思考，他的立场，都是中国人的。也就是说，一个中国著名作家到了南洋以后，在南洋以中国立场来介入南洋的文学、文化建设。这种现象，从某种意义上讲，体现了当时南洋地区华文文学发展过程中的一个重要特点：中国文学在当地的影响力，是十分巨大的。

也就是说，中国作家的参与，不但造就了南洋华文文学，而且还对这一文学的后续发展产生了深刻影响。同学们也许知道，现在的华文写作，已经不仅仅只是在我们中国内地，中文写作或者华文写作已经是个全球性的现象。这种世界性的华文写作是怎样产生的呢？应当说最初都是从中国"走出去"的，世界范围的中文/华文写作，在北美有北美的形态，在南洋（也就是今天的东南亚）有南洋的形态，但说到底，源头都是来自中国，都是从中国生发开去的。

所以郁达夫"下南洋"，在某种意义上也体现了这样的一个特点，就是说海外的那些华文写作，其实很多一开始参与到这种写作的作家都是中国作家。他们的立场、他们的情感、他们的思考方式、他们看这个世界的角度……都有着强烈的中国属性。当然这种属性后来慢慢地减弱、慢慢地消退，当地的属性、当地的特征慢慢地提升，最后发展到今天，成为跟我们中国文学不一样的外国文学。不过在当时，郁达夫离开中国来到南洋的时候，是带着他作为中国作家的文学声望和文化资本，来到了一个相对来说较为不发达的华文文学地区，因此他在新加坡的时候，是有着巨大的文学光环的，因为当地华人都知道，郁达夫是五四时期非常著名、非常有成就的作家，所以他去了以后，也确实为当地的华文报纸带来了一些新气象、新变化。他在《星洲日报》编了好几个副刊，这些副刊都是由他负责。1939年1月，郁达夫还无意中卷入了一场论争，这个论争不是他要主动投入的，是无意中"被论争"的。但是这场论争对郁达夫本人，对当时乃至后续的南洋/东南亚华文文学，都产生了重大影响。

论争源自当地文学青年温梓川的提问。温梓川在中国留过学，在中国读书时他就结交了很多文化人，那时他就认识郁达夫，所以他知道郁达夫来了新加坡以后，又跟郁达夫恢复了联系，并且向郁达夫提了几个问题：一、在我们南洋的文艺界，我们在提问题的时候，是不是目前的状况都是把中国的问题搬过来？我们身在南洋，身为华侨，我们考虑的全是中国的问题，我们从来没有面对过我们当下自己环境中的问题。这个现象应该怎么看？二、南洋文艺应该是南洋文艺，而不应该是上海文艺或者是香港文艺。因为当时南洋的很多华文报纸，它们的副刊在发表文学作品时，都是把一些内地作家的作品转载一下，搬过来，没有反映当地南洋的社会现实。三、有人提出在南洋我们要来一场启蒙运动。四、就是文学的大众化、通俗化，这是20世纪30年代文学中的一个核心主题，我们怎么样来展开这样的运动？怎么样利用旧形式？等等。

温梓川提了这些问题以后，郁达夫就做了回答。作为一个中国作家，他是这样认为的，他说我们是以中国文字在写作的，那么我国的论战题目也可以做我们南洋的论战题目。也就是说，郁达夫当时认为我们既然是用中文写作，我们也是中华民族的一部分，所以国内的那些论战题目，当然也可以成为我们这边的题目。当然要看这个题目是不是值得讨论，讨论的态度是不是真率。第二，郁达夫说文艺是受社会、环境、人种等影响的，当然会有社会投影和地方色彩。南洋的侨胞生活在南洋，如果你们写当地的生活，自然会有一些南洋色彩，不过他又强调，南洋色彩是不是很重要呢？不见得。因为一部作品成就的高低，不在于你有没有当地色彩，"根本问题，我以为只在于人，只在于作家的出现"，这是他回答温梓川问题的关键。这句话一直到现在，还在影响着当地的华文作家，也就是说，南洋如果能产生一位大作家，他以南洋为中心的作品，写了十部、百部，南洋自然就会有自己的文学。南洋色彩固然重要，可是更重要的是，你要写出好作品。一部作品成就的高低，不在于你有没有南洋色彩，你写南洋色彩，如果写得不好，仍然不是好作品，如果你没有南洋色彩，可你作品写得好，也是好作品。这是他的一个回答。

"启蒙"问题郁达夫也回答了，就是要选一个书目，等等。另外他也说，通俗化、大众化是文学的一个方向，文学从精英阶层向社会大众传播，这是必然的方向。这个方向在内地已经开展了多年，南洋以后也会跟中国的洪流接上。这个时候，你们会发现，郁达夫回答问题的立场和本位是中国的，他是一个中国作家，并没有站在南洋当地华人的角度来回答问题，始终强调"你们用中文写作也是中国民族的一分支"等。当然他也承认，你们在当地写作，如果涉及当地，自然就会有南洋色彩，可是关于南洋色彩，并不能决定你的文学成就的高低、文学价值的高低，而是要看你的作品好不好、能不能有好作品，如果有好作品，一个作家能写出很多好作品，那就是个大作家。而且他还强调要和我国的洪流对接，也就是说，还是希望它们能成为中国文学的一个部分，能成为我们中国文学的一个延伸或者拓展。

郁达夫的立场和表态，引来了当地很多青年华人文学爱好者的批评。我们前面讲了，郁达夫虽然"下南洋"了，但他一直是中国本位的，因此，虽然他的回答态度客观，观点理性、辩证，却还是遭到当地文化人的批评。当地文化人认为，郁达夫所说的"问题在于人，在于作家"是一种个人英雄主义。就好像只要有了人，什么问题都可以解决了。他们就觉得，你是瞧不起我们南洋文艺，好像只要有个"人"，南洋文艺/文学就可以产生了。郁达夫当然后来也做了一些回应，他说："我不过是一个文艺工作者，只想站在自己的岗位专做点文章……我以为文艺作者的'实践'，总之还是在写作。"郁达夫在这里说的意思，就像鲁迅说的，文学最后还是要拿出实际的创作，拿出真正有水平的"货色"出来。从前面当地文化人的一些批评中就可以看出来，他们其实有一些强词夺理，并没有真正理解郁达夫的意思，对他的批评并不完全正确。结果郁达夫的回应又招来了新一轮的攻击。郁达夫最后只好说，文艺不是武艺，讨论不是抗战，也就是说希望当地文化人对他的批评，不要过于武断和粗暴。

这场郁达夫被动地、无意地被卷入的争论，看上去好像是南洋文化人对郁达夫或拥护或批评的分野，但实际上体现的是华文文学在南洋两条不同的发展路径。这两条不同的路径，只不过借着郁达夫的"答问"，获得了一种放大和释放。这两条路径，一条就是理解和尊重郁达夫，以郁达夫为学习、求教的对象；另外一条，就是误解和攻击郁达夫，粗暴地歪曲郁达夫的意思，把郁达夫作为打击和摧毁的对象。

这两条路径表面上看是对郁达夫持有不同的态度，但是根子里面体现的，是20世纪30年代南洋文坛对中国作家不同的认识和态度。这种认识和态度的分野一直持续到今天。尊重郁达夫的这个方向，后来出现了温梓川写的《郁达夫别传》；批评郁达夫，或者说否定郁达夫的这条路径，就是后面我们要提到的黄锦树的小说和论述。

三、马华文学中的郁达夫形象

郁达夫1945年在印度尼西亚失踪,作为一个自然人和生物性存在,郁达夫是消失了,可是他在南洋的文学/精神存在,却一直没有消失、没有失踪,相反,倒是以一种文学形象的方式,进入马来西亚华文文学(简称"马华文学")中,不但被反复提起,而且还绵延至今。在马华文学对郁达夫的形象塑造上,也有两个方向,也就是我们前面提到的:一种是对郁达夫歌颂、敬仰的;一种是对郁达夫批评、批判的,后者甚至演变成了恶搞。温梓川在1964年写了《郁达夫别传》,基本上是正面歌颂郁达夫的。在这个《郁达夫别传》里,郁达夫帮助当地青年作者并影响了当地文学创作,用实际行动参与当地的抗日活动,在书中郁达夫的形象是相当正面的。这个我在这里就不展开了。

另外一个重要的方向,就是对郁达夫展开批判的甚至恶搞的形象塑造。有个马华作家叫黄锦树,是一位很有才华的当代马华作家。黄锦树

黄锦树

是马来西亚人,现在生活在台湾。他在自己的作品中,曾经反复地塑造郁达夫的形象。1990年他写了一篇小说叫《M的失踪》。《M的失踪》说的是马来西亚文坛上有个作者,写了一篇小说向西方文坛投稿,结果小说在西方引起很大的轰动,他的创作得到了极大的重视,西方文学界甚至认为他有可能获诺贝尔文学奖。但信息反馈回来以后,马来西亚文坛却不知道这个人是谁。因为马来西亚的文坛分为两个主要阵营,一个是马来人用马来文写作的马巫文坛,另外一个就是马来西亚华人用中文(华文)写作的文坛,叫马华文坛。

这两个文坛基本上不相往来,因为在马来西亚有一种很特殊的现象,就是他们有所谓的"国家文学",而马来西亚的国家文学只限于用马来文写作的作品,只限于马来文创作。华人用华文写作不被他们的国家主流接受,在"国家文学"之外,所以马华文学只是马来西亚华人自己的一种社群文学,他们自己玩自己的,不被国家(文学)接受。

但是《M的失踪》中的作者"M",既不属于马巫文学,也不属于马华文学,不知道是什么人。然后就有一个姓黄的记者来调查M,当然我们也可以设想这个黄记者在某种意义上是黄锦树的一个代言,或者替身。他在寻找M的过程中,发现M跟郁达夫产生了某种关联,因为小说中的一些表现跟郁达夫有关系。虽然小说最后没有确认这个M就是郁达夫,只是含含糊糊、隐隐约约地有这个指向,但通过跟郁达夫的一些关联元素,使得我们读者会产生他就是郁达夫的联想——起码是可能之一,因为小说中M有一句名言,叫"生怕情多累美人",这个是郁达夫一首诗其中一联中的一句,原联叫"曾因酒醉鞭名马,生怕情多累美人",看到这句话,我们就会很自然地想到这个M很可能是郁达夫。

小说中M可能是郁达夫的第二个指向,是M曾经发表针对马华文坛的"大作家"论。对当地的文坛,M曾经说过,只要出现一个大作家,马华文学的命运就会改变。我们前面讲郁达夫参与当地论争的时候,他就说过这话。小说中出现的这两个元素/线索,也就是小说中M曾经有过的两种表现,使得我们在读小说的时候会产生这种联想,认为这个M很可能就是郁达夫。而且最后小说中的M是一个复合函数,这个复合函数是$M=M_1+M_2+M_3+M_4+\cdots+M_n$,也就是说这个M已经化作千百亿身,使得所有的马华作家都有可能与M有所关联。M"阴魂不散"地活在所有马华作家的身上。不管怎么说,在《M的失踪》这篇小说中,郁达夫已经由一个中国作家,变成了一个被马华作家拟写和塑造的文学形象,成了黄锦树进行文化想象的对象——一个无所不在的巨大身影。

在《M的失踪》发表两年后,黄锦树又写了一篇小说叫《死在南方》。在《M的失踪》中,这个M并没有明确指明是郁达夫,作者只是通过"生怕情多累美人"和所谓的"大作家"论来暗示M可能是郁达夫。因为马华作家都非常熟悉郁达夫,所以只要看到那句话和"大作家"论,大家都会联想到郁达夫。但不管怎样,在《M的失踪》中,黄锦树并没有在作品中直接指明M就是郁达夫。到了《死在南方》,作品的主人公就明确是郁达夫了。黄锦树在小说中,通过对郁达夫失踪事件的怀疑、推测、想象和繁殖,对郁达夫进行了一种失踪"新解"。我们现在说郁达夫失踪了,对失踪的一般理解就是死掉了,只不过没见到尸体罢了。可是郁达夫有没有可能没死呢?毕竟没见到

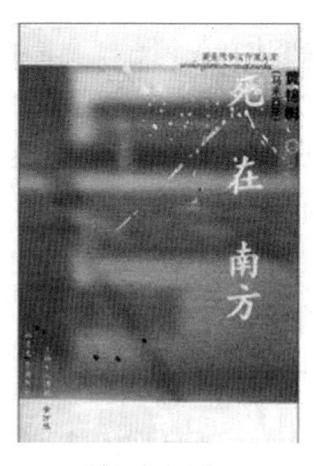

《死在南方》

尸体啊！郁达夫在南洋文坛是一个巨大的存在，一个中国来的大作家、名作家，已经构成了一种神话。对于这个神话，黄锦树在《死在南方》中，就要从"失踪"入手，对它进行一番解构。

《死在南方》和《M的失踪》一样，都用了后现代的写作方法，消解了以往历史记忆和文学书写中所塑造的郁达夫的正面形象。因为当地很多人在对郁达夫的回忆中充满肯定甚至歌颂，已经建构起了郁达夫的神圣性，所以这篇小说和前面的《M的失踪》一样，从某种意义上讲，就是对这种神圣性的消解，通过对郁达夫失踪悬念的终结，让郁达夫"以不断的归来做最决绝的离去"。在小说中，郁达夫失踪后并没有死，虽然最终他"死在南方"，可是他的死其实是以幽灵的形式不断地归来。《死在南方》中的郁达夫，在南洋其实一直"阴魂不散"。此外，小说中的主人公兼叙事者"我"和郁达夫之间，还有一种神秘的感应，因为"我"的家乡就是郁达夫当年失踪的地方，"我"曾经深深地受到郁达夫的影响，搜罗了他的各种著作，乃至使"我"跟赵老板（赵廉，郁达夫）"物我合一"。

这是一方面，另一方面，郁达夫对于马华文化人来说，又是一个永远遥不可及的五四文人，他的成就"我"（们）永远也达不到，所以"我"要竭力地通过书写活动来摆脱郁达夫的亡灵，找回自己。小说中写"我"在郁达夫面前的迷失，最后因为意识到自己的这种迷失，在涔涔的汗水中寻回了失落的自己。除了《M的失踪》和《死在南方》这两篇作品，后来黄锦树还写过很多跟郁达夫有关的小说，比如《沉沦/补遗》《导言：叙事/大河的水声》《凿痕/刻背》等。这些作品为什么会有两个名字呢？因为黄锦树是个很喜欢用后设小说的方式来进行创作的作家，一本小说有两个名字是他这些作品的特色，在目录中是

《沉沦》,可是在正文中它的标题就变成了《补遗》;在目录中是《导言:叙事》,可是你翻到正文的时候,作品的名字就变成了《大河的水声》。《沉沦/补遗》这篇小说可能同学们没看过,我简单介绍一下:小说讲的是一个摄制组到印度尼西亚去拍摄有关郁达夫的纪录片,因为已经有了一部纪录片叫《零余者的叹息》——我们知道郁达夫自称是个"零余者",现在要为前一部纪录片再拍一个《补遗》。拍摄组在拍摄过程中发现,当年的郁达夫并没有死,而是被两个日本兵挟持到一个小岛上。他为这座荒凉的小岛带来了文明,因为郁达夫是中国文化的象征,而中国文化在当地应该属于一种高级文化、先进文化。与此同时,郁达夫又在这个小岛上施行了"割礼"。"割礼"是回教的一种仪式,施行"割礼"表明郁达夫入了回教,于是他娶了四个妻子,而且还有一个回教的名字叫"伊布拉欣"。然而这个已经改名为"伊布拉欣"的郁达夫不但想念富阳家乡,还想念在富阳老家的原配妻子孙荃,最终郁达夫/伊布拉欣归真以后,岛上还多了一尊石头人像,被当地人叫作"望妇石"。

摄制组去拍的那个岛是当年日本兵把郁达夫挟持到的那个岛,结果他们回航途中,又被一帮海盗挟持到另外一个岛上,因为这个岛上有一个老人家想见见摄制组的这些人员,这个老人家是海盗头目秦寡妇的一个相好,想和这些摄制组的人见面聊一聊。这个老人家见到摄制组的这些人以后,吟诵的诗作叫《绮怀》——这是清代诗人黄景仁(黄仲则)的一首诗,而这个老人家的书斋名叫两当轩,我们知道《两当轩集》是黄仲则一个诗集的名字。熟悉郁达夫的同学都知道,郁达夫曾经写过一篇历史小说叫《采石矶》,写的就是黄仲则。这个女海盗的相好念的是黄仲则的诗,书斋名又以黄仲则的诗集名命名,足以表明他对黄仲则非常热爱、非常了解。而通过《采石矶》这篇小说，我们发现，老人家又跟郁达夫产生了某种关联。这个老人家后来提到"寿则多辱"，这是周作人的一个说法，他则很亲切地称周作人为"启明兄"，这样一来好像这个老人家又认识周作人。那么这个老人家是不是郁达夫呢？小说含含糊糊，假作真时真亦假，无为有处有还无，令人产生联想。所以你看，在前面的那个岛上，郁达夫已成了死去的伊布拉欣，到了这个小岛上，郁达夫似乎又成了尚在人间的老人家，弄得读者一头雾水。到了《导言：叙事/大河的水声》中，郁达夫则变成了一具骸骨。

如果说郁达夫在温梓川的笔下是歌颂的对象，具有正面的、积极的、崇高的意义，那么到了黄锦树的小说中，郁达夫已经毫无尊贵可言，甚至还成了被恶搞的对象。这样一个在南洋华文文学中发挥过重要影响的大作家，为何被年青一代马华作家观照出了一种荒诞性，这一现象的背后，显然有更为复杂的原因。

四、"南洋郁达夫"的文学意义

温梓川那条正面的、歌颂的线我们暂时不讲，因为那是一条传统的、易于被人接受的、争议性不大的线。我们现在主要讲讲另一条线：为什么郁达夫这样一个中国大作家到了南洋以后，被年青一代马华作家拿来作为一种批判的、颠覆的、恶搞的对象？前面我们已经提到，黄锦树在写郁达夫的时候，他是要破除、颠覆郁达夫这样一个中国来的大作家的神话。他在小说中一再塑造负面的郁达夫形象，其目的显然不只是要在小说中塑造一个人物形象，而是力图要在这个塑造过程中表达某种诉求，达到某种目的。那么这个目的是什么呢？我们觉得黄锦树在小说中总是对郁达夫毫不留情地加以戏谑和嘲弄,这跟他追求马华文学的主体性密切相关。作为一个马来西亚华文作家,黄锦树认为马华文学必须建立起自己的主体性,而要建立主体性,首先就必须摆脱中国文学的影响,因为中国文学的影响太大。那么中国文学的代表人物是谁呢?他选中了到过南洋的郁达夫。郁达夫在南洋所说的"大作家"论,就是指马华文学要作为一种独立的文学存在,要有自己重要的作家作品,这个说法对马华文坛产生了非常大的刺激——因为这种说法表明在马华文学中没有"大作家",这也成为马华作家长期以来持续存在的一种焦虑。在黄锦树看来,要想建立不同于以往的"新的马华文学",就要从源头上破除郁达夫的神话,瓦解对他的迷信,走出影响焦虑,建立马华文学的主体性。

黄锦树既是一个才华横溢的作家,也是一个十分杰出的学者。他有很强的论述能力,对马华文学怎样建立自己的主体性,他有自己的理论阐释。他认为要建立主体性,首先要摆脱对中国文化的依赖,去除中国性,凸显地域性,这样才能与中国性产生区隔,在此基础上才会形成马华文学的独立性和主体性。对中国性的过分依赖则会妨碍、迟滞、干扰地域性的生成,而没有独特的地域性,自然也就难以产生主体性,所以他要突出马华文学与中国文学的差异性和区隔性,这个跟他在小说中对郁达夫的形象塑造其实是互相映衬、彼此互文的。郁达夫是中国文学的代表,现在马华文学要建立自己的主体性,首先要打掉这个代表中国文学的神话,只有把这个中国神话打碎了,颠覆了,马华文学才能建立起自己的主体性。就像年轻人在成长的过程中,也有一种"弑父"的心理,要把父亲的权威颠覆了,年轻人才能成长,否则年轻人就只能永远在父亲的阴影之下。黄锦树在小说中对南洋郁达夫的这种想象、重铸、改写、新造，应当说都跟他对马华文学主体性的追求密切相关。

如此一来，郁达夫就成了一个重要的节点。我们知道在黄锦树那里，无论是郁达夫作为"大作家"在南洋的影响力，还是他的"大作家"论，都是构成今天马华作家焦虑的一个来源。不过有意思的是，对郁达夫的文学形象塑造本身，其实也成为马华文学跟中国文学彼此互渗的一个经典符号，也就是说，当郁达夫作为中国作家已经进入马华文学，并且成为马华文学中的一个重要人物形象时，文学作品中的郁达夫已经不是中国作家郁达夫，而是马华文学中的郁达夫，是中国文学和马华文学密切关联、互相渗透的一个经典符号。在《死在南方》里，黄锦树写郁达夫对"我"的影响，最后"我"和郁达夫"物我合一"，就是说"我"既想摆脱郁达夫，可是又摆脱不掉，郁达夫已经成为"我"的一部分。如果把郁达夫放大成中国文学，把"我"放大成马华文学，我们就会发现"我"跟南洋郁达夫的关系，其实是寄寓着一种同构的马华文学和中国文学的关系，就是说郁达夫代表中国文学，"我"代表马华文学，他们之间分割不了的"物我合一"关系，正说明了马华文学脱胎于中国文学且联系于中国文学。现在马华文学要摆脱中国文学的影响，就像小说中的"我"要摆脱郁达夫的影响一样，要"寻回自己"，因为寻回了自己才会有主体性，马华文学也才有主体性。

黄锦树在小说中通过对郁达夫的"骸骨化"，来表示中国文学在南洋/东南亚已经终结了，已经成为过去了；又通过让具有指标意义的郁达夫在本地落地生根，成为一种具有本土化、回教化的伊布拉欣，借此表达马华文学本土化是一种趋势。对于郁达夫当年对所谓"大作家"的呼唤这一成为马华作家竭力要摆脱的"影响的焦虑"符号、魔咒，黄锦树则通过对郁达夫的戏谑嘲弄来祛魅，来纾解焦虑、消除魔咒。纵观黄锦树在理论阐释中对南洋郁达夫的言说，以及在小说中借助对郁达夫这一文学形象的塑造，不难发现，黄锦树颠覆和解构了传统/正面的郁达夫形象，破除了郁达夫（所代表的中国文学）在马华文学中的神话地位，并以此作为追求马华文学主体性的手段/方法之一。

不过我们要说，黄锦树的这一做法本身其实是两难和矛盾的。黄锦树在文学再生产郁达夫的行为上，最用心，影响也最大，并且有理论论述的支撑，因此郁达夫在黄锦树的笔下，表现也最为充分，由此我们也发现，黄锦树不但对郁达夫的生平及其文学世界非常熟悉，而且对郁达夫的相关研究也非常熟悉，这是不是正好从反面证明了郁达夫对马华文学的深刻影响？黄锦树在小说中经常会引用郁达夫的一些书信、日记，但引用的书信和日记内容真真假假，有的是郁达夫的，有的是黄锦树自己创造/虚构的，但是弄得很像郁达夫的东西，这说明他对郁达夫所有的创作都非常熟悉。黄锦树一方面通过文学创作和理论阐释，希望马华文学能摆脱郁达夫的影响，可是他对郁达夫如此熟悉并在作品中一再书写郁达夫，却又在强化、证明着郁达夫对马华文学的深刻影响。如果黄锦树不这么一再地在自己的理论论述和小说创作中提到郁达夫，也许郁达夫在今天马来西亚的影响还没有这么大。正是因为他不断地在小说中塑造郁达夫的文学形象，不断地提及郁达夫的一些言论，反而强化了郁达夫在马华文学中的影响。也许黄锦树主观上想让郁达夫"以不断地归来做最决绝的离去"，可是客观上却使郁达夫"以不断地归来显最顽强的存在"，由此也证明了/强化了中国文学对于马华文学的重要性。

黄锦树曾将母语（华文）和中华文化（内在中国）比喻为幼儿（华人）的"母亲"，而"幼儿"在成长（社会化）的过程中，不可避免地会破坏"镜像阶段"的"母子和谐"（一体感）。郁达夫在某种意义上讲就是黄锦树要"挣脱"的一个"（父）母亲"，成为他要摆脱"影响焦虑"的一个克服对象，所以他才会在作品中一再地颠覆、丑化乃至恶搞郁达夫。当然对于马华文学主体性的追求，不止黄锦树一个人，而是很多人，这群人在20世纪90年代发起过关于马华文学的讨论，在2002年出了一本书叫《辣味马华文学——90年代马华文学争论性课题文选》。在讨论/争论中，他们谈到马华文学没有主体性，没有经典，因此现在要追求主体性，思考马华文学如何才能创立经典，强调要跟中国文学和中国性断奶。这些在当时是马华文学发展中的一个潮流，黄锦树只不过是他们中间的一个代表人物，这个潮流说到底，就是要追求马华文学的本土性/主体性，并以此来抗拒中华文化、中国文学、中国性，或者说，在抗拒中华文化、中国文学、中国性的过程中，来追求马华文学的本土性/主体性，这说到底反映的其实还是一种"影响的焦虑"——当人们在抗拒和力图摆脱一个东西的时候，正说明这个东西还没有摆脱也一时无法抗拒。黄锦树把中国和中国性思维看成是造成马华文学主体性和本土性不够突出的根本原因，认为马华文学要成长就必须摆脱中国性，但是问题在于，中国和中国性，按照黄锦树自己的定义，就是中国的国粹、国性、中国特性，而这个对马华文学主体意识的生成，并不必然地形成一种妨碍，两个并不见得是对立的、妨碍的一种关系。

事实上，从历史上看，没有中国作家和文化人的嵌入，没有中国性的参与和奠基，就没有马华文学。而在马华文学发展的历史进程中，无论是以方北方为典型的现实主义奉行者，还是以《蕉风》、天狼星诗社为代表的现代主义追求群，都深受中国文学的影响，有着中国文学的投影。就是包括黄锦树在内的马华旅台作家，也是中国台湾文学的文学机制生产出来的,所以从根本上讲,只要马华文学是用汉字写作,那么负载于汉字中的中华文化信息,就会自然地留在马华文学中——黄锦树也说,具有两千多年历史的中国汉字,每个汉字的字形字音史,都是一部微型的中国文化史——所以附着在汉字中的中国性也就在马华文学中与生俱来,挥之不去。虽然这种中国性的内涵,文字的所指会随着当地文化的介入不断地发生变化,但是在一些根本、核心的文化信息方面,只要它是用中国汉字书写,中国性就摆脱不了。所以中国性不但是割弃不了、摆脱不掉,而且它的存在本身就是马华文学得以产生并存在的基石和根本,所以马华文学只要是用中文写作,想要完全摆脱、消除中国性就是不可能的,也是不现实的。当然我要强调的是,这里谈到的"中国性"是指历史的、文化的中国性,而不是现实的、政治的中国性。所以他们要断奶、要再见、要告别,其实告别不了,也割断不了。他们一再地颠覆和重构中国文学(郁达夫形象),客观上是对中国文学在马华文学中具有不可撼动、无可消解的巨大影响力的再现和强化。想摆脱它,其实恰恰是在强化它,也是"影响的焦虑"的一种突显。黄锦树一再撰文强调马华文学要走出中国性,产生主体性,反过来正说明了中国文学对他的影响具有广泛性和普遍性。最典型的例子就是他笔下的郁达夫:郁达夫是中国的代表,因为他坚守中国属性,然而他又一次次地被黄锦树通过小说、通过书写而复活,郁达夫事实上成了马华作家省察自身和观照自身的一个聚焦的载体。

其实黄锦树本身也是矛盾的。他一方面认为马华文学的语言实践,对中国文学的美学意义的强调,会延迟马华文学主体性和独特性的产生,可是另一方面他又说经典语言的建立不能离开乡土,也不能自外于中国文化。也就是说,一方面中国文化和中国文学已经臻至成熟,对马华文学形成了巨大的笼罩，马华文学要寻找主体性和独立性，建立自己的经典就要摆脱它；可是另一方面，摆脱了这种臻至成熟的中国文化和中国文学，马华文学又显出了"疲态"并无法造就经典，为了马华文学的经典化，就不能不向臻至成熟的中国文化和中国文学看齐。这样一来，一方面要摆脱中国性以求马华文学的主体性，另一方面没有了中国性的马华文学，又成了难称经典的马华文学，这种矛盾，想必黄锦树也察觉到了。

郁达夫已经是中国文化、文学的一个代表，他对当地文学、文化的介入以及后来成为马华文学中一个繁殖再生产的对象，都使得他已经完全渗透到马华文学中，所以马华作家对郁达夫的这种"呈现"，也许是想打破、颠覆，其实倒是突显、强化了郁达夫对马华文学的影响，郁达夫已经成为马华文学绕不开的一个"镜像"。虽然黄锦树一再地想颠覆他，想打破这样一个神话，可是这个过程其实是对这个神话的着彩和塑形。在南洋郁达夫的身上，不但体现了中国作家海外影响的历史形态，而且还负载了不同区域华文文学复杂的互相混合的关系。郁达夫到了南洋，影响了当地的文坛，黄锦树在作品中写郁达夫的时候，又把郁达夫内嵌到马华文学中去，成为一种非常复杂的复合互渗关系。郁达夫不仅以中国作家的身份参与了南洋（东南亚新马）华文文学的建构，而且还以他在马华文学中的象征意义和复合互渗的双向关系再现于马华文学中。

从中国文学与外国文学（马华文学）的关系角度，来看中国作家郁达夫的南洋/海外遭遇，是不是很有意思？

时间的关系，今天只能讲到这里，如果有什么问题，欢迎大家提出来讨论。谢谢大家。

互动与交流

凌逾：非常感谢刘俊老师的演讲。大家可以抓紧这个机会提问。

张衡：非常感谢刘俊老师的演讲，我有两个问题想请教您。

第一个是，同为五四著名作家，鲁迅和郁达夫在南洋都成了华文文学中的经典符号，但他们的命运好像不大相同，鲁迅作品在新马地区被纳入了教科书，而郁达夫则成为小说中不断变换着的神秘人物形象，并在黄锦树的笔下不断地被颠覆甚至被恶搞或者说被解构。在东南亚的华文文学书写和接受中为什么会存在着这样的不同呢？

第二个问题是在我个人的阅读经验中，马华作家多写对童年及家族过去的回忆，又或者像黄锦树一般以后设小说的形式来展现未来的荒诞与不可知，为何马华作家们不约而同地采取了此种叙事策略？彷徨于过去与未来之间的他们，采取的这一系列书写模式对于当下现实又有何体验与观照意义呢？在此向刘老师请教，谢谢。

刘俊：首先，鲁迅不管在马来西亚、中国还是世界各地的作品中，都是一种正面的形象。他形象正直，道德无亏，又是中国新文学的代表，所以在世界各地，包括南洋（马来西亚），鲁迅基本上都是一个正面的形象。为什么郁达夫在南洋后来被黄锦树弄成这样的一个状况？我想可能有两个原因：

第一个是他自己的人生比较丰富多彩，而且有很强烈的颓废的一面，他的个人生活在某种意义上讲有点混乱，轶事很多；而他的作品，有的人说是黄色小说、色情小说等等，也容易让人诟病；他到南洋去的时候，其实是负有抗战使命的，可是许多人看不到他背后的这一面，只看到他逃离了国内抗战的环境，当年就有一些当地的左翼青年认为郁达夫是逃兵，为了躲避抗战跑到南洋去的。此外，郁达夫是一个直率的性情中人，说话很直，也容易留下"话柄"——这些都是鲁迅所没有的。种种原因，导致郁达夫很容易成为一个话题人物。

第二个原因是他在当地发表"大作家"论，从当时延续到今天，很多马华作家都认为他瞧不起当地作家。"大作家"论所说的，如果你们有一个大作家出现，你们的文学就有价值了，隐含的意思就是：你们都不是大作家，你们离大作家还有一定的距离。这种话在郁达夫是好心直言，在南洋（新马华文）作家那里，就成为对他们感情上的一种伤害。其实当时郁达夫讲这话的时候是没有恶意的，他只是一个文人，只是坦率地表达自己的看法。他的真正的意思是，文学好坏还是要拿作品和成就说话。

此外，他最后的死亡也是一个谜，这些就导致他成为一个容易被拿来言说、延伸、发挥的对象，可以为后设小说的创作实验提供一个很好的素材。

从总体上看，鲁迅与南洋文学没有什么直接的关联，对南洋作家的刺激性不强，何况他的个人经历也没有什么"传奇性"，没有可发挥的空间，而郁达夫不仅到过南洋，而且他的个人生活和失踪之谜，以及他在南洋的一些经历，都容易被马华作家拿来发挥。

关于第二个问题，如果你了解马来西亚的政治生态你就会明白，其实马华作家的创作处境相当艰难。在马来西亚，华文创作不被国家接受和承认，并且马华作家在介入和批判现实时要非常小心，因为有很多禁忌。为什么他们擅长写过去、写历史、写马共，是因为相对来说这类题材较为安全，在形式上采取后设的手法，也是因为相对来说这类手法比较可以在形式的先锋中曲折地表达他们的处境和不满，因为形式的后设化可以使作品的解释多样化，比较具有弹性。

我觉得马华作家其实是很悲情的，他们想建立起马华文学的主体性，摆脱中国性，可是一方面，中国性可能不那么容易摆脱掉，另一方面，他们想要建立的"主体性"，就是"马来西亚意识"吧？可是，坦率地说，这种主体性建立了又怎么样呢？华人（马华文学）的主体性是不被马来西亚国家承认的，最多它也只是华人的主体性，而这种"主体性"，就跟马来西亚华人一样，其实是悬浮在中国和马来西亚之间的一种"中间物"。他们在思想文化上不想回归中国，想建立他们的主体性和独特性，可是这些并没有得到国家层面上的马来西亚的关心和认可，马来西亚政府/主流并不认可他们。事实上，"缺乏主体性"可能是个逻辑上不太严密的议题，主体性其实一直都存在，端看对主体性的设定到底是什么，不同的设定会产生不同的历史形态和内容指向，而且，建立了马华文学的主体性，马华文学是不是就更有价值了呢？所以在我看来，马华文学对主体性的追求，只是一种姿态，只是马华作家们的一种诉求，并在这种姿态和诉求中，确立自己的定位和价值。可是这个诉求一方面其实已经实现，另一方面，就是实现了以后，马华文学的水平和价值，也未必因此而必然得到提升。

事实上，马华文学发展到今天，从这些作家作品中，已经能看到他们的主体性，是跟中国文学不一样的，大可不必非要进行这种本质主义的主体性的追求。黄锦树敢于把郁达夫塑造成他笔下的那种形象，不正是一种主体性的体现吗？不正是对主体性的建构吗？前面已经提到过，黄锦树其实很矛盾，一方面他认为文学价值的高低在于美学趣味的高低和艺术形式（当然包括语言）的成熟与否，马华文学不跟成熟的中国文学（文化）区隔就显不出其主体性。可是一旦区隔以后，又显出了其自身的幼稚，而这个幼稚正是黄锦树（们）要抛弃的，一个成熟的、精致的、文字非常优美的马华文学，才是黄锦树（们）要追求的。可是一旦实现了这种成熟的、精致的、文字非常优美的马华文学，它似乎就又回到带有中国性/中国文学特征的轨道上去了。这对马华文学（以及黄锦树们）就是一种两难的困境。事实上，黄锦树对郁达夫的形象塑造，恰恰证明了中国文学与马华文学你中有我、我中有你的历史和现实，在这个过程中，黄锦树作为马华作家，他既在主观上体现了他的主体性，又在客观上呈现了中国文学与马华文学（历史上的南洋文学）彼此互渗、难以割裂的复杂形态和互动关系。

结束

凌逾：非常感谢刘教授的精彩演讲。今天他给我们展示了优秀学者的风范，他对作家现象的反思，上升到理论层面，用以小见大的方式，讲述名作家如何广泛影响"一带一路"沿线国家，到如今的去影响化，使得地域华文文学能成长为具有独立性、区域性和差异性的文学，呈现海外华文文学的焦虑与追求，从小的聚焦点，变成长线的大话题，这也体现出刘教授学术研究的问题意识、学理意识和方法意识。今天的讲座跟我们"跨界创意"课程内容关系密切，我们这门课思考跨地域、跨文化话题，主题是大湾区文化及其海上丝绸之路传播。刚才教授精彩地讲述了一个海外流亡作家怎样对东南亚文化造成影响和冲击。经由海上丝绸之路传播中华文化，是一个后续再造、永生不死、文化流转的过程，也是追求经典和主体性的过程。这是长盛不衰的热门话题，也是我们课堂探求的问题。让我们再次以热烈的掌声感谢刘教授！

（研究生邓媛、丁一、夏婉琦、谢慧清、李婉薇、林兰英、刘倍辰整理，凌逾、徐诗颖、霍超群、张衡审核）

现代主义、跨国流动与南洋文学
——张松建、凌逾等访谈录

南洋文学是世界华文文学的先行站,华人下南洋的潮流早于赴欧美。华人作家与学者的南洋交流会产生怎样的化学反应?现代主义、鲁迅文学如何影响南洋文学和文化?2018年6月26日,跨界创意文化系列讲座之三《鲁迅与南洋文学:跨国影响的再考察》在华南师范大学举行。受凌逾教授邀请,新加坡南洋理工大学人文学院的张松建教授前来讲学。讲座前后,凌逾、吴敏、杜新艳老师,霍超群、林兰英、王昊、张衡、黄秋华等研究生,就鲁迅与南洋文学、现代主义与跨国文化、治学方法等话题与张松建教授进行了访谈。

张松建,新加坡国立大学博士,清华大学博士后,美国哈佛大学、荷兰莱顿大学访问学者。目前任教于新加坡南洋理工大学人文学院,担任博士生导师。主要研究中国现当代文学、海外华语文学、比较文学、批评理论。在海内外学术期刊上发表中英文论文六十余篇,著有《现代诗的再出发:中国四十年代现代主义诗

张松建

凌逾

潮新探》（北京大学出版社，2009）、《抒情主义与中国现代诗学》（北京大学出版社，2012）、《重见家国：海外汉语文学新论》（北京大学出版社，2019）等。荣获《中国现代文学研究丛刊》优秀论文奖、北京市哲学社会科学优秀著作奖、清华大学优秀博士后荣誉称号。

一、谈现代主义与中国当代诗歌的发展

凌逾：您著述丰富，硕果累累。最初出版的论著是《现代诗的再出发：中国四十年代现代主义诗潮新探》，然后是《抒情主义与中国现代诗学》，两书都深入研究中国现代诗，尤其是关注到了内地和港澳台及海外诗歌之间的传承、互动、拓展关系，视野宏阔。那么，您为什么以现代诗作为研究的起点呢？由此出发，您怎样发现了更广阔的学术世界？

张松建：我自己对诗的兴趣，很早就开始了。在中小学的时候，就非常喜欢唐

《抒情主义与中国现代诗学》

诗、宋词、古文，当时读了《唐诗三百首》、唐圭璋主编的《唐宋词鉴赏辞典》、龙榆生编选的《近三百年名家词选》，还有其他一些读物，会背几千首诗词吧，包括毛泽东诗词。到了河南大学，还是热爱古典文学，读了夏承焘的《姜白石词编年笺校》、邓广铭的《稼轩词编年笺注》，还有张炎的《山中白云词》、苏轼的《东坡乐府》等许多作品，毕业论文写的是苏轼诗词研究。我自己对诗歌很感兴趣，也可能是因为那时候我的性格比较内向敏感吧。后来，去了浙江大学读硕士研究生，专业读的是"世界文学与比较文学"，学位论文研究艾略特的诗歌理论，写了四万多字，得到答辩委员们的好评。毕业之后，硕士论文的其中一章，发表在中国社科院的《外国文学评论》上面。

后来，非常偶然的机会，我去了新加坡国立大学读博士，对中国现代诗产生了强烈兴趣，决定研究中国20世纪40年代的现代主义诗歌，当时的一些老师也很支持。为了写这个博士论文，我在2003年8月回国查找资料，当时非典刚结束。在上海、北京的一些图书馆，收集了很多第一手资料，都是之前的学术界没有注意到的。比如说大西南、华北地区、上海的那些大大小小的报章杂志，大概看了数百种。然后写成博士论文，两位海外评委——加州大学戴维斯分校的奚密教授，加州大学圣迭戈分校的叶维廉教授，评价很高。四年后，做了比较大的增订和修改，然后出版了，那就是我的第一本书《现代诗的再出发：中国四十年代现代主义诗潮新探》。2012年，这本书获得北京

《现代诗的再出发》

市哲学社会科学优秀著作奖。

再后来,我回国,去清华大学追随解志熙老师做博士后。解老师学问渊雅,著述精深,而且平易近人,和蔼可亲,经常与门下弟子聊学术,往往不经意中给大家带来很多的灵感和启发。有一次,他建议说:"中国现代诗学中的抒情问题有很重大的价值,你不妨去考查一下。"当时,有关抒情诗学的研究,还没有引起大家的重视。所以我就朝这个方面去努力,也看了很多第一手文献,复印了成千上万的原始资料,装满了整整一大箱子。我的博士后报告试图以"抒情主义"作为一个焦点和线索,切入中国现代诗学,从跨学科角度理解抒情主义的发生史和问题史,它如何和政治、抒情传统、市场、技术等各方面,产生复杂的互动。这个课题主要是文学观念史的一个研究,强调史料的发掘整理,回到历史现场,把各种声音——对抗竞争的声音——描述出来,理解这些观念、理论、语词如何展开跨文化运动,彼此如何碰撞、交流、斡旋、对抗。这两本书,一个是博士学位论文,一个是博士后研究报告,列入洪子诚先生主编的"新诗研究"丛书,都由北京大学出版社出版,在海内外学术界产生了良好反响。这些是个人关于中国现代诗和诗学的一些不太成熟的初步思考,也受益于众多优秀的中英文论著启发。

从2010年开始,我的学术兴趣转向海外华语文学,对新加坡、马来西亚、中国香港、中国台湾等国家或地区的文学文化,产生了一些好奇心,发表了一些初步成果,主要研究杨牧、张错、梁秉钧、王润华、英培安、吕育陶等,以现代诗的研究论文为主。港澳台、东南亚的华语文学,虽然不及中国内地文学有广阔的读者群,但是因为有相似的被殖民历史记忆、多元种族图景和复杂的文化形态,按照刘宏教授的说法,这是一个地地道道的理论"试验场"(testing ground),许多批判理论都派得上用场。研究海外华语文学，包括这些现代诗，我希望让文本、理论和历史，展开三边互动和辩证对话。我所关注的理论包括：后殖民主义、离散研究、性别研究、文化地理学、政治哲学、移民社会学。但是，如何把这些理论综合成为一个合适的阐释框架，运用到文学文本的分析当中，却是我的中心关怀。

凌逾：中国现代主义给中国新文学带来哪些影响？现代主义到了中国出现哪些变化？现代主义与西方文化有何关联？时过境迁，我们现在应该如何看待现代主义？

张松建：在1945年之前的西方，还有，从五四时期到当前的中国，现代主义是最有影响力的文艺思潮，不断为不同世代的作家提供灵感源泉。当然，第二次世界大战结束以后，现代主义被后现代主义取而代之，成为西方文学艺术的大宗。从19世纪中后期开始，现代主义对西方文化艺术产生了恒久的冲击，不单在文学领域，而且对于哲学、建筑、音乐、绘画、电影、戏剧等方面，都有绝大的影响。关于这一点，可以看看卡尔·休斯克的名著《世纪末的维也纳：文化与政治》，还有Sanford Schwartz研究庞德、艾略特与现代西方哲学之关系的那本书：*The Matrix of Modernism: Pound, Eliot, and Early Twentieth-Century Thought*。波德莱尔、里尔克、艾略特、奥登等，都是非常大牌的作家。西方现代主义是对浪漫主义的一种反动，推进了整个西方文学的发展，是历史性的转型。而中国的现代主义文学呢，是另外一种发生背景、脉络和民族性格，很不一样。就拿诗歌来说吧，五四时期是比较刻板的写实和说理；到了20世纪30年代，现代派作家富有抒情浪漫的风格。到了全面抗战和40年代，现代主义新诗的版图和风格又有更大的变化了。现在看来，现代主义新诗主要是在诗歌的艺术性、美学和技巧方面有更加复杂精湛的表现,更能够表达现代人错综复杂的情绪和感觉。从现代主义文化(不仅是文学和艺术)可以发掘出很多重大的问题,它的美学、技巧、文化政治,还有它与社会历史之间的复杂互动,还包括它的内在危机,它的结构性缺陷,这些东西都需要我们重新去思考和清理。现在已经到21世纪了,我们要重新打量它、研究它,希望有一些生产性、批判性的想法。

凌逾:今人认识现代主义发生了哪些变化?现代主义与现实主义如何因应互动?

张松建:人们发现,现代主义并不像以前所想象的这么高蹈遗世、不食人间烟火,纯粹表现内心的孤独绝望等情绪。现在的研究都已经证明了,这都是一种幻觉,像美国一些学者就证明,现代主义文学和大众文化、通俗文化、商业市场、社会政治之间的关系特别密切和复杂,包括波德莱尔和法国吉卜赛文化的关系、艾略特的反犹太人的思想、奥登积极介入西班牙内战,所以它并不是非常高端、清高或者说纯粹。他们举了很多例子,例如美国布朗大学的Mary Gluck,她的专长是欧洲现代主义和都市文化,写了一本很棒的书《流行的波希米亚——十九世纪巴黎的现代主义与都市文化》。还有学者研究西方现代主义的文化经济,表面上看现代主义是一个文学活动,但是背后有很多经济、市场和资本等各方面的刺激和推动。我们原来读诗歌,觉得诗歌很纯粹、很优雅、很高深,是"想象力的伟大游戏",其实背后有很多非文学的因素。就中国现代主义新诗而言,它和写实主义、浪漫主义的边界,其实不太清晰,相反,有时候还互相转化。而且这些诗人的成就大小不一,参差不齐。穆旦、杜运燮、杭约赫、唐祈把感时忧国的精神注入现代主义新诗。陈敬容的新诗,就不是高端现代主义,因为有很多感伤抒情。唐湜是一个热情的诗评家，但是他的诗有强烈的浪漫想象，缺乏现代主义品质。辛笛基本上是一个"三十年代"的现代主义诗人。袁可嘉主要是一个批评家和理论家。郑敏的诗，无论形式和内容，始终没有达到她老师冯至的高度。吴兴华学贯中西，才思敏捷，但是他的诗歌，在气象、格局和境界上，未能有太多的突破。

凌逾：二十世纪三四十年代，中国诗坛受现代主义的影响，但是到了现在，现代主义影响力还有多大呢？或者说文学思潮接受史出现了怎样的反差、悖论？

张松建：西方现代主义一直是非西方国家文学的典范，如对东亚、东南亚的文学都有很大影响，包括海峡两岸暨中国香港、日本、韩国、新加坡等国家或地区的现代主义文学也都是受欧美这些作家的影响。现代主义诗歌在1920年后期进入中国，有那么多的学者去翻译、介绍、评论，那么多的作家去吸收、借鉴、学习，在这个过程中他们会增加一些民族性、本土性的特点，也会受到个人理解能力的限制。在20世纪三四十年代，现代主义在中国是很有影响力的，即便是在抗日战争期间，大西南、沦陷区都有人在追求现代主义风尚。1949年之后，中国内地的文学生态朝向另外的方向发展，突显社会主义现实主义，所谓的"现代主义文学"也就被遮蔽了一段时间。"文革"之后，现代主义重新勃兴、繁盛、再出发。

凌逾：当代诗歌更加丰富多元，长诗与微诗并存，古诗与新诗齐飞，网络和纸质的图像诗都非常有趣，微信诗人越来越多，写诗的门槛似乎越来越低。您觉得当代诗歌的走向是什么？

张松建：当代诗我有所关注，但是研究得不多，只能说一点很粗浅的看法。这几年当代中国处在一个变革的年代，有一些批评家把握到时代的潮流,主张写长诗、大诗,带有史诗规模的。比如说李陀先生,原来一直做小说评论,是20世纪80年代文学重要的参与者、推动者,后来他对当代诗也非常感兴趣,提倡诗人写史诗规模的长诗。比如说,西川写了《万寿》,北岛写了《歧路行》,欧阳江河写了《凤凰》,翟永明写了《随黄公望游富春山》。这样的长诗写作,为当代中国波澜壮阔的时代画出一个全景图,反映出社会与历史、文化与政治的各方面的变动。我们看了之后,觉得大气磅礴,雍容浩荡,值得好好研究。在中国当代诗的研究领域,已经产生了不少中青年实力派学者,例如吴晓东、江弱水、敬文东、钱文亮、姜涛、冷霜、西渡、李润霞、孙晓娅等。在这个方面,我需要向他们认真学习。

二、谈跨国体验和治学方法

凌逾：华人作家学者一般都有跨地域、跨文化、跨行业、跨学科的丰富经验,因此,华文文学艺术与国内的文学艺术有迥然有别的气质和韵味。那么,新加坡有哪些跨界的创意值得研究?

张松建：有的。像英培安,小说、诗歌、散文、戏剧都创作。陈瑞献有很多跨界的艺术实践,比如雕塑、绘画、书法,他是多元艺术家。还有一些诗歌,被改编成舞蹈、音乐,像王润华教授的诗,被谱成乐曲弹唱,放到Facebook上面,套用凌逾老师的术语,这就是"跨媒介抒情"了,非常有意思。淡莹的诗,曾被改成舞蹈,由印度演员表演。新加坡注重文化遗产的保存,文学和艺术的跨界,四大文类的跨界,都是可以找到素材的。

凌逾：您每一篇论文都是"长篇巨制",有三四万字,而且都做得非常细致扎实,这与内地学术期刊的用稿要求不太一样,请问为什么采取长文写法?

张松建:长篇专题论文的写作,是我学习一些学者的做法。内地的很多学者喜欢写综论或概论,从全局上把握文学现象,但也有缺点,不够精细深入、扎实绵密。台湾、香港以及海外的学者,喜欢做个案研究,研究一个作家,把与这个作家相关的全部资料通读一遍,然后再看其他学者对这个作家的研究,还有相关的一些西方理论。写长篇专题论文,一般三四万字,可以把文本、历史、理论、学术史、文学史放在一起,写得比较扎实,比较厚重。像解志熙老师一直在写长篇专题论文,他的每篇论文都很长,比如谈沈从文、谈张爱玲、谈冯至、谈钱锺书,写得很棒,在《中国现代文学研究丛刊》上连载,在海内外很有影响。长篇专题论文,是学术论文写作的一种很好的方式。我们中国大陆的学术杂志,发文有字数限制。但是台湾、香港和海外的刊物没有那么严格。尤其是台湾的刊物,每一期大概是四五篇论文,比较厚,几百页,每一篇论文至少二三十页,也有五六十页的。他们的注释也很长,中文的、英文的、日文的参考著作。在这点上,我们应当学习台湾学者,他们的论文做得很扎实严谨、绵密细致。把个案研究整合起来,六篇论文就是一本书了,这是一种思路。王德威教授就写了很多长篇专题论文,比如说《魂兮归来》,谈中国文学里的鬼魅书写,从宋代话本小说《杨思温燕山逢故人》谈起,一直到当代台湾和大陆的鬼魅书写,好几万字。他还有《后遗民写作》,从明清之际的移民林朝崧、沈光文谈起,"海上楼船奏暮笳,伤心桑梓在天涯",一直谈到当代台湾作家骆以军。他的视野很开阔,把文学史上众多的文本编织起来,同时运用了一些很好的西方理论,当然也参考了其他学者的研究成果,加上注释,这篇文章就成了长篇专题论文了。（凌逾：王德威教授知识面宽广非同一般，从晚清研究到现当代，尤其熟悉台港澳、海外的文学作品，读书快笔头快，论文兼具广度和深度。）他是非常勤奋的，阅读量非常大。从晚清到当代，海峡两岸暨中国香港、新加坡、马来西亚，包括欧洲和北美的华裔文学，他都有所涉猎。（凌逾：他还开辟研究科幻文学领域。）他一直比较关注科幻文学。在《被压抑的现代性》里的有关晚清小说的四种文论，其中就有科幻小说。

霍超群：您是如何看待当下作家"跨国流动"这一现象的？

张松建：在全球化条件下，民族-国家的地理、语言、文化的疆界被打破了，人们的旅行条件更加便利了。实际上，中国从晚清以来就开始打破此局面，跨界旅行非常普遍。当代作家们很多都有离散他国的经验。就拿诗人来说，像北岛、杨炼、多多、张枣、孟浪等都有离散经验。这种经验拓展了他们的生活领域，也引起了文化震撼，尤其是西方文化对他们的震撼和启发。由于时间和空间的错置，作家需要调整身心去适应新文化，重新看待居住国和祖籍国之间的关系。作家对其他族群的文化传统和历史记忆的种种想象，在他们的作品里面都会有所表现。像美国的华裔作家哈金，他的小说很多是用英文写的，虽然已经入美国籍多年，但大部分反映的还是中国经验。这些作家在国外留学、定居、工作等等，也为他们的创作提供了全新视野，达到了一个更高境界。他们和西方的许多作家、艺术家、知识分子进行交流。哈佛大学历史学家霍布斯鲍姆写过一篇文章，叫作"The Benefits of Diaspora"，翻译成中文，就是《离散的好处》。"离散"的一个方面是，你去国怀乡，孤苦伶仃，经历迷茫、挫折和困顿，但另外一方面，离散有很多好处，给你带来一个全新的思想空间，一种新的文艺视野，让你去重新思考一些问题,同时也扩大了人际交往网络,深化了文学艺术的创造。所以我们难以想象,如果没有这些离散境遇,许多作家的创作会是怎样的一个面貌?在中国古代,离散就是跨省、跨区域。诗人们所说的"天涯",不过是山东、浙江、海南岛等沿海地带。离散在中国古代就有,各个民族、各个文明都有,像屈原被流放,苏东坡被皇上一道诏书流放到海南岛,也是离散,更准确地说,就是流亡、放逐。虽然当时我们中国没有"diaspora"这个词,但有放逐、流亡是类似的表达。"江南瘴疠地,逐客无消息","我寄愁心与明月,随风直到夜郎西",这都是反映了离散境遇。但是传统的离散和现在的还是不一样,现在是因为现代性、全球化、种族、性别等各种各样的问题,所以离散的问题变得更加复杂,矛盾更加多样化,产生了一种很巨大的能量。

三、谈鲁迅与南洋文学

凌逾:张老师在讲座中,详尽分析了鲁迅作品在南洋的再生和重构,视野宏阔,各种理论信手拈来,善于抓取关键词,发现文学现象背后的本质问题。他讲了几个很有深度的话题:国民性的跨国流动,南洋阿Q去政治化的重写,消磨掉了鲁迅作品对于革命的冲动。《一个像我这样的男人》把《伤逝》的女性议题转化为探询男性气质。《猿,有其事》讲"食母",食母兽,吃了母亲,这跟中国五四以来的文化传统是不一样的,五四说要"弑父",反传统,把几千年来的父权文化、封建文化打倒。张爱玲的《金锁记》里讲的是"母吃女"。张老师从"mother tongue"、后殖民文化的角度来解读《猿,有其事》,即当代新加坡在省思他们已经遗失的传统文化。我却想到传统文化不断破立和重构的过程，如今又重讲回归传统，文化复兴，这带给我们很多新的思考。"食母兽"也让我想到"啃老族"，想到人工智能、机器人，如果社会上出现大量的"啃老族"和机器人，我们的社会将出现什么状况？五年前，我曾经写过张教授《文心的异同——新马华文文学与中国现代文学论集》的书评，发表在《华文文学》，当时的题目是《南洋风与现代性的解语者》。如果像今天这般，听了这讲座再来写，或者会更深入一些。诸如此类的问题都是可以讨论的。大家开放提问吧。

吴敏：南洋作家接受鲁迅的作品是否有年代、性别之分？

张松建：新马作家对鲁迅作品的改写是有年龄和代际上的差异的。像最早出现的对《阿Q正传》的仿写，是在20世纪50年代早期，新加坡当时还在殖民地时代。到了1986年，华校的消失，就影响了英培安改写鲁迅的《伤逝》，变成了他自己的《一个像我这样的男人》。2004年，梁文福写《镜，有此事》。不同年代，关注的角度是不一样的。比如说，20世纪50年代的殖民地时代，很多来自福建、广东、海南等地的中国人，都跑到南洋地区打工，他们很多都是没有什么文化的，就像流氓无赖型的阿Q一样，横行法外，坑蒙拐骗，玩弄殖民地的法律于股掌之上，这都有非常强烈的时代痕迹。新加坡独立之后，这种流氓无赖型的阿Q消失了，民众受到很好的教育，讲究文凭、出国留学，非常西化，男女地位很平等。很多女性是职场女性，工作勤奋，一路升职，是一个女强人、社会精英、成功人士的形象，所以男性就感觉到自己的优越感、男性气概受到了挑战。小说《一个像我这样的男人》里的周建生，就感觉到在女友林子君面前抬不起头来。他自己没受过高等教育，赚的钱也比不上女朋友，所以他那个男性气质被严重损害了，最后两个人的感情就破裂了。实际上他把鲁迅的《伤逝》这个爱情故事向前推进了一步，强调性别政治、阳刚气质这方面的问题。接下来是文化认同的危机。1986年，新加坡所有的华校都关闭了，走进了历史，这对华人社会来说是一个巨大的创伤，他们都有相似的情感结构。所以，梁文福写《猰，有此事》，反思文化认同的问题。不同的时代，不同的作家，他们在重写鲁迅的经典时，都有自己的中心关怀，他们的重写活动，密切对应新加坡社会历史的变动。当我们阅读这些文本的时候，需要进行历史化和理论化的思考。

吴敏：梁文福是1964年出生的，新加坡是1965年独立的。那是不是像70、80后的华文作家，其实很少有人再拿鲁迅的作品去重写？60后之后鲁迅的影响好像告一段落了是吧？

张松建：对，式微了，这是吴老师非常重要的观察。老作家、老华侨他们对中国有美好的感情。年青一辈的作家，就在本地出生长大、土生土长，从小主要受英文教育，对祖籍国和原乡故里没什么印象，他们生活在自己的国家里，一个后殖民的民族-国家，一个全球性的城市，有自己的人生追求，所以也不太了解、不大关心中国的历史和现状，而是更关注本土的社会现状及其问题。鲁迅已经去世80多年了，在东南亚华人世界，年轻的80后、90后作家，不会崇拜鲁迅。鲁迅对新马的影响是因为特殊的年代，比如说梁文福在作品中说要"救救母亲"，"救救母亲"是维护中华的文化传统。

张衡：英培安的小说《一个像我这样的男人》，让我想到香港作家西西的作品《一个像我这样的女子》。香港和马来西亚、新加坡同属于被殖民背景，两个作者一个是男性视角，一个是女性视角，您认为英培安从西西那里，借鉴更多的是什么呢？

张松建：我在论文中专门比较过英培安、鲁迅、西西三个作家。他

作家西西

们在三个不同的空间，一个是后殖民的新加坡，一个是被殖民时代的香港，一个是五四时期的中国。时代也不一样，1910年、1980年、1970年，他们在不同的时间和空间进行写作。西西的《一个像我这样的女子》写一个仪容化妆师，这个特殊的职业对她的人际交往，包括谈恋爱，带来了一些困顿和挫折。英培安曾经在香港待过一年多时间，他非常喜欢西西、梁秉钧、舒巷城、刘以鬯这些作家的作品，所以他把西西这部小说的名字改编了一下，套用鲁迅笔下的"子君"和"涓生"两个人物的名字，来表达新加坡本身的故事。鲁迅表达的是反传统，青年自由恋爱的故事，是个人主义的东西。在西西的笔下，是被殖民时代香港职业女性所面临的问题，包括爱情问题。新加坡作家英培安，在小说中表现的是男性气质的问题，男性的权威遭受了挑战，被解构了。所以，这三个文学文本，写的是三个时间和空间，三位作家的中心关怀是不一样的。虽然他们有一些相似性，有一些重写和仿作、一些跨文化的对话，但我更强调本土性、个人性和创造性转化的过程。

王昊：您是把南洋作为一个整体来说，那么鲁迅在新加坡和其他几个南洋国家之间的传播和接受是不是会有一些不同呢？

张松建："南洋"是一个指称广泛的旧名，现在通称"东南亚"，地理版图上包括新加坡、马来西亚、印度尼西亚、菲律宾、泰国等11个国家。这些国家也多少受到鲁迅的影响。比如说印度尼西亚，印度尼西亚有一个作家叫普拉姆迪亚,他是一个社会主义者,也是一个左派作家,他非常崇拜鲁迅,他的作品里面经常会提到鲁迅的文章。南洋理工大学的刘宏教授,多年前发表过一个长篇论文,深入讨论普拉姆迪亚和中国的跨文化交往,涉及鲁迅和左翼作家。越南也曾经翻译过鲁迅的小说,今年5月王润华老师编了论文集《鲁迅在东南亚》,收入包括印度尼西亚、越南、菲律宾等这些国家的作家翻译鲁迅的作品。比如说越南的小说,里面出现了"吕纬甫式"的人物,但又是越南的青年。在某种意义上,可以说,现在是一个"全球鲁迅"的时代。

杜新艳:您是站在什么立场去评价这些作品的?如果从我的角度来看,我觉得假如没有您这样的一个读者、一个研究者把这些作品重新分类梳理起来的话,可能我们也很难发现与鲁迅的关联。比如说您一开始讲的那几个恶棍型的戏仿,我听的时候觉得挺不以为然的,假如没有把他们拉到阿Q系列里面去对比,我觉得它们可能没有多少存在的价值,就情节本身来讲,似乎没有太大的给人反思的余地,像是暴露型的……有点像近代文学的谴责小说。

张松建:我是从"东南亚文学"的本土角度,从华文文学史的内部去思考和评价它们。如果是站在中国的角度,来看鲁迅的域外传播和影响,那些作品确实比较粗糙和平面,把阿Q这个丰富的形象给窄化了,完全变成一个流氓恶棍,沉醉在自身的情欲中。人们有一个流行看法:"仿作"都是派生的、次要的,远远比不上原作、original的东西。现在,我研究新马华文文学,我是从新马文学史的本土角度,从内部视野来看,强调南洋作家对鲁迅作品的阅读、选择和接受,有其自由意志、能动性和个人取舍,而不是单纯强调鲁迅本身的外向影响,我强调东南亚本地作家接受鲁迅时的选择能力、个人的眼光、时代背景等等。南洋作家其实是有条件、有选择地去吸收鲁迅的某一个方面,各取所需,为我所用,把这个方面扩大、夸张、变形,他们的目的是表达南洋、新加坡、马来西亚的文化和社会,并不是为了说"中国故事"。他们的创作是本土化、在地化,只是借用鲁迅故事的框架、人物,或者一个线索,如此而已。借用哲学家冯友兰的话说,他们是"接着讲",不是"照着讲"。

黄秋华:南洋作家除了对鲁迅作品进行重写之外,是否还有对其他作家的重写?如果有的话,他们的改写是怎样一种情况,在当地的接受又是怎样的?

张松建:中国和新马的关系有一个历史性的变化,在1949年中华人民共和国成立之前,东南亚华人及其祖辈都是来自中国,所以他们和中国的原乡祖籍有密切联系。五四时期的文学作品,例如鲁迅、老舍、巴金等作家的作品,都影响过南洋。很多中国作家包括老舍、许杰、郁达夫、巴人、胡愈之、陈残云等,也都去过南洋,时间长短不一。但是相比之下,鲁迅对他们新马作家的影响来得更大。马华文学、新华文学,产生于1919年左右,中国的五四新文学运动一发生,南洋的报纸就开始介绍了,那里的作家们开始放弃文言,改用白话写作。所以,没有中国的五四,新马华文文学是无从产生的。其他中国作家对东南亚华文文学也多少有一些影响,比如说巴金、老舍、曹禺。当地的文艺刊物发表过这些中国作家的作品,都有很大销量。新加坡在20世纪50年代曾经是东南亚文化中心,一本华文小说印刷一两万本,阅读量很大。华校有很多,华文报纸、华人宗乡会馆非常之多。后来英国殖民当局为防范共产主义,禁止从中国内地进口书籍,所以新马作家从20世纪50年代开始,接触和阅读来自台湾和香港的文学作品。比如说,覃子豪、洛夫、痖弦、杨牧、余光中、周梦蝶的诗歌，对新马华文作家挺有影响。我曾经咨询过很多新加坡作家，他们都提到自己曾受台湾文学的影响。

（研究生霍超群、林兰英、张玥、刘玲、刘倍辰、张沛伦整理）

凌逾、张松建：《现代主义、跨国流动与南洋文学——张松建教授访谈录》，《世界华文文学论坛》2018年第3期。

★本文为国家社科基金重大项目《华文文学与中华文化研究》（批准号：14ZDB080）的阶段性成果。

关于海外华文文学的新思考
——陈瑞琳、凌逾等

访谈时间：2018年10月16日

访谈地点：华南师范大学文一栋三楼第二会议室

陈瑞琳，美国华裔作家，曾任国际新移民华文作家笔会会长，现任北美中文作家协会副会长，陕西师范大学人文社科高等研究院特聘研究员，出版多部散文集及学术专著，如《北美新移民文学散论》《陈瑞琳文学评论选》等。

引言

众所周知，从20世纪的下半叶起，中国文学的洪流巨波开始随着华人大规模移民的足迹向世界各地分流，而以北美最为壮观，并形成了文化特征鲜明的海外新移民文学。

纵观北美华文坛，已走过百年沧桑的历史长河。真正有书面文字记载的始于19世纪中叶，最早出现的形式是诗歌和民谣，以金山"天使岛诗文"为发轫而形成波澜壮阔的"草根文学"，应该说是美华文学的最早贡献，其特质是表现海外华人特别是底层的华人在美国几代拼搏的血泪悲欢。

到了二十世纪五六十年代,来自台湾的白先勇、聂华苓、於梨华等,"面对陌生的新大陆的疏离隔膜与无奈,遥望故国,表现自己那挥不去的落寞孤绝与乡愁,以及对西方文明不弃不离的复杂情感"。他们对生命深邃隽永的感知,对中西文化情愫的缠绵与放达,对自我生存状态的思辨,对岁月沧桑的叹息,可说是将美华文学推到了一个前所未有的历史高度。

白先勇

到了20世纪70年代后期,随着中国国门的洞开,大批来自中国大陆的学子开始涌入北美。他们带着自己纷繁各异的自身经历扑入这个全新的国度,其感觉之敏锐可谓纷纭复杂、跌宕起伏。或许是时代的变化,或许是心智的磨炼,比诸上一代作家,在汹涌而来的美国文化面前,他们显得更放达更热情,他们减却了漫长的痛苦蜕变过程,增进了先天的适应力与平行感。他们浓缩了两种文化的隔膜期与对抗期,在东方文明的坚守中潇洒地融入西方文明的健康因子,他们中很快就涌现出一批有实力、有建树的作家和写作人。

回首新移民文学的创作轨迹,先是在20世纪80年代出现了以查建英、苏炜、闫真等为代表的"大陆留学生文学"的先声,之后是90年代初以周励《曼哈顿的中国女人》、曹桂林《北京人在纽约》为代表的新移民文学发轫期,写的多是海外传奇经历,怎样为生存而奋斗。到了90年代中期,严歌苓、张翎、虹影"三驾马车"迅速崛起,创作了大量新移民文学的扛鼎之作。

进入21世纪初期，海外新移民文学开始向着宽阔及纵深领域发展，无论是海内海外的"国际化"故事，如张翎，还是深入回归"中国书写"，如严歌苓，无论是生活积累的广度和深度，如陈谦，还是寻找历史的隐秘死角，如陈河，无论是把握人性的焦点，如张惠雯，还是表现在文学精神的觉醒与升华，如袁劲梅，海外的新移民文学都做出了相当重要的贡献。

与此同时，在国际文坛上，著名的移民作家如英国的奈保尔、石黑一雄等备受瞩目，凸显出移民文学的地位越来越重要，由此更激励了海外的新移民文学向世界文坛靠拢，并成为一个努力的方向。

毫无疑问，海外新移民文学的创作浪潮，大大地丰富和刺激了中国的当代文坛，并引起了学界的广泛关注。为此，华南师范大学文学院师生与当代海外新移民华文文学研究的开拓者、陕西师范大学人文社科高等研究院特聘研究员陈瑞琳教授对谈，在比较文学的"跨界"框架内，讨论了一系列富有创见的新颖话题。对谈如下：

一、"文学家不仅仅属于某个地方"

孙金琛：我感觉中国当代乡土文学都有一套自己家乡的语言。但移民文学的语言是世界性的，那么他们的作品会失去语言所具有的"身份感"吗？移民文学在语言上会不会有点单薄，或者说难以捕获读者内心的认同？

陈瑞琳：我觉得所有好的作家首先是语言大师。如果一个作家作品拿出来以后，你看半天都不知道是谁，那这个作家绝对是不成功的。一个好的作家首先要创造自己的语言风格，不是说仅仅乡土文学能够创造语言风格，比如说贾平凹的语言是这种风格，钱锺书的语言是那种风格，路遥的语言又是一种风格。这个语言风格是属于作家自己独特的创造。在我看来，严歌苓的作品就有她自己的语言风格，你不能说她是哪个省哪个市哪个县吧？再比如张翎的语言，她创造的那种语调，也不能说她是属于江南的，还是北方的，而是一种属于她自己的语境。早年我在大学毕业后发表的第一篇论文，写的是萧红的语言。实际上萧红作品的很多地方并不是成熟的，但我就是喜欢她的语言，虽然不完美，但很有特色。所以说，一个作家吸引我们的首先就是语言。如果他的语言没有独特性的话，这个作家在文坛上也不会有地位的。当然，文学语言的地域性是有的，比如说上海的金宇澄写的《繁花》，一看就知道是上海地区的语言特色。但我觉得亲近方言的风格只是一个浅层的语言风格，例如河南味、山东味、东北味，这还是属于语言的表层结构。深层的语言风格，是内在的带有性格的体现。所以我们还是主张文学家不仅仅是属于某一地方。比如说《百年孤独》，你能说它的语言只是属于拉丁美洲吗？它的语言显然具有世界性，它属于马尔克斯性格里的语言。还有像海明威，他的语言就是他的性格语言。海明威的语言是别人没办法学的，所以我特别推崇的是性格语言，而我不认为作家应该局限在他的地方语言。

常乐宜：我记得有评论家说过，要把中国农村乡土的全部细节剖析给外国人看，才能吸引国际文坛的注意，像当下中国年青一代的如郭敬明式的比较"现代"的风格，是走不出去的。您怎么看待这种观点？

陈瑞琳：中国是农业大国，我们的祖先都是农民，都从农业社会走过来，所以乡土文学成为中国作家的一个鲜明特色。也确实应该承认，中国的乡土文学有很好的传统，当代作家如莫言写山东，阎连科写河

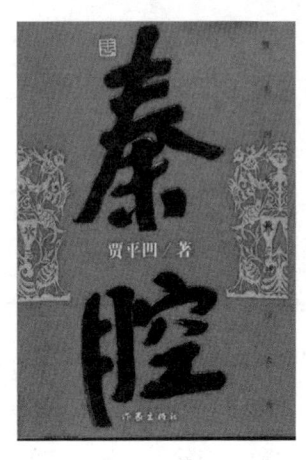

《秦腔》

南,陈忠实写陕西……但我还是觉得他们只是写出了乡土文明的贫瘠与衰败。再比如说贾平凹的《秦腔》,狠狠地写了他家乡棣花村里的清风街,唱了一曲乡土文明的挽歌。莫言把乡下写得很贫瘠,非常逼真深刻。但是中国的文学如果只写乡村的缺陷和落败,甚至也看不到乡村的出路,显然是不够的,虽写得如此厚重细腻,但对读者来说是非常压抑的。就我所看到的数据,在国际上喜欢中国作家作品的读者才占到总阅读量的百分之一(来自台湾学者邱贵芬教授的研究)。再说郭敬明他们的作品,虽然超越了乡土,但却轻飘浮华,就好像是一碗清汤上面漂的油花花,看着挺亮丽,但是沉不下去,写的是一种飘在时代表面的生活。读者的阅读通常有两种,一种是消遣的,好玩的,还有一种是深入思考的。中国的当代文学最致命的缺陷就是都市文学的根基不够,所以没办法写出像《了不起的盖茨比》那样的作品,因为我们的社会还无法提供可以写出真正意义的都市文学的土壤。贫瘠的土壤根本不可能长出参天大树。就算是北上广深,中国最前沿的发达都市,但没有人能感觉到来自都市生活的根,没有人能感觉到都市生活的灵魂,每个人都飘在这个城市里。所以我对中国当代文学的结论是乡土文学垂垂已老,但新的城市文学却还在实验之中,这是没办法的事。

二、"东西方的人性都是相通的"

凌逾：您在讲座中提到一个有意思的现象：海外作家在国外多先看到"异"和"隔"，比如说严歌苓的《女房东》写的是中国来的男租客受不了白人女房东的神秘两隔而离去，小说为什么写得如此诡秘？原来作者是要表达中西主客的文化隔膜心态。您接着又提到，海外作家久居海外之后又慢慢回到写"同"和"通"，那么，这"同"和"通"具体指的是什么？

陈瑞琳：我们先举个例子，就说严歌苓写的《少女小渔》吧。这个少女小渔一开始是为了绿卡，跟那个美国老头生活在一起。这本来是非常冲突的文化，一个年轻的中国女孩跟一个年迈的西方长者成为夫妻，这两个人本来是非常隔的，但是他们长期一起生活后，就开始滋生出一种人性的关怀。老者会把他的爱一点点流露给小渔，小渔会慢慢地感受到长者的这一份情怀。它不一定是爱情，但它是一种人与人的亲情，一种让人眷恋不舍的情感。最后小渔虽然拿到了绿卡，却无法决然离去，因为她非常不舍，小渔知道她离开后，老人的那种孤独，那种失亲之痛，她会在愧疚中牵挂和内心不安。小渔的这种矛盾心理，正是人性里相通的一种痛感，一种道德感。这里的感情发生了变化，原来是"异"的，最后融合为一种亲情的东西。我觉得海外的很多小说家，一开始创作的时候，写的多是一种对立，甚至是非常激烈的冲突，但是写到后来，就找到了东西方人性的那些共通点。

凌逾：我觉得这跟香港的南来作家也很像，比如说小说家陶然老师刚去香港时，觉得资本主义社会纸醉金迷，弥漫着商业铜臭味，写了不少批判性作品。但是在香港生活了几十年以后，他的观念就开始改变，觉得自己就是香港人,然后走向了您刚才所说的情爱的"通"、痛感的"通"、道德的"通"、文化的"通"……可能海外的移民作家们都有类似的心路历程。所以我还想请教您,新移民作家在国外所处的时间长短,比如说待了几年、十几年、二十年或者三十年以上,如何影响其创作?

陈瑞琳:答案是"会的",而且很明显,只是这种影响不是表面的,而在心灵深处的。很多刚去美国的作家都会被那种迎面而来的文化差异所震惊,就像女作家融融写的《夫妻笔记》,周励的《曼哈顿的中国女人》也有这样的特征。那就是一个完全陌生的世界一下子摆在你的面前,到处是生活的冲突,几乎是不可战胜。但是随着时间的推移,你会渐渐理解它,开始投入它,最后你会把他乡变成水乳交融的故乡。这个过程需要时间,比如张惠雯的小说,从早期的《两次相遇》到近年出版的《在南方》,异地生活的时间长了一些之后,看到的东西就更深,也更远。她的小说《十年》,写的就是一对夫妻在离婚十年之后达到的一种和解,生命中很多东西可以理解了,不会那么仇恨了,也不会那么对立了。所以我常常觉得,在美国待的时间越长,对中国、对美国的一些故事,反而有了一些新看法。最近看到一个研究,将老子的《道德经》与《圣经》做比较,然后发现它们彼此的精神内核完全重合,可见在更高的哲学意义上,人类的精神是完全相通的!

三、"真正好的移民文学要超越乡愁"

刘倍辰:著名作家白先勇被认为是比较有世界视野的作家,他描写的留学生生活很能引起读者的共鸣,也是写"异"和"隔"到"同"和

"通"的代表。老师研究的很多新移民作家大多写"边缘人"题材,或者是从自己的经历中取材比较偏门的故事。以后的海外新移民文学的主题会不会变得越来越窄?您对新移民文学的发展有什么期待呢?

陈瑞琳:先说说"台湾留学生文学"。北美的台湾作家早年大多写留学生的生活,包括各种婚恋和人生的不如意,如於梨华的《又见棕榈,又见棕榈》、白先勇的《芝加哥之死》,写的就是留学生们要不要回中国台湾,即留在美国还是回中国台湾的问题,这是一个非常重要的主题,因为他们那一代都面临这个问题。为什么大陆留学生的文学被叫作"新移民文学"呢?这是因为大陆留学生基本不存在去和留的问题,他们的目标就是变成新移民,所以他们的心态不是留学生的心态,而是"移民"的心态。现在回到你刚刚提到的问题,新移民作家的作品写的多是各种各样边缘人的移民生活,但这些"边缘"的生活放在一起,就变成一个百鸟图,一个大陆新移民的"清明上河图"。所以新移民作家的特点,他们不是写共性,而是写个性,每个人都有不一样的东西。

我个人对海外新移民文学有一个期待,就是希望他们未来写的作品是寻找个体生命存在的意义,因为我觉得文学最终极的目标就是寻找生命的存在方式。即我们的生命价值是怎样体现的,在怎样的环境中体现。比如严歌苓写的《小姨多鹤》,这个叫多鹤的女人是在那样的环境中体现出了她存在的价值,张翎的《劳燕》,那个叫阿燕的女子是在抗战的烽火中体现出了她的意义。这种价

《劳燕》

值不是仅仅为我们现在的时代,而是说在整个的历史过程中,作家都要去寻找一个人在怎样的环境中去体现他的价值,去寻找他的存在方式。我个人对文学的理解就是找到人的最合理的存在方式。已经有很多作家在写人的各种不合理的存在方式,但我希望未来有作家写人的合理存在方式,当然这个话题是比较大了。所以我觉得未来的汉语移民文学不会越写越窄,一个好作家不在乎要写一个重大的题材,或者写一个重大的人物,而在于你能够把生命本身最深的东西挖掘出来,比如《余震》里的那个小女孩小灯,就是把生命悲情里最深的东西挖掘出来。在这个意义上,新移民文学的未来发展空间还是很大的。

马新雨:您觉得乡愁文学和您今天说的移民文学相比,是不是它的一个初级阶段?就好像是移民生涯刚开始面临的冲突。这样的一种乡愁文学,作为移民文学的一个初级阶段,它的优劣点在哪里?

陈瑞琳:乡愁文学无疑是移民文学的一个非常重要的主题,尤其是早期的移民文学主要写的就是乡愁,因为离乡背井、漂泊天涯很容易产生怀乡的情感。记得我20世纪90年代刚到美国,打电话一分钟要4美元,根本打不起电话,国内亲友一接电话就哭,然后就说别哭了,赶紧说话,一分钟要4块钱。那时没有电邮,也没有现在的微信,看不到亲人……所谓的移民,不光是从中国移民到海外,也包括从自己的家乡移民到陌生的省份,也会有乡愁对吧?移民,它是一个流动的过程,只要流动就会有乡愁。当然移民文学能更强烈地表现这种乡愁。但我要说的是,今天的移民文学必须超越乡愁,如果还仅仅是乡愁的话,就还停留在浅层的移民体验。真正好的移民文学是能够用新的眼光来看待你的家乡。比如英国的日裔作家石黑一雄,他写的日本已经不是乡愁了,包括现在很多的海外作家写中国也不再是乡愁了。

四、"未来的汉语写作须具有国际化的倾向"

凌逾：说到海外新移民文学，你们是第一代，那么与第二代、第三代有什么差异？代际的差异性会体现在哪些层面？早期新移民作家多写动乱记忆、知青经历，而80后、90后、00后读者多数没有这些经历，如果读者跟这些作品的内容较难产生共鸣的话，新移民文学的未来将会怎样发展？

陈瑞琳：先说说新移民的"新"。作为新移民文学的研究者，很多人对我说，你们都已经移民几十年了，这个"新"字很快就不能用了。在我的概念里，新移民作家的"新"，主要是指第一代的大陆背景的移民作家。我甚至觉得最好的新移民文学可能就产生在第一代移民之间，第二代几乎就不可能了，因为第二代长在美国，很难再用中文写作了。但他们会用英文写作，也会讲中国的故事。

今天的世界是一个流动的世界，每天都有大量的新移民蜂拥而至，只是现在的新移民成分变得很复杂，所以未来新移民创作的方向、主题都会发生改变。我们这一代是"文革"的记忆、改革开放的记忆，后来的新移民如果要提笔写作的话，他们跟我们的记忆会完全不一样，但他们也一定有很多想要表达的东西。目前海外的70后、80后中间已经出现很多新移民作家了。所以新移民文学不会停止，只要移民的浪潮还在继续，只是他们写作的方向不一样，主题就可能会变化。

第二个我要说的是，由于全球化时代的到来，未来的新移民作家跟现在的大陆本土文学的区别可能不会那么鲜明了。因为有的人在国外住半年然后回国住半年，在国外住三个月然后回国住三个月，已经成为世界性的公民，他们写的东西也有可能跟国内的没有太大差别了。国内的作家也开始向国际化倾向靠拢，所以未来的汉语写作应该是具有国际化倾向的，甚至说台湾作家、香港作家写的东西跟大陆作家写的也都很相似了，最后很可能就变成"九九归一"，即分久必合吧！这只是我的一种想象，或者说一种预见。

杨挺：请再比较一下海外的华人文学和新移民文学，它们之间是怎样的关系？

陈瑞琳：海外的华人文学分两个部分，一部分是用英文写作，一部分是用华文写作，他们之间有区别，也有重合，比如像哈金，他用英语写作，也用汉语写作。在美国有一个非常著名的文学杂志叫《纽约客》，近年来就常常有华人作家的作品。《纽约时报》上也会出现有关华人作家的评论。所以现在的华人英语文学得到了很大的发展。在美国的华裔作家，也有很多在创作"华文文学"，台湾作家叫"华语文学"，就是用汉语写作。这两类作家不仅有重合，也是互相影响的。但是，华人的英语文学被归为美国文学，而用华文写作则被归为美国少数族裔的文学。这就是为什么很多的华文作家回到中国来发表，因为他们并不愿被当作一个少数族裔来看待，他们更想成为一个主流的作家，所以他们认为自己的大量读者还是在中国。

张衡：北美的华文文学，包括美国和加拿大的作家，他们之间有什么样的区别和联系？加拿大的华文文学似乎作为新生的阵地在逐步发展？

陈瑞琳：我们通常把美加两国作为北美地区，我的感觉是这两个国家的文化基本上没什么区别。但是有一个差异，就是我觉得台湾留学生文学似乎很少在加拿大产生，因为20世纪60年代很少有台湾人到加拿大去留学，而在美国留学。所以加拿大的华文文学历史不是很完整，也没有美国的作品丰富，虽然加拿大也曾经有修铁路的劳工，也有少部分的"草根文学"。

中国大陆改革开放以后，很多人移民到加拿大，因为加拿大地广人稀，特别欢迎移民，另一个原因是加拿大比较容易拿到绿卡。不过，在加拿大拿到绿卡之后也可以去美国工作。好多年前，我去多伦多，就听说那里的华人移民就有40万，非常惊人。现在走在温哥华的大街上碰见的基本都是华人，所以加拿大近年来的华文文学发展特别快。比如在蒙特利尔的魁北克华人作家协会，一成立就有100多人。目前的加拿大华文文学发展非常迅速，感觉大有赶超美国之势。特别值得提到的作家，除了张翎、陈河、曾晓文等，还有一位薛忆沩非常不一样，他是一个保持自己独立性的作家，他的作品被加拿大的主流媒体大力翻译推广，很值得关注和研究。

凌逾：非常感谢，您的见地发人深省，我们受益匪浅，期待这些话题能引起更多学者思考。

（研究生丁一、邓媛、夏婉琦、谢慧清、李婉薇、蒋迪、李雯苑、刘春芬、陈丽妃、霍超群、林兰英，张玥整理，陈瑞琳、凌逾审订）

陈瑞琳、凌逾：《关于海外华文文学的新思考》，《创作评谭》2019年第3期。

赛博时代的可能世界互动叙事

——中山大学"南方文谈"沙龙,张均、郑焕钊、王瑛、陈瑜、凌逾等对谈

导言

2017年11月10日晚7:00至9:10,中山大学南方文谈沙龙第23期在中文堂601室如期举行。凌逾教授首先演讲论文《赛博时代的多重世界互动叙事》一个多小时,演讲论文详见"跨界太极(现为跨界经纬)"公众号和"南方文谈"公众号。凌教授演讲后,各位嘉宾围绕演讲内容进行研讨,讨论嘉宾有张均教授、郑焕钊博士、王瑛教授、陈瑜教授等,还有各大学的研究生和本科生。此次学术讨论精彩纷呈,特摘编如下,以飨读者。

主题讨论

陈瑜(华南师范大学国际文化学院副教授):我对董启昌了解并不多,在我看来,董启昌是极具探索精神和革新意识的作家。

我之前没有读过《天工开物·栩栩如真》,在凌逾教授的推荐下,我觉得有必要借来学习一下。说实话,刚开始阅读的时候,我也没读

《天工开物·栩栩如真》

懂,但在作者构建的叙事空间中,我还是挺快乐的,因为就如凌逾教授所说,作家在小说中尽可能地"玩弄"、尝试各种叙事元素,包括时间、"实然"、"或然"、"应然"等多重世界。我并没有带着预设性的读者身份去阅读,而是以批判性的视角进行一场阅读游戏,因为作家在玩,我也在玩。我一开始是从所谓的"实然世界"——"我"所在的有十三种对象的叙事空间——中开始读,从电报开始,一直读到爷爷奶奶的故事,我觉得没劲了,就回到开头来读栩栩诞生之初的部分,再沿着这条线索读下去。也就是说,我是分为两个声部来读,感觉差不多了,就开始看他们之间的对话。

这其实是一种扑克牌式的读法,我整个阅读过程就是在玩,这也带给我不同的阅读感受。有很多小说家进行过各种叙事方面的尝试,特别是时间。比如说博尔赫斯就在《交叉小径的花园》中畅谈且部分实践了对小说叙事题材中"时间"问题的思考;卡尔维诺的《看不见的城市》,创新了我们对空间的叙事和想象;《寒冬夜行人》则挑战叙述者、

《寒冬夜行人》

作者和读者的身份限定，探索书写世界和阅读世界的沟通。

我十分欣赏董启章的是，他在这部作品中已经跳脱出以往作家对时间、空间等叙事技巧的创新，直接触及文学创作曾经的基石——"真实"，并将所谓"真实"的底线都消解了。有一类文学作家将"写实"作为追求的最高境界，后来也有对这种观点的反拨，但董启章不仅以叙事行为创建了两重世界，更重要的是，他在消解"真实"。什么是"真实"？传统观念认为叙述者是真实的，呈现出来的作品是虚构的，但在董启章的作品中，真实和虚构完全是交错的，就像凌逾教授说的，叙述者可以和他创造的人物有直接的交流，这种交流是否真实我们无法确定，但他所创造的虚拟人物也可以通过他的书写能力来获得所谓的真实性。所以，董启章不仅在玩弄叙事时间，玩弄叙事技巧，他比其他作者更进一步的是他同时也在反思，即我们用文学去建构一个世界时，我们的文学行为、写作行为，在某种程度上也是一种虚拟和自设。

另外我想请教凌逾教授两个问题，第一是在序言中，作者署名是"独裁者"，我在查阅资料时发现，王德威提到过"我"是这部作品的叙述者，但作者似乎并不是这个独裁者，是不是后面所说的一个叫"黑"的人？第二是我认为董启章这部小说不是科幻小说，在我看来科幻小说大部分是对未来的想象，可董启章反而在创设一个可能的世界，一个可能的叙述，那这属不属于我们所界定的科幻小说？还是另辟蹊径了？

凌逾：刚刚陈瑜教授说这部小说不是科幻小说，它确实不是，或者应该称之为"可能世界小说"更合适。《天工开物·栩栩如真》其实是在实验各种可能集合，比如真实与虚构的集合，写实、现代、后现代、后设小说的集合，男人与女人的集合，同性恋与异性恋的集合，雌雄同体的集合，又囊括了科幻小说、哲思小说和侦探小说等各种元素，甚至还有黑幕小说的元素，可以说是将各种小说门类进行结合。

董启章的小说作品中有很多人物都反复出现，构成了多面的人物王国，倪匡称之为"连坐小说"。比如董启章多部小说都出现过"独裁者"和"黑骑士"，其实都是隐喻"我"的多重化身和多重面具。《贝贝的文字冒险——植物咒语的奥秘》中，黑骑士自命为邪恶的文字魔法师，唯一嗜好就是收藏世界上最美妙的文字，所有被他诅咒过的人都要不停写作，直至他满意为止。其实，黑骑士是善良的魔法师。因为邪恶魔法师常想限制和禁闭别人的力量，善良魔法师则是追求解放和开启的人，把公主从堡垒中救出，把精灵从山洞中释放，让想象力从黑匣子中飞升到天空中。黑骑士、独裁者形象也反映出作者的创作野心，独裁者创造性地书写"婴儿宇宙"——一个仿若全知全能上帝眼中的世界。董启章近年生了一场大病后，写了《心》和《神》两部作品，可算是对独裁者形象的反思。

王瑛（华南农业大学中文系副教授）：凌逾教授的研究有两个吸引我的地方，一个是跨媒介，另一个是叙事。我想大家都很熟悉跨媒介，尤其是我们学中文的同学。文学起初就是诗乐舞相结合，所以文学本身就是跨媒介的。我们在阅读的时候，要运用自己的视觉、听觉等感官，把时间、空间都结合在一起，所以说跨媒介本身不是新鲜事，董启章运用跨媒介也不是新鲜事。大家都看过穿越小说吧？这种人物的穿越也不算新鲜事，1985年左右的先锋小说中已经能看到人物的穿越，人物走出来向作者要求自己的历史，要求自己的过往，要求和作者谈一场恋爱等。

我没看过董启章的小说，但我从凌逾的研究中看到了许多有意思的东西。大家可能还没有意识到,今天凌逾教授给大家打开了一个崭新的世界,就是跨媒介叙事学的前奏。为什么叫前奏呢?因为我国目前还没有跨媒介叙事学这个学科。跨媒介叙事从文学起源时已经存在了,那为什么到了21世纪我们才开始研究?刚刚说凌逾吸引我的两点是跨媒介和叙事,其实我更关心的是跨媒介叙事学,我注意到凌逾说的一个词——野心,还有一个词——开创。实际上,从凌逾的研究中,我看到了她不想言说的野心,因为我从她的作品里看到了非常新的东西。《跨媒介香港》这本书很厚,有45万字,我当时想凌逾为什么不把它分成两本书,这样就有两部成果了。她在书的后记里写道:"在书桌旁坐成一棵树。"这就是一种特别踏实的学术态度。像董启章的作品十分难读,我不想读,但是凌逾读下来了,她从发现西西开始,到发现香港,我相信她最后也会发现跨媒介叙事学。

跨媒介叙事学作为中国叙事学的一个分支学科,还缺少很多东西,比如说它可能还没有完整的理论建构。现在凌逾的研究,都是她自己原创的方法论,所以我们会看到很多新的概念、新的术语互相碰撞。如果你不了解叙事学,如果你没有看过很多作品,就可能会听得一头雾水。但正是在我们什么都没有的状态下,凌逾在这个领域的研究就显得特别重要。就像《跨媒介香港》中提到的,就目前叙事学的理论研究而言,不管是经典叙事学还是后经典叙事学,它们的理论框架和方法论已经不能满足跨媒介叙事现象的研究。既然一种理论不能满足新

《跨媒介香港》

现象的研究，那么新现象就会要求和呼吁一种新的学科和方法论的出现。其实我一直没敢问，凌逾教授接下来是不是想要建构这种新的学科，在叙事学的荒漠里生长出属于你自己的一片森林？

凌逾：王瑛教授提到了很有意思的一点，就是跨媒介自古有之，如诗乐舞一体，古人看了场舞剑，因此诗兴大发，又或者是书法家从武术中得到灵感。但是古人的跨媒介多偶尔为之，而这个时代的跨媒介却多是有意为之。那么，为什么跨媒介在这个时代突然迸发出来？很大程度上是因为网络的普及，过去没有那么丰富的可能性来承载它、拓展它，但是现在有了更多的可能。麦克卢汉认为古人是部落化的人，仿佛十八般武艺都要通，才能生存下来，后来发展为非部落化的人，专业分工越来越细。如今人类又进入了一个重新部落化的时代。尤瓦尔·赫拉利认为人类日益从智人走向智神时代。当前，认知科学和脑科学研究的急剧发展，更要求我们成为全知全能的全才，这就是跨媒介叙事、跨媒介艺术一下子被提出来的原因。越来越多的人自发、自觉、集体式地进入这个领域，使之成为热点，成为潮流，而不是局部、个体、偶发的行为。比如现在的微信公众号就是极具跨媒介属性的载体，还有立体多维的动图诗歌，文字会漂流、转圈、变色、扭动、消失，随着情感的波动而变换形状，各种创意实验匪夷所思，很有冲击力，新的网络图像诗更立体、丰富、多元，逐渐三维化甚至高维化。

郑焕钊（暨南大学中文系讲师）：今天很荣幸能向凌逾教授学习叙事学，凌逾教授把叙事学放在一个比较复杂的文本里讨论，对我很有启发。许多人在写作中会遇到一个问题，当他们将叙事学理论——如叙事视角、叙事形式、叙事结构——运用于文本创作时，写出来后很难找到文本中的灵魂，这与运用文化批评的方法相比会有不同的效果，后者带有抒发情感的人文气息，而叙事学方法较为形式化、抽象化。我们应该如何把形式与文化的研究，或者说叙事和社会现实的研究结合起来？这是个很难的过程，20世纪有西方理论家在做这两方面的研究，像詹姆逊和巴赫金就做得很好。

其中还涉及一些需要讨论的问题，如叙事的形式是什么？从现代主义向后现代主义叙事方法的转变过程中，不只有故事讲述方法的转变，更多涉及故事背后世界的变化，或者说读者如何理解这种世界的变化。任何一种新叙事方法的产生，比如后现代叙事，都反映了哲学上我们对现代性和现代理性主体之间关系的反思，在这个过程中，传统、封闭的因果关系等叙述模式就被解构了。像博尔赫斯、卡尔维诺的小说中蕴含着多种偶然性和可能性，使读者在理解世界本体的过程中获取新的认知，这些新的认知同时也会导致读者理解现实世界方式的转变。

董启章的这部作品就非常契合今天沙龙的主题——赛博时代的多重世界互动叙事。这部作品的特点是体现了我们时代的现实，这种现实被学者命名为后人类时代或后人类主义，也就是"赛博人"。"赛博人"起源于生物科学、航空等领域，是指为了便利宇航员在外层空间的生活而给他们接上一些器械，这种方式逐渐普及到其他领域，如心脏搭桥和器官移植。这就带来一些问题，人还是原来那个人吗？现在人类的边界是否还是传统意义上人与世界的边界？在人和动物、人和自然、人和物质的边界已经处于不断模糊化的阶段，我们应该如何理解上述问题？这是今天的现实之一。

另一种现实体现在斯科特·拉什的《全球文化工业：物的媒介化》中，这本书研究全球化时代的创意产业及其背后的文化背景。在现今的文化工业时代，我们对社会结构的传统理解已不再适用。传统理解是指在马克思的建构下，社会结构分为经济基础和上层建筑，在这种结构中，所有符号的意义建立在人类物质生活的基础上。但是在全球文化工业时代中，虚拟现实和仿真世界的出现，带来的最大变化就是上层建筑和经济基础之间的二元对立关系开始走向坍塌，文化下沉到物质中，物质也上升到文化中。在这种社会结构中，我们不再是体验文化、思考文化，不再是通过凝视一幅画，使我们的精神世界与图画中的艺术世界进行交流，从而获得感悟。今天的社会现实需要我们的操作和参与，小到一篇微信推文需要我们去评论和投票，大到玩游戏也需要玩家参与其中，比如现在的3D电影就比2D电影更能召唤观众参与其中，当画面中有一颗子弹飞来，我们的身体自然会躲避，身体和影像之间的关系已经不再是传统的观众凝视电影银幕而已。

AR（增强现实）和VR（虚拟现实）等技术虽然在不断发展，但在技术上依旧存在障碍。人们期待的VR电影是可以进入其中随意行动，与虚拟人物进行互动，自己创造故事。这在很大程度上可以改变我们与虚拟仿真的互动关系，进而改变世界，改变我们的感知和互动，给现实提供无限的可能性，但这需要我们去把握，讲故事就是其中一种形式。

董启章通过虚构栩栩这个赛博人的形象，表现或然世界和真实世界的平行，又比如作品中的爷爷奶奶可以不借助任何接收设备，只靠耳朵接收电波，十分神奇，这在《超时空接触》《信号》等影视剧中也出现过，这些作品都体现出声波在传播过程中蕴含着无数的世界。我们对外星世界的想象大多也建立在对声波想象的基础上，如科幻小说《三体》中，主人公也是通过无线电波来召唤外层空间的文明，声音中有无限平行世界的可能，这也是董启章在小说中用电波的意图，他想要寻找更多新世界的可能。

我觉得很奇妙的一点是陈瑜刚刚提到的一个词——"消解真实"。叙事本身磨灭了真实,实则就是作者提供了叙事上的可能,也就构成我们谈论的赛博时代、多重世界、跨媒介叙事等可能性的基础,他通过多声部和多重关系的互动,给予我们无限想象和思考的空间,比起一般的互动叙事能提供更多的信息,如最早用超链接进行的网络游戏,包括时下的橙光游戏,就是互动叙事的代表,但它只能提供有限的线索和选择,而小说恰恰能提供无限的可能。

张均(中山大学中文系教授):我今天听完像坐过山车一样,为什么呢?因为我写论文这么多年,已经形成了自己的一些方法和特点,当我面对一个与自己研究完全不同的领域时,我会受到很大的冲击,我听凌逾老师分享的时候就受到很大冲击,因为我看了董启章的小说后,我写不出有关它的文章,不知道从何下手谈论我的感受。我以前写文章,比较强调作者与现实世界的对应关系,强调作家为什么写这篇文章,是否在回应社会向他提出的问题,这是我长期以来想问题的思路。今天听凌逾介绍,我觉得这种写作方法放在董启章的身上,是很难操作的,我感觉董启章写作不是为了呼应香港的社会现实,他似乎没有这种强大的动力,我们很难明白他那些叙事元素创作背后的现实契机,如果让我总结对董启章的感受,我肯定无话可说。我所研究的"十七年作家"都比较老实,他们只生活在一个实然世界里,没有或然世界和应然世界,所以如果让"十七年作家"看到这样一个作品,有着三重世界,而且读者和叙述者之间还能互相交流,他们肯定认为是天书,是荒谬的。我感到很困惑,如果有一天这个世界上全都是类似董启章的小说家,我该怎样生存?

前几年我跟同学们说过,你们爱看的东西我一无所知,我阅读的作品却逐渐消失在你们的视野里,总有一天我真的会失业,董启章的作品大概就适合现今这个年代。但当我心情很失落的时候,听到焕钔老师的发言,又燃起了一丝希望,他告诉我们,即使是如此技术化、后现代、赛博的作品,仍然在回应当下的现实,呼应一个充满可能性的、叛逆的、不可预测的世界。这个世界重视主体对世界的参与,它不太强调我们对这个世界真理的占有,而是强调我们每个人参与到这个世界中去,比方说游戏、互动叙事。我还没有完全理解焕钔老师发言的精髓,不过总算看到了一个方向,就是一个如此高度技术化的叙事分析,仍然可以和我们的意识形态建立逻辑关系,仍然可以用我熟悉的方法找到落脚点。

我还有一个问题想问凌逾老师,就是焕钔老师给我介绍了一种新的现实,但我总觉得他讲的现实放在今天的社会中,还不是完整的社会现实。打个比方,虽说虚拟世界对我们的影响非常大,但把电脑一关,我们立刻又回到了现实,我们知道明天要上班,要买房子,要还贷款,这些事情不会因为作品中的主人公有多么自由、多么多元互动而产生改变。也就是说,"十七年作家"曾面对的、陈旧的社会问题仍然存在,并没有因为现代技术的突飞猛进而有什么不同。在技术如此先进、全球网络化的时代,我们所看到的现实和一百年、两百年前看到的现实还是相似的。我想知道,当我们的现实有80%的因素仍然被这些传统的现实所占据的时候,这种现实与董启章的小说之间有着怎样的关系?董启章也是在现实中间,他并没有出于现实之外。我习惯的写文章方法就是文本内外的相互对照,文本内部的叙事与文本外部的社会意识之间的对话,但董启章这种非常超越现实的叙述手法与现实本身有很大的不同。所以在这种情况下我就想问凌逾老师,这能对我们有什么启发?

凌逾:多谢张教授的提问,很好的问题。其实董启章的作品中有写实主义，他一方面是很接地气的，一直致力于借助小说来切实地展现香港的发展史、百年史，不仅书写人物史，更是创造性地开拓出物件史、物的叙事学；另一方面是很不接地气的，作品中尽是天马行空的可能想象。他的接地气体现在讲述百年来香港的日常人事、物件用品、街区地图等；讲述人与人的争斗，人怎么生存，社会怎么发展，怎么呼应时代的发展；讲述香港在不断上升发展的过程中，科技进步同时推动了社会的发展、人的发展。董启章从个人的成长历程中窥探家族的成长、历史的成长，讲的一切都与我们息息相关，所以他没有脱离现实。我们还是可以看到有血有肉的东西，他笔下的人物也会谈恋爱，也需要吃喝拉撒，这一方面和"十七年文学"差别不大。

《跨界网》

我在新书《跨界网》中，想象未来的全息世界，是受众进入虚拟世界后，就像进入了完全真实的世界，跟虚拟人物互动就像跟真人互动，如可以挑选多个恋爱对象进行一次次尝试，最后总能找到自己满意的。但这会出现一个问题，就是当我们面临更多选择的时候，我们其实更没有选择的空间；存在更多可能性时，其实更没有可能。我今天讲了那么多，其实也有困惑，就是今天的小说到底发展到了一个什么样的境界？当各种叙事方法都用尽的时候，无穷的可能性都穷尽了之后，当达到了叙事的一个极限之后，该怎么办？

学生提问环节

学生：老师您好，我平常喜欢看一些简短的网络小说，这本《天工开物·栩栩如真》我翻过二十几页后发现有点晦涩就放弃了。我看过日本的一些轻小说，也看过一些推理小说，也接触过一种叫作盒子理论的写作方法，可以说是各种套路都看遍了。但我第一次看见董启章这种反套路的作家，在我看来，他的作品除了带有科幻色彩以外，其他方面似乎有点浅薄，更像是一种人文哲学心理小说。我们常说"文以载道"，相比马克·吐温、欧·亨利等作家的创作，这部作品并没有一种非常接近现实的感觉，反倒很虚幻，我不知道这是不是新时代新媒介产生的必然结果。作者的这种写法是为了表达对网络时代下物质发展和现实社会的担忧，还是在书写自己理想的社会结构，想要来改造这个社会？这是我的疑惑。

郑焕钊：有本书叫《论无边的现实主义》，给我们一个很好的思考：什么是现实主义？比方说在当下的中国，我们所呼唤的现实主义叫作人民群众伟大实践的现实主义，这跟19世纪的批判现实主义就是不一样的，所以现实主义中包含的内容非常复杂。至于写实，它写的是怎样的一种实？写的是外部的社会现实还是人的精神现实，抑或是人的心理现实？这又是不同层次的现实。比如说你刚才提到的网络小说其实也没有脱离现实，穿越小说、耽美小说有没有脱离现实？它们同样没有，所有网络小说背后都有一个核心结构叫屌丝逆袭，就是主角在书中不断"开挂"，最后实现自己的伟大理想。为什么是屌丝逆袭的结构呢？我们有1.3亿的网络读者，而且他们的购买力很强，去年中国网络文学的收入达到500亿元,远远超过去年中国电影的收入。为什么网络文学会有那么大的吸引力,而且美国也有不少人喜欢看中国的网络小说?这些现象反映了什么?反映了心理现实。这些网络小说满足了你的欲望需求,我们在现实生活中越压抑,就越希望在网络小说上实现自己的欲望。所以网络文学的写作有一个基本公式,就是要按照马斯洛的心理需求层次理论来写作,对于许多网络文学作家和读者来说,他们需要的不是最高层次的自我实现的满足,他们只停留在第一层次,即生存层次的需要。

我们在各种场合会面临各种各样的心理压力,这些都可以在小说中表现出来,所以这部作品表面上离现实很远,但恰恰离每个人的内心很近。回到刚刚的问题,我们如何理解现实?你刚才所说的要干预社会,要促进社会的进步,那是一种现实,但实际上文学中有很多不同的现实。比如我们要如何理解意识流小说,它的现实在哪里?它写的是人内心的一种心理真实。你能说意识流小说起到干预社会、干预现实的作用吗?未必。然而它实际上也写出了人,所以说人本身是复杂的、多样的。我们以前常说一句话,文学是人学,假如这句话成立的话,那么文学能把人的各个层面都写准确,这也是一种现实。

凌逾:有些书我们看不下去,也很正常,因为每个人都有自己的菜,都有自己的心头好。我们说"文以载道",以前我们认为"道"只有一种,但这个"道"其实有很多层次和面向,每个人都有自己的"道"、自己的生存方式、自己的想象空间、自己的心理需求,在董启章的小说里恰恰没有固定的、单一的、一元的道,男人与女人、少女与老人的需求都不同,它能满足不同层次、不同族群的不同需求,所以它的现实部分也是非常丰富的。如今的社会太复杂了,以前几个月、几年才能抵达异乡异国，现在飞机非常快捷，而且借助网络，我们几秒就能了解到地球任何有网络的地方的事情。庞杂的信息同时涌进我们的视野，作家怎样才能展现出这么复杂的现实？如此繁复的社会才会产生出如此繁复的小说。董启章写这篇小说就像耍口技一样，把各种元素和现象同时铺展出来，因此产生出层层叠叠的叙事手法，就像画家拿画笔反复刷油画一样。

学生：当我们提到信息时代的文学时，这个词至少有两种内涵：第一种是信息时代使文学产生一种新的实验性的可能，董启章就呈现了这种可能，把人在信息时代中的体验用文学的方式表现出来，像老师提及的最早运用超链接的网络小说，就是用网络这种新的媒介进行新的叙事尝试；另外一种是以网络为写作平台，将网络文学发展为写作工业的文学。最早的一批网络文学倡导者更强调前一种以网络为实验的文学，但近几年大家熟悉的网络文学其实是后一种。老师您怎么看待这两种网络文学之间的关系？

郑焕钊：网络文学刚出现的时候确实给人们带来很多惊喜，人们认为网络这种新媒介可能给写作带来更大的自由度，包括我们写作本身的自由、小说形态的自由和读者接受的自由。写作的自由我们都能理解，网络写作本身是没有门槛的，我们在什么平台都可以写，跟一定要经过编辑审查才能发表、投稿可能还会被退稿的写作相比，今天的写作很自由，我们每个人都可以写作，作家的身份也就下降了，作家变成了写手。对小说形态而言，我们一直期待网络可以改变封闭的写作载体，比如董启章的作品再复杂，也是在有限的物理载体中呈现的，但是互联网技术可以带来互联互通的效果，这种互联互通可以发展出不同的故事线索、情节和结局，这是它故事形态本身产生的变化。从读者的角度来看，我们也能够不遵循作者的写作顺序、作者对人物情节的安排，而是按自己的想法来选择阅读，这是我们一开始对网络小说寄予的厚望，但事实上，世界上这类网络文学体裁的存在仍然是少数。

中国早期的网络文学一直在做这方面的探索，但在这个过程中，很快就有资本介入信息平台，从而使网络文学变得商业化。其实它充分挖掘和利用了互联网平台的大众性和市场化的特征，但这样下去它必然背离原本的发展方向，所以中国网络文学发展到现在变为了网络类型文学，实际上它比较接近我们传统所说的通俗文学，区别仅仅在于——比传统的写作门槛更低，跟读者的互动度更大，读者群体更巨量。那么这个过程中有没有技术性？有，互联网确实改变了文学的传播形态，改变了读者和作品之间的关系。

所以，对于网络作家来说，最艰难的事情就是和读者的博弈。在写作过程中，读者会不断提出他的意见，会不断干扰你的写作，你又要不断地和读者博弈，你既要满足他，又不能完全满足他。这个过程就反映出新媒介与传统媒介相比，对作者的要求不一样了，这种改变和我们一开始想象的不同，但从人类社会发展的角度来说，这恰恰就是事物发展的本身规律。比如说一次社会变革会引发非常极端的口号，但这种口号是不可能被采纳的，可是你要实现变革就必须要有口号，于是那些相对可行的口号就会被采纳，这是事物发展的必然规律。互联网本身就有着极端自由的状态，但在人类社会制度之下又很难实现，于是我们就会采用妥协的方式，这种妥协有技术的因素、资本的因素、大众的因素，这些因素的博弈就造成了我们今天看到的结果。

凌逾：郑老师说的这点很有意思，就是网络文学沿着超链接的方向本来应该变成很精英的、具有高级叙述性的互动小说，但现在却因为商业化和资本的介入往低端走，使网络文学变得低俗、艳情。曾有人告诉我，有个网络作家很畅销，一年可以写几十万字，赚几百万元，我说太牛了，然后一看他的作品，都是色情、武侠、玄幻的小说。虽然迎合了大众快餐式的口味，但能否在文学史上留下一笔，这是存疑的。所以像你刚刚说的满足和不满足的博弈关系就是董启章的心理，他不愿意成为写言情、武侠等类小说的通俗作家，他想做一个更高级的作家，一个曲高和寡的作家，成为作家的作家。所以他不是刻意地去寻求某一种读者。如何在大众化与精英化之间找到一个平衡点，这是一个难题。

王瑛：我觉得这是可以理解的，就像我们今天读到的古典诗词都是被筛选过的，在我们看到的作品之前一定有大量的次品，大量的垃圾。我非常喜欢苏轼，大家读读苏轼就会发现，他的作品中也会有一些色情的诗词。换言之，网络文学也是一样的，网络文学在今天肯定是有良莠的，可能是莠的更多，但随着时间的推移，网络文学中肯定会出现精品，不会全部是垃圾，全部是平庸之作，但在此之前，肯定会有垃圾的存在。

学生：老师您好，我只是个本科生，今天是抱着学习的心态来到这里，感谢老师给我打开了通往新世界的大门。我有一个疑惑，我们之前研究20世纪文学的时候，注意到它跟大众的关系，但类似今天说的三重空间这种复杂的新形态的叙述模式出现之后，很多读者可能都觉得难以接受，就像当初先锋文学兴起也是很难让人接受的。我们应该怎样看待绝大多数读者难以接受新形态文学出现的现象呢？

凌逾：其实这很好理解，因为内地读者有口味偏好，多喜欢波澜起伏的、故事性强的、多讲恋爱与悲情的故事，很多获奖作家的作品都是这类。为什么说香港作家很难进入内地市场呢？因为他们不玩这一套，他们玩自己的一套，自成体系，20世纪中后叶香港社会发展比内地快些，我们的创意文化很多都赶不上他们。等我们的经济发展加速，人们的生活水平提高了，视野开阔了，就会有越来越多的读者能接受这些新形态的文学。

王瑛：可能还是要看读者群体到底是谁，当下大众对文学的接受主要来自于影视剧、网络小说，称其为大众观者或手机阅览者可能更合适。真正有兴趣读文学作品的人是我们在座的这些人，这些文学专业的人，我们从严格意义来说已经不属于大众读者了。对专业的文学研究者来说，如董启章创作的这类新形态小说，我们会渐渐养成阅读习惯的。

学生：我想接着上一个同学的话题提问，像董启章这类作家的作品技巧性太强，普通读者难以接受就会放弃，作品就无法获得读者，那这种脱离社会现实的叙事写作成功的可能性有多大？比如我读过马原的《西海无帆船》，就觉得它像是一个游戏，跟反映心理、反映社会现实是没什么关联的，给人一种他就是写着好玩，为了展示技巧的感觉。

凌逾：有人说董启章不现实，其实他很现实。他从一开始就在探讨"我城"、香港、"V城"到底是怎么回事，为什么香港会发展到今天，香港人的心理转变等问题。他写过一部小说叫《地图集》，研究从英国殖民开始一百多年来的所有地图，把它们全部整合在一块，通过形形色色的地图符号、有形无形的争战去解读香港的故事，他关注香港那些边边角角非常细致的东西，那些不被人认知的细节，并把它们挖掘出来，我有一篇论文《后现代的香港空间叙事》专门分析这部作品。大多数小说可能就写日常的生活，但是董启章喜欢书写蹦极和过山车一类的极限感觉，他不断地跨越小说的边界，不断地去实验，以达到叙事的巅峰。这和别人的玩法是不一样的，这是一种生存的方式，也是一种拓展的可能性，大家永远都在某个平面层次里玩，他却往高处走，我觉得他的意义就在这里。

郑焕钊：我补充一下。你们读过康德的作品吗，觉得难不难？读过爱因斯坦的吗，看得懂吗？他们的东西能不能抵达大众？对于人类突破极限去认知这个世界、认知人与宇宙更大的可能性有没有意义？那是不是任何一个作家写作的目的都是面向大众呢？比如卡夫卡的《变形记》和普鲁斯特的《追忆似水年华》这类小说，有多少人能认同？它们对于我们认知人类的精神世界有没有价值？有些小说的读者注定是少数的，但这些少数人能够继承它的精神，人类的极限就在这里被突破，所以不是所有的小说都一定要面向所有的读者。

学生：再补充提问一下，我的视角可能比较狭窄，因为我会对照过去发生过的文学现象。如果拿董启章跟20世纪80年代的先锋实验派比，前者发生在香港，后者发生在内地，他的作品有没有类似先锋派小说由于受众的原因而发生转向的可能性呢？

郑焕钊：董启章对小说形式的探讨跟二十世纪八九十年代先锋派小说的形式探讨不是一回事，董启章是理解和把握了一种新的现实之后创造小说，而先锋派小说更多的是模仿和学习，也就是说这两者面对的是不一样的现实，他们背后的很多结果自然不同，并不能直接做比较。

凌逾：郑老师谈得好。确实，先锋派小说比较西化，学习借鉴了魔幻现实主义、荒诞派这类的作品，往往都经历过模仿的阶段。而董启章的小说作品恰恰跳离出这种模仿。香港从二十世纪五六十年代经济高速发展，到70年代西西《我城》的出版，本土意识逐渐增强，从也斯到李碧华，最后到董启章，香港作家已经形成了很强的本土意识。虽然董启章是香港大学英文系比较文学专业的硕士，硕士论文全英文写作，研究的是普鲁斯特的《追忆似水年华》，但是他没有刻意地去模仿西方，没有那么多西化的东西，更多的是从香港这土壤里生长出来的原生态东西。

张均：先锋派小说中有一种潜在的对话，对话的是我们曾经的历史，而香港文学发展的背景是香港的环境，是虚拟时代、电脑时代。他们的社会发展更快，自然走得更远，所以这两种文学形式没有太大的亲缘关系，区别很大。再说先锋派小说的转向是有争议的，在研究界有两个说法，一个是转向，这是在文学史的课堂上经常说的，另一个是制衡，是指他们的题材选择表面看起来有很大的转变，但基本的精神和叙事技巧仍然保留下来。

（凌逾、刘倍辰、牛国庆、吴东紫、黄越、李立、方锦彪整理）

《赛博时代的可能世界互动叙事——中山大学"南方文谈"沙龙发言摘编》，《苏州教育学院学报》2018年第5期。

三、美学论

笔墨跨界舞，故国梦重归
——施玮与凌逾等对谈新书《故国宫卷》

缘起

2019年9月14日，美籍华文作家、诗人施玮《故国宫卷》新书发布会在广州举行。9月16日，受华南师范大学文学院凌逾教授邀请，施玮老师同凌逾教授及其弟子在广州进行深度访谈。捧新书，饮新茶，漫摊书卷，余韵飘香。午后羊城，氤氲在文学世界里的一席茶话，揭秘《故国宫卷》背后的故事，品评跨界创意文化，并深入探讨当下文学创作存在的问题以及新的生长空间。

《故国宫卷》

序幕

凌逾：欢迎施玮老师！谢谢您在百忙中给我们这样一个宝贵的学习机会，让我们一睹新书之余，得以与"跨界行走"的施玮老师深入交流。2019年9月，由花城出版社出版的新书《故国宫卷》既是作家施玮穿越生生世世的创意新作,同时也是画家施玮对于中国传统文化、艺术的再度发掘,接下来,大家可以就书中自己感兴趣的地方向施玮老师请教发问。期待这个美好的下午,文学与思想碰撞交会,擦出美妙火花。

张衡:老师,记得您在新书发布会的时候提到,《故国宫卷》是由故宫博物院新近开发的"韩熙载夜宴图"APP中触发了灵感,回去之后,我下载了这个软件,现在请大家一起看看这个画卷,希望老师您可以以画卷作为开头,给我们讲讲这里面的故事。

施玮:我就是按照这个"韩熙载夜宴图"APP呈现出来的,具有还原现场视觉效果的画面写的。你看,那个人(指画家顾闳中)怎么走进韩宅,进去以后怎么在窗外一直悄悄观看,这也是史料介绍的此画的由来,就是画家充当了皇帝的密探,去窥探并记录韩府的夜生活。他一路走进去,我用文字带领我的读者们也跟着走进韩府,然后透过长廊窗户上的一个小洞看进去,看宴会上这些人的眼神、姿态,猜测彼此的关系和隐情。这种写法就形成了小说的探秘情趣与神秘氛围。

一、跨界古今:古典文化的现代书写

凌逾:我们曾经在课上讨论过"我在故宫修文物"这个话题。故宫文化再造已经开发出多款APP,在当下颇受欢迎。您为什么选择《韩熙载夜宴图》呢?除了它是最早的连环画之外,还有什么因素影响您的选择,比如说您自己对绘画的兴趣?既是画家又是作家的双重身份会不会影响您的取舍?

施玮:《韩熙载夜宴图》不仅是最早的连环画,还是中国古代人物画里面最早最有名的,其他的比如说古代很有名的一批画我也想过和查过,像唐代《五牛图》这类就不合适,因为我需要有人物,有人物才有故事。东晋的《洛神赋图卷》、唐代的《挥扇仕女图》也都是非常好的题材,但这本小说里的主人公是男性,所以《韩熙载夜宴图》就是首选了,何况我第一次看到此画,心里就充满了对其中人物的神秘关系的好奇,并且这种感觉一直留在心里,等要写的时候,自然就想起它来。然后跟画卷配对的就是书法。书法我选了杜牧的《张好好诗》,因为这是一首古代叙事诗,有故事。而且有意思的就是诗里面写到,他第一次见到张好好的时候,张好好才13岁,还是个小歌妓。《韩熙载夜宴图》里面的舞妓王屋山也是很小的。民国时期收藏者张伯驹的夫人潘素,她也是13岁时家中没落,被卖到妓院。当然,张伯驹遇到她的时候,她并不是13岁,但你看,她跟张好好一样都是13岁的时候正式开始她的风尘生涯,所以这就很有连贯性。

杜牧《张好好诗》

凌逾:书中这么多曲折迷离的故事,是历史上真正存在过的吗?

施玮:对,这不是我编的。最初我是按照这个年代、年龄来寻找最合适的人,在我看来如有天助,因为我在找的时候,我发现我最喜欢的画跟最喜欢的书法产生了联系。

凌逾:您自己也练书法吗?

施玮:我不练书法,但是我喜欢书法。

凌逾:您写作时,具体描述哪幅画作是有所取舍的,书法也是,所有素材都是用心选择过的吗?

施玮：是的，一切看似信手拈来的东西，其实都是精心取舍的。我是这样来设计的：你看中国文化里面最厉害的几个东西，书法、国画，还有音乐。比如说古乐，唐朝的"六幺"舞也称"绿腰"，它就能带出古乐，我里面不仅写了"六幺"舞，我还写了汉唐乐府的音乐，张好好过生日时跳的《艳歌行》，这两个舞蹈虽然都是古曲，却正好是不同的风格。"六幺"舞是软舞，《艳歌行》是南音传统曲牌，而南音本身就是非物质文化遗产，两者的音乐、服装、舞姿风格都截然不同，正好形成一个对应。一般读者看着就是多点资讯和知识，但懂的人可以有更多的联想，并理解我更深的寓意，所有说一切我都是精心设计，只是写得行云流水看似随意。我在书里面还写了中国古文化中一大瑰宝——元曲、元杂剧，《杜牧之诗酒扬州梦》是《张好好诗》故事衍生出来的，很有名。我是有意识地将中国古典文化艺术巧妙糅合在小说中。

整部作品反映的，就是儒家文化的"入世"理想——治国、平天下，和道家的"出世"观，就是老庄的无为和寄情山水。我把这两种文化对中国知识分子的影响，以及在他们不同命运阶段中的存在状态和自我解释，都写在小说中，既是精确含情的描述，也引发读者的反思。为什么选择南唐和晚唐？因为晚唐是长安，那边是北方，南唐是江南，偏居小江南，我在地域上也是有选择的。因此这本轻松的也如万花筒、过山车般的时尚小说，其实是我精心策划的。

凌逾：看得出是精巧绝伦的结构，里面自然包含作者的一番心血！是不是每一个角落、每一个细节都要寻求一个对称性？

施玮：每个人物也都是很有代表性的。人物里有中外混血的，有从台湾过来的，有南京金陵琵琶世家的，有北京胡同大妞，就是琉璃厂的后代，还有日本的军人后代……你在看这个作品的时候可能会很不经意，但其实把中国文化的方方面面都给写进去了。中国故宫的古物，它经历过几个重大的变迁，一个变迁就是皇帝要出故宫，再一个变迁就是抗日战争时的南迁，我把这两个时期的故事都写进去了，还有就是琉璃厂的兴盛。你仔细分析的话，它的多重线索都是完整的。我写的时候很开心，但也很头疼，就是怎样呈现出一种中国文化艺术审美的狂欢。我不知道年轻人他们会不会都看，但我知道现在很多年轻人非常喜欢中国古典文化，他们有的人连《清史》都去阅读，所以我觉得他们也会很感兴趣，而且我书里写到的文化，他们都会上网去查。

凌逾：其实香港有一个作家西西，她看到意大利画师到清朝皇宫后画了一幅再现王公贵族狩猎场景的《木兰图》，然后她就根据这幅《木兰图》手卷，于1980年创作了长篇小说《哨鹿》。画作本来只是王公贵族的出游打猎、练兵练武的画面，但西西把它变成了反映皇族跟平民之间关系的画卷，为这幅画增加了平民的元素。这部小说也采用穿越的写法，就像侦探小说般，剖析一场未遂血案的来龙去脉。我觉得您这部长篇作品也是如此，从皇宫手卷出发，引发故事，写皇族跌宕起伏的悲情故事、平民百姓无奈的悲喜爱情，在朝和在野、出世和入世各自的状态，人事之间有纷繁复杂的说不清道不明的缠绕想象。那么，此类由长卷连环画触发小说的创作，会不会变成新的文体类型？

施玮：是有可能的，原因是古卷里面本身就藏有丰富的文化信息。但是这个信息是原始的，需要挖掘并有趣有效地进行当下性呈现。其实我在写的过程中，也对其他几幅画挺感兴趣的，但你不能把它全部弄进去。我觉得年轻人现在很喜欢穿越，但如果再这么架空地穿越下去，空对空地，他们也会厌倦。再往下写，他肯定是需要信息量的，你能提供给他什么信息量，等他们结婚生孩子以后，就更加看不了几百万字的网络穿越小说,就得看精致一点的作品了。而且我这个跟一般穿越小说不同之处是,我不是只穿越到古代,只有现代和古代。我是把中国历史的几个时代做了一个串联,从晚唐到南唐,南唐到民国,民国到抗日战争一直写下来。

凌逾:以前的小说,写历史就是历史小说,写当代就是当代小说,古今大多都是不打通的,但是,现在越来越多小说,当下与历史杂糅穿越,各种类型的小说都串接在一起,好像百衲被式的混搭体。

施玮:我现在发现是这样的,年纪大的肯定是比较擅长写文化,你让我写本历史小说、写本文化小说很容易,但我是觉得现在用传统的,或是宏大叙事的手法写文化、写历史让人看着觉得很累,而看着不累的小说又几乎毫无内容,我觉得这就不行。这次我就尝试如何把深厚的文化底蕴和知识,就是较高的艺术审美、较深的文化思想和一些较为专业的信息,用年轻的时尚的形式表达出来,便于新一代读者可以按照他们已经形成的接受习惯和路径来欣赏并得到。

凌逾:年青一代作家的形式和话语或许会前沿些,更当下、更接地气一点。

施玮:我想这个方向将来是能够满足年轻人的。我相信现在很多年轻人也在成长,也渐渐不会有耐心去看几百万字的穿越小说。难道说我们的喜好和市场离文学经典那么远吗?这本书是刘俊教授给我写的序,他对我这本书还是有保留意见的。他跟我私下谈的时候,他觉得我还是应该写过去那类"厚重"的小说,当然我的文笔他肯定认可才能作序,但他总觉得这可能也就是我玩一玩的事情。但我一贯不喜欢限定自己,如果说《世家美眷》是比较传统的历史小说写法,那这本新书就是一种全新的写法。两种写法适合不同的内容,我估计我都会写下去,并且

《故国宫卷》这种写法还有无限空间可以去拓展，也很好玩。

凌逾：是更好玩一点。

施玮：张娟和朱云霞两位年轻老师，一看《作家》杂志上刊登的小说就特别兴奋，当时书还没出版。而且朱云霞老师觉得这最有意思，绝对是将来的方向，老少通吃。但也有资深的年老些的编辑和学者，虽然也喜欢，但就会怀疑：这个能当大菜吗？还是只是吃前菜？我个人认为小点和正餐、大菜和小菜可能会颠覆。比如说，我们过去宴席一定要有整鸡、整鸭，如今讲究吃的是新鲜且有营养。你们广东现在有个东西很好吃的，我昨天刚吃了，就是鱼刺身。通常都是三文鱼做的刺身、龙虾做的刺身。但现在广州有拿当地活的河鱼做刺身，做出来就很好吃，价格也相对便宜。一只鸡端上来，连头带尾，其实挺便宜的，从营养、价格来看它都已经不是主菜了，只是因为我们的传统习惯，总要把那只鸡放在正中间，但吃到最后，只有这道主菜没人动，或没吃掉一半。现在的文学就是这种状况，要把一些大家不想看的、看不了的，其实也不吃了的，都放在中间。但是这种状况，我认为到年青一代就会改变。那种一大桌子摆个鸡的这种宴席，已经很少有年轻人去吃了，大家喜欢到那种新兴的馆子里去吃。新兴的馆子其实还更贵。所以我觉得什么叫饮食男女呢，饮食和男女，这两件事情绝对会走在文学前面。文学就是过一阵子来总结和反映饮食和男女，因为饮食和男女都是人的一种天然、天性，作家就是通过作品来反映这些。我从来不写美食文学，但是我对饮食和男女，对大家在吃什么、谈什么很感兴趣，因为这些一定是反映当下的一种方向。

凌逾：也斯的《后殖民食物与爱情》就是将饮食与爱情两个话题整合在一块。

施玮：这个很重要，我觉得是非常重要。

凌逾：我还有一个问题，为什么设置张好好、张云归都是弃婴养女，还有张宏远也是孤儿？

施玮：这一点是无意识的，他们几个都有历史背景或人物原型，这不是我能选择的。为什么？我们一个个讲。张好好，历史中就没说她是从哪儿来的，她就是一个歌妓，13岁的歌妓。而且基本上所有的资料都来源于杜牧的那首诗，然后他们考察她。我觉得如果她家庭什么都是很好的话，她也不至于13岁就做歌妓，对吧？而且我个人觉得我是从艺术角度去写这位歌妓，不是从她人生背景去写她，我不觉得她非得有个家。张云归是我刻意设置的，她有爸妈，我里面写了她父母，为什么要弃置在这一些南迁的故宫宝物箱间，最后被运走呢？因为当时故宫的这些宝贝就仿佛是珍宝，但是家长们保护不了，就要把它当作"弃婴"一样送走。

凌逾：从历史长河看来，文物就像"弃婴"？

施玮：故宫的文物原来应该在北京故宫里，但因为日本人打来，怕被损坏，只能让它颠沛流离了。这对夫妻，我虽然没有写具体是怎样的状况，但是很明显的是他们也觉得保护不了这个孩子。这里面隐藏的笔法是，这个孩子有可能不是中国孩子，有可能是日本孩子。很难讲，这就是张云归的身世之谜。或许，她并不知道自己是哪国血统的，在战乱时代，父母不得不把她放置在那里，放在这堆宝贝中间运走，所以并不是抛弃她。

凌逾：您也不确定她父母的身份？

施玮：不知道她的父母是谁。

凌逾：关键是要把她设置为放在文物堆里的弃婴，把她跟文物弃置联系起来。

施玮：而且那个时候，能够靠近文物，说明她父母就不是普通人。但肯定是她父母没有办法保护她，也买不到船票，所以把她放在那里，让她能够逃生。所以即使是"弃"，也是一种宝贝般的"弃"，她本身跟文物的处境是一样的。

凌逾：当代的张好好也是收养的？

施玮：父亲杨灵收养她是因为怀念张云归，他想念怀念张云归的那种感觉。

凌逾：书里好些女子都是13岁，好像历史的轮回，又有点历史的偶然性。但是这其中是否有一种洛丽塔情结？

施玮：13岁在我心目中是少女，也是纯洁与美好的代表。其实选择张好好是有一个寓意，因为她的名字叫"好好"。好，就是美好。好又更好，其实就是每个人心中都会存有的一种"完美"，这种完美不一定是一个女子，也有可能是任何一种梦想或是美好的理念与情感。书一开始的引言中，我就写宋天一好像觉得宇宙中有一张少女的脸。少女代表着纯净，代表着美好。所以我里面虽然都在寻找"谁是我的张好好"，其实也在寻找谁是我心灵中向往的那个"好"。因为中西方文化中都有将少女来代表美好天使的，《神曲》里面不也是这样吗？这跟洛丽塔毫无关系。

凌逾：那是反洛丽塔？

施玮：我写的少女，不是她的肉体，我写的少女，是她的抽象性的灵性的那个层面。而且在中国文化里面并没有洛丽塔这个线索，中国文化里面的少女一般都是代表着一种灵性天使的形象。

徐诗颖："故"跟"好"，都是有点怀念以前美好时光的味道。这让我想起您刚刚提到的中国古典名著，其实里面不少女主角都与青春相关。

施玮：《红楼梦》里的不少女性也是13岁左右，不是现在演的年纪那么大的。

徐诗颖：对，就是很多名著都是往怀念青春的方向前行，当时我的第一感觉就是这本书讲述了一个永恒的主题——青春与爱情。我想说，其实很多人怀念以前那种感觉，不愿长大，很想回味那种纯洁的美好。刚刚凌老师提起这个问题，我就突然间想到这点。

施玮：贾宝玉不是说，女人一结婚就浑浊了，成老妈子了，是不是？没有了那种少女的感觉。

徐诗颖：小说很多场面都出现了一张纯洁少女的脸。很多时候一到某个场景就会出现这张脸，我也想这个少女的脸确实是一种美好的形象和寓意。

施玮：少女的脸，我想象中就是在星空或者在哪里，那少女的脸就是淡淡几笔勾勒，我特别喜欢。我有一次在洛杉矶博物馆看画，突然迎面而来一张少女的脸。那个少女的脸是在比较暗的咖啡暗色的图板上，很简单地用白色的半透明的笔勾了几下，一张少女脸就出来了，我特别喜欢。走过了又折回去看，这张少女的脸特别能抓住我，虽然是西方的少女，但淡淡几笔画出的少女，超越了时空和种族。我走近去看画家是谁，竟然是我最喜欢的凡·高。凡·高也画过这么简单的一张少女的脸，那真是绝顶梦幻的脸。凡·高的画一般有很多颜色，他这幅画就是白的，勾勒一个轮廓，却永远地烙在我心中，也形成了小说中我想象的东方少女的脸。人们为什么怀念青春呢？是怀念那种纯洁，怀念自己的纯洁，也怀念着因自己的纯洁而体验的时空和时代的纯洁记忆。

徐诗颖：我看每个阶段的故事，那些男主人公跟前人都能够心灵相通。我想是不是这张脸还有什么寓意，即通过一种心灵的感应，不可能说我宋天一，会想起我以前是韩熙载，逻辑上的确是有点荒谬，但是若通过这张脸，会不会把他们一代代地这样串起来，因为看到脸，他也看你也看，看到他们好像似曾相识，或者我想起我以前是什么人，或者是古代的某个人？这张脸在这里面到底是什么含义？

施玮：这张脸，也有点像月亮，我这里面也写到各个时空之间的那道门就像弯弯的月亮。其实什么叫明月千里寄相思？就是你在一个地方看月亮，我也在一个地方看月亮，为什么我们能相思？其实就是看月亮，看见月亮也就如同看见你，月亮就像我们心思意念的一种反射，一道门。

徐诗颖：谢谢老师，我还想请问一下您有关男性心理的话题。我感觉男性内心对东方古典美的这种情结好像永远都不会改变。像李瓶儿、金玲玲这个群体的女性在男性心中更多只能成为哥们儿，但是像张好好这种人，在每个时代都会成为让男性追崇的对象，所以我在想是不是男性对东方古典美有一种无法放下的情结？

施玮：不光是东方，西方也一样，男性对于古典美人都是很倾心的。什么原因呢？因为越古典的东西它本身越纯粹，这是第一，因为距离远了。第二是随着人类的发展，越是古代，女人越像女人。今天的女人都不太像女人，当然可能深入我们内心后，发现我们是个女人。但是猛一看吧，似乎与男人心目中的女人有点距离，因为这个社会已经把女人塑造得有点中性化了。尤其中国男人一定有较多的比例喜欢古典女人的，因为中国今天"女汉子"太多了。他有可能因为现实生活的需要，也会喜欢"女汉子"，但是他对古典的女性，更纯粹的女性会有一种梦幻的向往，但又未必要跟她一起生活。比如像少梦的王晓虎生活在中国，就喜欢一个现实生活中的李瓶儿。有着中国文化梦的宋天一，他爱的不见得是张好好，他爱的是中国古典文化，所以他是爱在她身上投射的中国古典文化。

徐诗颖：那不就代表没办法生活？一旦进入真实生活当中，又会如何呢？那您觉得书中的张好好是怎样的？

施玮：书中不是说了吗？张好好穿越到南唐以后，她有可能是王屋山，也有可能是李姬，李姬穿越到今天就是李瓶儿。因此小说提供给你两条线索，一条就是随着历史的变化，一代又一代的女人在变化，所以到了今天的李瓶儿是一种非常现实性的穿越。那个恒定不变的"好"，就像悬挂在夜空中的一张脸，成为一种理想。在现实与梦想间人各有选择，真正的作家写小说，肯定会在爱情故事里面蕴藏诸多文化和人性反思的。

二、怀旧与回归：传统文化的追忆及反思

张衡：老师，刚刚您跟诗颖师姐探讨了"怀念永恒的青春爱情"这个主题，这书里面其实还有一种怀旧，就是像在故宫修文物的张宏远，对于故宫文物特别珍爱，以及收藏家张伯驹就像一个艺术迷一样，为了收藏文物，不惜倾尽家产。同永恒的爱情和青春相比，老师您是怎样看待这种文物怀旧情结的？

施玮：这也有一个主观性和一个客观性。我们先从客观性来讲，就是古典文化难以替代的价值以及今天我们国家对于中国文化的珍视，正是因为这种客观性，他们的执着使得中国的文化与文物得以传承。在这

一点上,小说里面写了一代又一代的故宫人为了这些文物所做的事。再讲个人的主观性。刚才讲的是整体的国家,讲到个人的主观性,喜欢和收藏文物也有被说成"玩物丧志"的,其实他不是丧志,但是他的"志"就是"玩物"。无论你玩什么物,其实都是一种逃避。你想张宏远为什么老爱跑到故宫去修文物?这跟我们现在很多男人特别喜欢去办公室,或者出差、开会是一样的,他嫌家里乱。而且张宏远不仅嫌家里乱,也不能接受他妻子的诸多说法,因为他妻子等同于世俗化的代表,整天想着小孩子读书,等等。他不愿意走出文物堆,来到真实社会,所以他愿意待在故宫修文物,把文物当成他的爱人,而修文物又成为他的一个避难所、一个洞穴,我书里面就说他躲进一个洞穴。其实张宏远修文物是作为他这种中年人的洞穴。

对于年青一代而言,穿越也是他们的一个洞穴,玩游戏也是一个洞穴。你说为什么今天那么多年轻人玩游戏时可以待在房间里玩到不吃不喝,父母都觉得他们玩物丧志。我了解过他们,也跟他们谈过,他们从起初开始玩的时候,就觉得在这个社会上打拼出一条自己的路太难了。他有这种畏惧情绪,所以躲进去。要在社会上达到在游戏里面的成功,不能说不可能,但极难。可人需要被肯定,所以只能到游戏里面去得到肯定与成功。今天这个社会没有给年轻人太多成功的机会和通道,越来越少。像我们这帮60后,始终占着位置,是吧?也没下去,70后要上来也有困难,更不要说80后90后了。我们那一代人基本都是上山下乡的。但假如我们这一代人一直熬下去直到终点,那你们都快要退休了,呵呵。我讲的是真话,何况人文学科还是一个不太被人看好的领域,反正自己待着尚且有困难,何况那种大家抢的学科?现在人的年龄越来越长,占位的时间也长,大部分位置也不是随着你退休就没了,你的学术地位和影响力一直都在那里。我跟年轻人谈时,他们就这么说。这种情况让年青一代怎么办?他们找工作都不容易。因此,他躲到游戏里面,其实是逃避,那如何才能让他从这里面走出来?不是说不让他打游戏,而是你要了解他为什么躲进去。这种躲避巢穴是可以改变的,我们可以把躲避巢穴改变成某一种专业,甚至一部小说也可以成为他的一种"逃避"。那么再好一点,可能以后他学一门专业,也可以成为他的一个"逃避",这就变得有意义了。我是觉得你只有弄清楚年轻人为什么玩游戏,为什么逃避,为什么喜欢穿越,然后,你才能理解,或有所引导。

张衡:谢谢老师。还有一个小细节,我发现在小说的开头,宋天一刚回国的时候,在机场很生气,因为海关人员没有跟他说"欢迎回家"这句中文,他非常在意,执意让海关人员跟他说。但在小说结尾的时候,母亲张云归回国时一直很固执地坚持用英语跟海关人员对话,并表示"我从来没有过中国名字",也是用英文说的。直到最后海关人员说原来是个日本人,这个时候张云归才很愤怒地跟他说"我是中国人"。我在阅读的过程中,觉得小说里面这两种悖逆的矛盾很有意思。

施玮:我经常进海关,中国海关中只有一次到北京,海关人员说"欢迎回家",我听了就挺高兴的。跟中国海关不同,你每次进美国海关,美国海关人员一定对你说"欢迎回家"。我是在洛杉矶,洛杉矶那边就会说"欢迎回家"。海关人员说"欢迎回家",还是蛮有感觉的。我就想到宋天一那么喜欢中国,而且他觉得前一个人受到了"欢迎回家"的待遇,为什么到我就没有了呢?以年轻人的心态来想,这种心情完全可能。而他母亲确实跟这个国家是有关系的,而且是很深的关系,所以才会有积怨,她就会有不同的反应。但宋天一的祖国观念从哪儿来的？其实是从他母亲那里来的。这个也是我的一个思考，就是今天很多年轻人的爱国，其实还是缺少跟国家、跟民族文化血肉的关系。有很多看上去好像不擅长表达的老华侨，其内心倒是对民族文化和国家有着难以割舍的眷恋。这也是我的一个重要考虑，但是在小说里面，我现在渐渐不喜欢对其做长篇大论的思考性阐述了。

张衡：这里面涉及了很多海外华人的思考。

施玮：这种情况是需要思考的，但这种对比应该交给学者，一个作家把它全讲完是不合适的，作家主要是呈现。我在这本小说里搭了一个炫目的框架，里面层层寓意、处处设伏，不同的人就有不同的看见，这就很有意思。当然这本书成不成功，我很难说，应该说是我们这个年代的作家的一次新尝试吧，成功不成功各有各的讲法，连朱云霞老师这么年轻的学者都认为无法想象我怎么会写出这么一本书，她很喜欢，但她不能想象。

徐诗颖：我觉得书中的语言都好接地气，里面还有一些网络语言。

施玮：年轻读者都说，你这个语言写得不像老一代专门模仿我们的语言，因为老一代也喜欢写写网络小说，语言上也模仿，但你写的看着就像是我们自己在说话。我当这是最高赞赏了，写什么就要像什么嘛，之前一本书的老读者们以为我也经历过他们的时代，让儿女推着轮椅来看我时，以为我应该80多岁呢。

肖小娟：老师您好，您1996年定居美国，到现在已经有23年了。想请问您，站在一个作家的角度来说，对于洛杉矶以及您的故乡苏州，您是有着怎样不同的感觉？

施玮：苏州它有点像张好好，就是觉得很遥远，是一种精神投射，我喜欢苏州的昆曲、饮食，但我太长时间没回去了，现在对于我来说也只是我奶奶埋葬的地方而已。但是苏州你说重要不重要，它在我心中已经抽象化了，抽象成昆曲、糕点和丝绸。真正的苏州肯定不是这样，你现在真去苏州，那里肯定不是这样，甚至我有点逃避，不想去苏州了。苏州大学曹惠民教授曾说，施玮你是苏州人，你都不回来。苏州大学有个哲学系教授在美国访学，见到我，也是特别希望我回去讲学。我就好像有点刻意回避苏州，因为你心中已经有很抽象的一个审美性的理想，你不想被破坏掉。这就是我心中的苏州。

洛杉矶，你说对它有没有感情？可以说是没有感情的。因为洛杉矶就是一个宜居的地方，从它的气候、房子以及生活品质和费用各个方面均衡地来说，都适合我居住。但我的文化心思，完全没有在国外，我讲的是我自己，不是所有的华人作家。我即便写过一个中篇小说，叫《记忆条》发表在《中国作家》杂志的，是写洛杉矶的一个人的故事，我也没有注重他在外国的生活。因为我觉得对于国外真正的生活，华人是写不好的，华人只能写移民生活。如果从文学的境界和意义来说，我觉得移民给我带来的是改变我的观察视角，它可以让我站在外面来重新反思人生、民族和文化，会拉开一点距离来写。我也经常回国，所以就感觉常常在这里，没有疏离感，但又正因为我们在国外，故而不会陷入一种中国故有的叙述模式。就像我喜欢写历史，不喜欢写现实，原因是你写任何东西都要跟它拉开一定的距离，否则你就容易写成要么就是宣泄的情感式，要么就是故事化，很难写出一部真正的好作品。

我个人也或多或少了解一些今天中国内地的小说。每年回来，朋友们觉得好的小说都会推介给我阅读。我个人觉得纯粹从文学的角度而言，先不说别的，也还不够高。不够高的原因就是他们太接地气了，有点像拍照片了，而不是一幅油画。同样一个女生，你给她用手机拍张照片，你哪怕修得再好，那也只是一种写实。这个女生你看了她，琢磨她，画了一个素描，回去把她画成油画，甚至不画她这个样子，只把看到她的感觉画出来，那才叫艺术。

我觉得中国文学陷入了一种非艺术状态。我主要讲的是小说，这跟中国的小说起初是从说书开始有关，现在又为电视剧服务。中国的小说天然就与情节和故事相关，而不以人性挖掘为主。这跟西方文学的追求完全不同。哪怕是西方的古典小说故事情节比较多，但也不是以这个为主。现代的小说更是不要这种宏大叙事，不追求情节的起伏，而追求人性的挖掘，以小见大。但中国还在走这条故事路线，有点像说书型，民众的阅读方式好像也倾向于此，没有办法。

但你看即便曹雪芹写《红楼梦》，也算是写自己的生活。其实现在考证出来也不完全是他自己的生活。即便是他的生活，那也是他原来富贵的生活全都没了，举家喝清粥的时候写的。他要是在贾宝玉的位置待着，写出来肯定就不是这种感觉。因此，你会发现中国的小说很讲究细节描述的真实，但缺少一种抽象的反思，这样的真实有时却是表浅甚至是虚假的。这只是我的一己之见，是一种艺术良心的直觉。我也没看完所有的中国当代小说，但总体上，获奖的以及得到好评的作品，我大都会去看，发现好的坏的类型均一样。现在不是说中国式长篇小说，有一种"半本书主义"，就是说看长篇小说，通常你能忍耐着看完半本就不错了，因为后半部大致你也能猜到，或看个故事梗概就行。就像我看电视剧，电视剧我都只看几集，能看到十集就不错了，然后我就看故事梗概，跳着看看就可以了。没有一部电视剧能让我从第一集看到最后一集的，原因就是每一个人物虽然命运和情节变复杂了，但人物的心理及其生命是缺乏变化和成长的。起初他的思考、他的想法是这样，等书的内容完结,他也经历了很多,但是想法几乎没变。你要知道拍电影一个人物化装变老就行了,但一个人,20年前跟现在怎么可能思想是一样的?其实真正的小说是应该写出这种思想轨迹,而不仅仅是命运的情节。

我的下一本新作是43万字的非虚构,书是写一个人起初从十七八岁中学毕业,有点像少年才子,直到他44岁死亡。他每个时段都是不同的人,跟别人的关系也不一样。文学最重要的就是写出这个人的变化,不管是你虚构出来的还是真实的变化,写出他的逻辑性。我现在看很多中国当代小说,仅仅情节有变化,但人是不变的。我不知道你们有没有产生这种感觉?你们是专业型研究者,看书比我多。小说情节很复杂,但人物内心没变化。我觉得这是缺点,太重视用情节来吸引人,像说书。中国古典文学的早期长篇小说,有不少是说书,即每天讲一段,所以每天这一段就需要吸引你。但因为不是一个人从头到尾都会跟随着听,所以说书里面这个人物不能变化太大,否则听者搞不清楚。但西方小说的起源不是说书,中西文化表现出来的不同道路,其实是与它的起源相关。

凌逾:您刚才说中国小说的起源是说书,那西方小说的起源呢?

施玮:西方最早是英雄叙事,就是那些史诗。中西方都是从诗歌、从神话传说开始的,但西方的诗歌偏重叙事。一直要到浪漫主义诗歌时期抒情诗才越来越多,叙事诗歌后来就走向了小说——叙事小说。因为是英雄叙事,发展出来的小说很在乎人物,他的英雄性、他与天地的关系、他的变化——就是人物的变化。中国就不是,中国起初的诗歌叙事性就极少,诗歌基本上可以定位为抒情诗。中国的小说或者说今天的文学里面,小说这一支不是从诗歌来的,它是来自后来的说书,就是民间口传的说唱到说书,再加上中国被外族入侵好几次,也就被打断了好几次。中国的小说第一来源就是说书,再往前推,其实是诸子百家里面的寓言故事。你看了就会发现，中国小说要么偏重于讲故事，要么就偏重于文以载道地讲哲学，但人物始终不是重点。

凌逾：中国的画作跟西方的画作不同，中国水墨画多是天大于人，西洋油画多是人大于天，讲究人物特写，仿佛能穿透你的眼睛。

施玮：中国画里的人物常常是没有眼神的，以身形来表达情感。

凌逾：常常特意不画眼睛，跟小说的叙事类似。

施玮：这和中国的哲学有关联：儒家思想主要目的就是当官、治理天下；老庄哲学是中国知识分子文学艺术审美的主要根源，但它讲究的是无为境界，无是非，无区别。当然就不需要眼睛了，我和你，人和自然都是无区别的，是浑然一体的，讲究的是一个气韵，山水天地都可以混为一，所以中国国画中，不用画出特别的天地之分，远近也是无区别。西方文化以两希文化为源，就是希腊和希伯来，神、人和自然分得很清，各物也讲究各按其类。到文艺复兴时期，更加把人重点提出来，所以他们特别关注这个"人"，并且是个体的人。中国文化强调整体性，比较关注作为社会单位的、群体的人。这些都会影响我们的写作，比如中国作家写史诗，鸿篇大作，都是拣一个最重要的事件写，写得特别恢宏，开始头三页都可以写不到一个具体的人身上。西方无论多恢宏的经典名著，你能记得的常常都是一个人。我这样讲虽然都是大白话，但确实就是这么回事。

凌逾：您的画作多是虚化的、虚幻的，不强调写实，而是谋求表现一种意象韵味、一种思想、一种灵性，但您的小说大部分非常写实。

施玮：绘画和诗歌一样，它具有抒情性。绘画早期，我在学校学习的时候也画山水风景，但问题是绘画走到今天，摄影技术那么高，为什么还要画写实呢？现在我走的是印象派的，或是比较抽象的。我非常喜欢凡·高，那个时期他和印象派画家们也画风景，但凡·高笔下的风景其实已经都改变了。基于我自己的审美，所以我的诗歌和绘画创作都是比较抽象。

对于小说，我个人的想法是这样的：如果你写自己，现在很多女作家都写，但我自己没什么故事，而且我也不太爱写。你们觉得女人那点事说来说去有意思吗？我个人觉得没意思。我的《世家美眷》是写女性命运的，一本就够了。用陆士清教授的话来说，今天写了那么多女性主义，都没有几个超过《世家美眷》的女性观的。我那部作品是1995年写的。你去看看，那才叫女性，何必再写呢？当大家都写女性主义的时候，其实女性主义已经不存在了。什么原因？其实女性主义是男权世界中，不允许女人自由谈论我们真实的感受与权利时，我们要谈我们的爱情自由、人性自由、女性身体感觉的自由等等；满世界都允许你谈的时候，你继续谈，那叫兜售，那就不叫什么主义了。无论是写宗教，还是写历史，反正我是有兴趣写似乎是隐讳的内容，因为这让我感觉一支笔可以揭开一层布，让某一处的真实被点亮并呈现出来。

今天我为什么越来越走向半非虚构和非虚构？因为现在是媒体时代，什么故事你都能知道。过去大家要看小说，是因为自己和身边的故事不够看，所以要再看一些离奇的故事。现在媒体那么发达，你写的故事到处都有，而且我觉得我们作家编的没有真实的事件那么离奇。有时我看着这些真实事件就想，如果这是我小说里写的，大家一定说是我编的，完全不真实。你想是不是？这实在是一个荒诞的现实，仔细想想，今天当小说家是挺难的一件事。在这种媒体时代，你还在虚构爱情小说，我觉得太不靠谱了，太没意思了，至少对我而言太没意思了。所以我写小说越来越偏重真实史料的挖掘和梳理，并在此基础上进行反思。

目前写历史较多，还没写到现代，以后也会写。

如果你们看我微信朋友圈，我有一年采访到的，基本上都是一百零几岁或者九十几岁的人，大量给我讲故事，我就突然发现自己的那点故事啥都不算，太没意思了。写了一本以后，美国有些大学图书馆尤其设有东亚馆的就收藏了。之后他们就会跟我联系，我也跟东亚图书馆的这批人成了好朋友，他们会告诉我哪里有资料是与中国相关的。我发现那些资料我几辈子都使用不完，而且想到中国的作家大部分不懂英文，也没有便利和耐心去国外查史料，这不就变成了我们移民作家的最强项吗？我自己曾修读博士学位，比较会查史料和整理资料，一般作家都干不了这事，我可以做，而中国历史中又有太多朦朦胧胧被遮蔽的东西，这给了我写作的意义。现在感觉我写的时候就像一盏灯，点到哪儿，哪里亮，这个很过瘾。我的笔所到之处，如同一点光，一支烛火，原来在暗中看不见的历史都亮起来，虽然只是局部的微亮，但也已经让我非常兴奋了，所以我现在已经不耐烦写我自己的故事了。

凌逾：这个跟生活经历应该有很大联系。

施玮：这个可能跟修读了博士学位有很大关系。在美国读博士，修的是文体比较，有很严苛的要求，变得很会整理资料，主纲出来了，然后就相对轻松多了。现在很多作家也去采访，但是他们跟我不太相同，他们是采访到一点点东西，就开始想象和虚构。我个人不太赞成，因为你看到一点点东西就引发你的激情，接下来都是想象，基本不符合事实。我现在发现历史完全不是我们想的那样，历史本身是超过我这渺小的个人的，超过我的体验、我的眼光、我的境界，凭我个人的力量是够不上的，所以我愿意把真实的情况写出来，不随便去做太多虚构。

凌逾：所以您的作品很像侦探小说，就是这个意思。

施玮：对，就是它的真相，而且我把它弄出来以后，每个人看的角度可以不同，想的也会不同。我的作品读者面很广，有很多从事艺术、历史、律师、宗教等各种行业的人。

最近我遇到一个事情，有一个很了不起的人，留下了几百万字的日记。他活的时间不长，日记写得却很多，每一天都记着。这个人在历史中很有名，但是当你读他日记的时候，完全不是你想象的样子。而且我在根据他的日记写他的传记时，就遇到了一个问题，就是我究竟要用多少文学的手法？对我来说加点思想，描写甚至煽情都是很容易的，但我最终选择平平淡淡地呈现这个轰轰烈烈的火焰般的生命。我现在越来越尊重历史，并且开始非常警惕一件事：中国培养出来的作家以及读者都很爱煽情，因受到煽情文化的影响，非得让人家哭了，就觉得是好作品。现在我觉得煽情比较低俗，并会让我的写作良心对虚假失去敏感度，这对一个好作家来说会是致命的。虽然我希望让读者心中感动，但不见得一定要流下眼泪。这是我写作的一个改变，而且对所写的东西更加自信了。基本上我的文笔是一路渐渐变得简单，不那么情绪化。

三、突围与存真：华文文学转型的新方向

徐诗颖：我接着刘俊教授的话提问，他在给您这本书写的序里提到关于海外作家应具有海外特性的问题。刚聆听了老师的诸多观点，觉得您可以走出一条属于自己的海外写作之路。

施玮：我写过一篇小论文，是关于移民文学的翅膀和根。海外新移民文学起初是那些创业、留学人员，跟随了中国现实主义小说写法来写的。但创业文学和留学文学，它的思想和生命维度的反思是比较少的。

因为他们还在创业中,还在留学中,大多是半路出家的,这种身份有利也有弊。像我这类原本就在国内写作并已经出版和发表作品的人,到国外后再写,就没想靠写作出名,因为你要出书,还不如留在国内。我就是想好好琢磨琢磨文学,20世纪80年代起受到西方文化影响后,希望更真实地认识西方文化和文学,然后对中国文化和文学有些新的思考。

但目前海外作家还是比较关注在中国发表的情况。中国杂志社的编辑年纪都相对比较大,他们接受的是中国式的小说写法,海外作家为了能在中国出版,目前大都也写成这种模式,宏大叙事外加写实主义。要么就玩一些西方的现代派手法,中国作家也挺喜欢。但他们的"现代派"基本停留在文体上,而没有进入思想层面。因此,我就在想,海外作家究竟有什么路可以走?

第一,我觉得根不能断,毕竟是华人,中国文化的根要是断了,以什么为根呢?第二,是翅膀,你有了根也要有翅膀,两者连在一块。就像风筝,风筝能飞起来是因为有根线,但同时需要风,需要翅膀。翅膀是什么呢?我觉得应该对西方人文思想有很清晰的了解,并且找到相通的认同感,这就是人类文化命运共同体的意识。海外移民作家目前的作品正好处于没有坚固的根,翅膀也没真正接上的状态。而且国内的杂志都希望海外作家写海外生活,很多人为了迎合、为了发表就去表浅地写海外生活,其实只是充当了杂志内容的版块点缀,这些东西最后肯定是留不下来的。第三,我目前选择不多写海外生活,反而来写中国。我甚至想写中国现当代百年史,同时我也有可能将来来改写或者重写更古老的中国经典传奇故事,原因是中国文化里的东西,完全可以用当下的世界眼光来发扬。为什么我觉得海外的作家能做?因为我们守着国外那么多的图书馆,国外图书馆资料都是公开的,而且收藏着丰富的中国近现代的人文资料,还有那些老人许多也生活在海外。这么多资料不写,非得写打工那点事吗?何况我所积累的学术研究的能力,也能够帮助我开拓这条创作之途。在这方面,我觉得我的这个创作方向会指向未来,因为未来的年轻人出去都跟我一样,不需要打工吃苦。其次,他们会受到比较专业的训练,都会利用图书馆,也会使用网络。所以我觉得他们最后走的路跟我会比较相似,有反思性,没有那么多乡土和农村的元素。

我也挺厌烦当下不少的伪乡土文学作品。沈从文的作品我很喜欢,但现在的乡土文学太假了。许多乡土文学作品,一看就是二手的,不是自己亲历过农村生活的那种感受,而是借着二手的文学阅读的感动,以沈从文为代表的乡土文学为风格编造出来的。很多生活在城里的人写农村,写的调子都一样,都是一条河一棵树,让人非常厌烦。如果你真生活在农村,会有细节吸引我。因为这些人不生活在当下的农村,他们的作品就是非常空泛,都差不多。读一篇觉得挺美的,但看一百篇一模一样的,那就不是美了,等于是生产流水线出品的塑料花,没有生命。我相信未来的华语文学一定会改变现状,现在的年轻人比较自我,有个性,所以我看好90后00后甚至10后,就像蒋述卓教授所评价我的那样,属于我行我素、自嗨型。我相信年青一代基本上都是我这种,"我不在乎主流在干什么,我只在乎心中想写什么"的状态。

何春桃:在《故国宫卷》里老师其实有非常多的创新意识,包括刚刚提到的穿越主题以及年轻人玩游戏这些东西。小说中其实也有很多新的元素,包括游戏研发还有人工智能文学,其中有提到大数据能够生成文学作品和文学故事,不知道老师对这种人工智能文学是持怎样的看法?

施玮:当时我有个便利之处,因为我丈夫是做软件编程的,他对这方面了解得比较多。现在很多小说是依靠软件写的，把一些资料输进去，材料就会显示出来。为什么现在那么多年轻作家被查出来抄袭？因为软件它自己是不会写小说的，软件把别人小说的情节按照新的线路重新拼贴一下而形成新的小说，这就造成了目前的状况。我也了解了一下，我所设想的这种超越文本的智能小说将来一定是可以实现的，而且我的设想更奇妙。你仔细看书，会发现我构想的不仅仅是一个游戏软件，也不仅仅是用电脑写出一部小说，而是这部小说的每个场景都可以点击进去的，进去以后，其实就是智能小说和VR（又称灵境技术）的结合。每一个场景都可以进去，进去以后你跟游戏一样，可以选择不同的角色。接下来是我的创新，选择了不同角色，这个角色有什么样的情感，可以通过皮下少剂量的注射或针刺，让你产生某种情感，未来的小说创作应当是这样的。以后这个系列还会写下去，在未来这块还会有更多的想象，但我不想写成像《三体》那样的科幻小说，我想创造出一种人文艺术的未来模式，未来甚至将嗅觉等感官联合起来。我想将来一个人看电影、看小说，都可以身临其境。

何春桃：深圳有个作家叫庞贝，他写了一本小说，也是利用这幅夜宴图，但他写的有点像历史悬疑故事这种类型。

施玮：这本书里面其实没有太多编的故事，都是我在史料里面查的，包括他跟北国皇帝之间的事都是真实历史。我一般不太加工历史，因为毕竟是真人，真名实姓的，不适合虚构。你可以虚构点爱情，直接让他们产生点感情，但是我不会虚构人物的身份，我觉得作为一个作家，这样是不严肃的，有可能造成年轻人的历史混乱。

凌逾：图书封面"故国宫卷"这几个行书是否取自杜牧书法《寻找张好好》中的字体手迹？

施玮：不是，是我让美编仿的，杜牧里面没有这几个字。因为一开始设计的是方头方脑的字体，我感觉不是我想要的，我想要类似于杜牧书法的古典字体。

凌逾：如果您要修改或改写《故国宫卷》，会做哪些调整？

施玮：目前不知道，因为书出版后我也没看过，再版的时候我才会看，那个时候通常都是几年后了，几年后思想会有很多变化，才会做内容上的一些修改。发表了12万字的杂志版本后，再出单行本时，我曾改过一遍，这书是16万字的版本。16万字的版本其实就是做了一些润色，一些人物有调整，结尾有改。

凌逾：结尾怎么改？

施玮：最早的结尾就是宋天一跟张好好结婚了，但我后来觉得他并不是真爱张好好，张好好是他对文化的一种情感投射。他面对的问题就像现在每个年轻人要面对的，"究竟你是嫁给你的梦，还是嫁给真实呢？娶了梦，还是娶了真实？"所以我就让他面对这样的选择。如果这个时候他继续选择张好好，那说明他是爱张好好，并不是爱文化投射的张好好。如果这个时候他选择穿越过来的李瓶儿，那他选的完全是投射的东西。生命确实很复杂，有的时候我们自己都不知道自己最想要的是什么。而且《故国宫卷》是带有神秘感的，所以我不太喜欢《寻找张好好》这个书名，并发现年轻人也不喜欢《寻找张好好》，年轻人挺喜欢《故国宫卷》的，我问了几个小孩，一个才17岁，他觉得《故国宫卷》很高大上。

凌逾：您认为当下作家作品应该具有怎样的大气象呢？

施玮：我认为写实主义是中国文学目前的立命之本。但写实主义小说也存在一些问题，写实小说应该具有写"真"的形式，而不是写国民记忆的形式。今天大家写的都是"群众性记忆",一写到"文革"就一定是跳忠字舞,一写到民国就一定是上海滩。这种写作不是真正的文学,文学写作写的是"我"个人的记忆,哪怕我写历史也是个人对历史的认识,而不是从电视、小说中得来的认识。但现在中国文学有写"民众记忆"的情形,我认为这是一种媚俗。写现实主义题材最怕的有两点,一个就是媚俗,还有一个就是没有反思,只有呈现。我认为写实主义一定要改变这种宏大叙事的写实,改变"群体意识"的写实。

另外,早年的先锋文学脉络未能延续是非常可惜的事情,因为先锋文学处于刚开始的阶段时,比较强调文体的实践性和先锋性。但是文体的实践会带来内核的改变,如果这条路继续走下去,我认为会对人的精神和内核有更多的探讨。先锋文学能够触及一些个人记忆,甚至边缘性记忆,这是中国文学极少出现的形式。目前我看到的小说,都是特别讲究情节的独特离奇,但是人物和思想都随大流,把弱势群体写成主流,真正的边缘人却没得到关注。即使我们是一个很主流的人,但很多思想也是有边缘的,文学对这方面的反映太少。简单来说,影视、通俗文学的冲击,使得我们今天的文学过于典型化,过于黑白分明,缺少灰色地带。文学中没有灰色地带怎么叫文学?所以我认为先锋文学是应该继续的,但是先锋文学要脱离初步的文体实践,渐渐走入思想和对生命的体验,才能写出好作品。

当下的海外作家与中国作家并没有什么两样,因为现在是一个地球村。但是海外作家一定要站在海外,海外作家既然不能像中国作家有在场感,那么就应该有距离感,要加强抽象层面的哲学反思,才能写出好作品。这是我对未来的期许:在中国,作家应多利用自己的在场性,多写此刻的边缘人事;在海外,作家则要充分发挥资源的优势,写历史。

《故国宫卷》是我一时兴起写的，凑巧受到欢迎，但我认为一个作家即便十年出不了书，也可以十年写一套书，完全没有必要在意出版等外在因素。

余音

凌逾：我觉得施玮老师您很不简单，写了那么多书，又画了那么多画，很想知道在日常生活中，您的时间是如何分配的呢？

施玮：也还好。上午一般唱唱歌、跳跳舞，然后默想或灵修。我上午起得晚，一般吃完中饭后开始写，从1点来钟写到6点多我先生回来。但有的时候熬到下午3点才开始写，也是写到6点多我先生回来。晚上都是看电视、散步。画画是当我写完一本小说后，单独到北京的工作室画。

凌逾：画画起到调节的作用，整体性的时间还是用来写小说？

施玮：是这样的。

凌逾：施玮老师您已经聊了很长时间，接下来让我们的硕士博士们各自也谈谈听后的想法和收获吧。

何春桃：从小说到老师本人，从字到人，老师都很符合"中国性"这三个字。无论是在看书，还是听老师讲古代的故事，用语都非常典雅。讲现代时又非常接地气、本土化，我很佩服老师对母语的灵敏度。

肖小娟：其实我很庆幸没有问一个问题，因为之前准备的一个问题是：您在海外这么多年，当写这种中国故事的时候，会不会对中国传统文化有某种隔阂？现在我可以回答没有。反而我认为您对中国文化有自我生命层次的理解。您一直主张灵性写作，所以从您的话语以及您的文学观、写作观当中，我都能感受到您没有把自己限定在一个框架和一个地域内，比如说您没有把自己限定在海外新移民作家这个群体，您也没有把自己限定在回流作家这一类的群体当中，您只是想把文学和人以最真实的状态描写出来，这使我今天对您有更深入的了解。

施玮：其实像什么回流作家、海外作家的分类，都是评论家干的事。作家肯定不会想我是属于回流还是溯流，写就行了。而且将来分类会越来越难，因为今天你去趟洛杉矶跟去趟北京没差别，大家吃的一样，餐馆也一样，店的名字都一样。而且现在不光洛杉矶，我到欧洲很多地方，感觉都是一样的。满大街都是中国人，广场舞大妈都已经打破国界了，文学也打破了。

张衡：老师，在看您作品的时候，给我留下两个比较深刻的印象。一个是书里面散发的古典韵味，这是我一直以来非常喜欢的，也是在当下一点点流失的。尤其是《韩熙载夜宴图》，小时候学美术之前我有上过一个学期的鉴赏课，鉴赏了那么多，印象最深的还是《韩熙载夜宴图》。今天看来，原来这幅画，还可以写成一个这么现代和穿越的故事，还可以跟故宫的APP联系起来，我觉得是一件非常酷的事情，有我们怀念的古典氛围在里面，又别出心裁、非常生新。另外一点感触，是您在早期的作品里面提到跟基督教相关的内容。我之前看了一些关于这方面的书，包括刘小枫的《拯救与逍遥》。其实我觉得西方的宗教跟我们东方文学最不同的一点，是他们的忏悔意识具有一种救赎的情怀，比如陀思妥耶夫斯基写的《罪与罚》，但我认为这是中国文学很欠缺的一点。听您讲了那么多与教徒之间采访的内容，让我想起家里有老人信基督教或天主教，祖奶奶当时活到了103岁，从90岁开始，每天早上5点钟起床灵修，只喝一碗清水，一上午不进食，这种虔诚现在我想起时还是蛮有感触。当然,这两个都是我在阅读您作品时的想法,见到您真人之后,我觉得您是一个很有感染力的人,就像蒋述卓老师在新书发布会上谈到您的"率性与自由",就像您在前天发布会的结尾教读者们静下心来品味生活中的美、现场欣赏穿越千年的唐代"绿腰"舞,我们沉浸在古典的美中,全然不知在过去的日子里,这杨柳一般美丽的舞者是怎样跳着轻盈的"绿腰",一步步战胜可怕的病魔。而今天,您刚刚谈到对家人对朋友,抑或创作,无论是文学还是其他艺术,都是一个非常有感染力的人,非常率真,您把您对生命还有灵性的一些见解,不光是存在您自己心中,也很尽力去通过文学作品、绘画、书法、舞蹈等形式传播给我们每个人,让我们感觉到这个世界还是有美与爱的存在,我觉得这是您的一种大气象。

凌逾:张衡刚才说对《韩熙载夜宴图》最有感觉,为什么?

张衡:当时美术老师在讲的时候,讲了很多幅画卷,但对这幅印象深刻,第一,因为老师说这幅画是一个连环画,我以前接触的一幅画主角就是一个人,但韩熙载他换了衣服,换了动作,从头到尾都是出现在画卷中,我就一直在找到底哪一个是韩熙载。另一个是因为小时候喜欢读李煜词,后来知道是李煜派人去监视韩熙载,让顾闳中去盯他作画的,里面有一种亡国的无奈感伤,这也为这幅画平添了不少中国古典文人式的传奇色彩。

施玮:有意思的是,南唐有三个皇帝都是诗人,这个也是我选他的原因,李煜就是那个最有名的大诗人,对吧?但是他在做皇帝这件事情上并不擅长,他的父亲也是一名诗人。这就很有趣,也很能代表中国文化。

徐诗颖:我就简单讲讲,其实我心里面不是很期望将老师的作品改编成类似网剧、手游一类的产品。当时读完作品后。第一想法是可以做成当下流行的网剧,因为里面有很多穿越的情节以及很幽默的元素,非常适合,但是今天聆听了老师的诸多想法后,我还是庆幸没有向您提出这个问题。

施玮:没关系,要是能做成网剧,我很高兴,再高深的思想,也是要影响别人,网剧能影响别人,我自己还去学习游戏设计呢。我跟很多作家不一样,不需要保持高深。但我觉得做有关文学方面的学术一定要看哲学类的书,整体架构很重要,而且我认为以后要打破海外华文文学与中国文学的分界,直接说整个华文文学,只要用中文写的,就是华文文学。打破了这个分界再来看,问题会清楚很多。因为你一归到中国文学,就会自动被嵌入套路中,出不了新。你一到海外去写,就会按海外的套路来写,好像非得写点国外的东西才行,其实就应该把这种划分打破才好。

凌逾:今天施玮老师洋洋洒洒地给我们讲了非常精彩的内容,倾诉自己的写作内幕,直言创作历程的曲折与艰辛,剖析深刻的文学观念,让我们对作品、对文学有更深入的了解,委实是受益匪浅,再次感谢施玮老师!

《韩熙载夜宴图》(局部)

(研究生刘玲、刘倍辰、李婉薇、谢慧清、邓媛、丁一、夏婉琦、张衡、肖小娟、何春桃整理,凌逾、徐诗颖审订)

凌逾、徐诗颖、张衡等:《笔墨跨界舞,故国梦重归——作家施玮〈故国宫卷〉访谈录》,《名作欣赏》2020年第3期。

听香相遇朵拉情
——朵拉、凌逾访谈录

访谈时地：2018年4月29日，朵拉"听香"画展期间，广州

朵拉

朵拉，祖籍福建惠安，出生于马来西亚槟城，专业作家、画家。出版个人集共52部。获国内外大小文学奖60多个，读者票选为国内十大最受欢迎作家之一，文学作品译成日文、韩文、德文、马来文等。散文及小说被收入中国多家大学、美国加州柏克莱大学分校、新加坡、马来西亚等大学及中学教材。现为《读者》月刊、郑州小小说传媒集团签约作家，世界华文微型小说研究会理事，世界华文作家交流协会副秘书长，中国王鼎钧文学研究中心特邀研究员，大马华文作家协会会员，TOCCATA STUDIO艺术空间总监，槟州华人大会堂执委兼文学主任，槟城水墨画协会、浮罗山背艺术协会创办人兼

顾问。受聘为华侨大学、广东外语外贸大学、莆田学院、泉州师院客座教授。袁勇麟教授主编《朵拉研究资料》2017年8月出版。至今国内外个人画展26次，联展共超过60次。

一、为添优雅净心灵

凌逾：朵拉老师，感谢您百忙中抽空接受访谈，您的"听香"画展已举办60多场……

朵拉：60多场包括联展，在世界各地展出，中国大陆这次的个展是第9场。

凌逾：真不简单！您是怎么发现自己绘画的天才和文学的天才的？

朵拉：我是一个没有才华的人，真的。回想起来，我从小就比较笨。

凌逾：那么您怎么知道自己喜欢画画，怎么知道自己喜欢文学的呢？

朵拉：家里提供一个阅读环境，父母亲很喜欢阅读，现在他们已80多岁，每天阅读报纸，床头放着书随时阅读。我叔叔、姑姑也都喜欢阅读。小时候我们家还订阅杂志。那年代没有多少人家里订杂志报纸，但我们家有，这影响了我。我从小喜欢阅读。阅读这件事不需要一群人来完成，一个人就可以做。我喜欢一个人。

凌逾：那您很早就开始画画了吗？

朵拉：倒没有。读书时不会画画，画画功课叫同学帮忙，喜欢看画但自己不会画。后来有份报纸邀我写访谈专栏，我跟编辑要求写个专门采访艺术家的栏目。和艺术家聊天，渐渐发现艺术创作很神奇，一张白纸便可自由创造出自己的天地，才开始对画画产生兴趣。

凌逾：那时候是大概多少岁？30多岁？

朵拉：快40岁了。

凌逾：所以中年起步也不算太晚？

朵拉：只要有开始，什么时候都不算晚。那是20世纪80年代末，接到朋友电脑打字的信，很高兴，这是时代的进步。接着思考：往后大家都不用圆珠笔写字了吗？倘若如此，在海外，毛笔的方向要往哪里走？应该如何保存毛笔的文化？那时我住在没有文房四宝的小镇，找宣纸毛笔都要费一番周折。且找不到中国画老师，后来遇到一个画家，要求学画。老师说好，你找10个人来开个班。老师不来了，又换个新老师，不断重复开设水墨画班。当时没意识到这是一份保留和传承中华文化的工作，因为自己深感兴趣。时常游说朋友一起学画，找不到10个人，拉女儿来当同学。结果两个女儿都拿过儿童水墨画奖什么的。母女变同学也很有趣。后来她们各有专业，当初给她们学习，没想要她们成画家，只想这是中华文化的精髓，她们应该了解，况且还给她们进行美感训练。

凌逾：这样纯粹的美感训练真好。您当时采访了多少个艺术家？

朵拉：超过100个，后来出版《心路》上下两册，由马来西亚创价学会出版。

凌逾：访谈整个马来西亚的艺术家吗？

朵拉：采访对象包括少部分马来画家，收入书里的都是华人。

凌逾：您为什么会想到去跟艺术家访

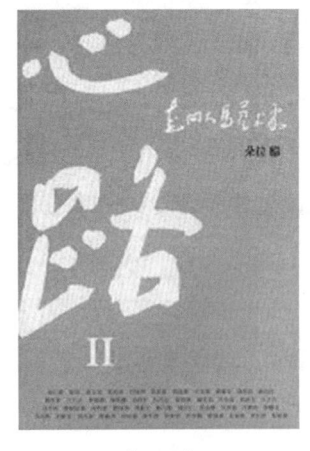

《心路》

谈呢？

朵拉：艺术家很可怜，画到半死，也没人欣赏。我访问过的艺术家，今天全部都变"矜"贵了，但那时没人认识，我就想，怎样才能让更多人看到马来西亚也有杰出的艺术家。后来选录70多个艺术家访谈，辑为《心路——走向大马艺术家》，两本很厚的书。有的篇幅比较长，一篇五六千字，每本厚达400多页，两本都是全彩色印刷。

朵拉老师作品

凌逾：那您是不知不觉走上艺术道路，一开始并没有刻意地成名成家，对吗？

朵拉：作家、画家我都没野心。小时愚钝，长大后爱上文学，阅读和写作是因为一直思考如何让自己变更细致些，而不是要成为作家。东南亚作家很难跟美、加、欧洲等地的海外移民作家相比，他们大多原来在中国受高深教育，创作的时候比较有计划也有方向。早期的南洋作家多是有话要说，有感而发，很少有野心大志，后来可能也有，但不是我。跟生活环境单纯有关吧，纯粹作为兴趣来写作画画，从没想到最后成"家"。

凌逾：从事文学艺术创作，为了要把心灵锻造得更细腻一些，更有美感一些。

朵拉：不想平庸过日子，想要抽离粗糙的主妇生活，选择以文学和艺术创作净化心灵。一直在想，怎么让自己优雅一点，可能文学和艺术可以帮我的忙这样子。身边缺乏老师指导，就靠每天阅读。写作和画画根本不是为成名成家来做的。

凌逾：那您觉得自己绘画的劣势是什么？

朵拉：一直没机会接受专业训练，以基本功不够强而深以为憾。画了10多年后便了解，艺术创作是在说话，表达自己心灵的声音。重要的是表达出来，艺术技巧是其次。每天画那朵玫瑰花，画一百朵一千朵，技巧自然成熟。但只顾练习技巧，久而久之可能陷入一个缺乏思考、技术很好的困境，最多走到"巧匠"程度。

凌逾：确实，绘画的目的不是画得像，而是画得有想象力和创造力。八大山人朱耷认为，画作太过写实，会影响情感的表现。所以，思考比技巧更为重要。

朵拉：苏东坡说过："论画以形似，见与儿童邻。"还有齐白石的绘画论点："作画妙在似与不似之间，太似为媚俗，不似为欺世。"水墨画评论祖师谢赫的六法，排在第一的就是"气韵生动"，深刻影响了我的审美理念。神似重于形似，追求的是境界。因此侧重在思想的表达，重视构图的经营位置。

凌逾：就是要用绘画来表达思想。

朵拉：对。

凌逾：那您以后会重新找老师来学吗？

朵拉：我在10多年前的一场演讲中说，中文创作和水墨绘画是我的精神故乡。改革开放以后我时常到中国来。这里有很多我的老师，像你也是我老师，我读了你写的书就知道在创作上应该怎么做才能达到更好的境界。你在文章里提供了很好的意见，有时候可能你并没有意识到。比如你刚刚发表的这篇论文《和合美学朵拉韵》提到，"大家都说海外华人文学是离散的"，可你的看法不一样，你说"应该是融通和合的"。这点非常到位。之前也有学者告诉我，"华人在海外很辛苦"，我感谢他的同情和理解，然后他不明白为什么我的画不像八大山人朱耷，画一只单脚站立的小鸟，或一双白眼看世界的鸟儿。这是离散的想法。但我们在海外出生的这一代，没有从中国南移过去的离散感。所以想法还是不同。去年我在浙江大学的会议上提到"祖国"和"祖籍国"的概念，这个我多年前也说过的。中国是我的祖籍国，我祖父从中国下南洋。海外华人极其重视祖籍国的中华文化。不管有没有像我一样用中国文字或中国绘画去表达出来，但血缘关系使得中华文化一直在心里。你看汶川大地震时，海外捐了多少钱啊，都是因为心系祖籍国。

二、艺术修炼跨界生

凌逾：今天看了您的画展"听香"，我发现跟上次在广外办的画展很不一样，您给每幅画都加了两句诗词，加得特别好，古意盎然，富有神韵，将毛笔文化、水墨文化、诗词文化等传统文化全部打通在一块儿，这非常棒。我还有一个小小的建议，或者请教您一下，就是能否给自己的画作命名，每幅画命一个名字，这样不是更好吗，便于给人评论或者拍卖什么的？

朵拉：刚开始的"听香"系列，很努力想在构图上作变化，就忘记了题书法，后来变成是刻意的。为了要与中国人的中国画有所不同，我把我的中国画画得很"满"。中国画的传统元素一贯，但加入了我自己的思考。近来我考虑在"听香"系列之后换另一个系列，但要循序渐进,开始在画面上添加书法,把题目、感觉或诗句题上,所以每天很努力练书法。

凌逾:对,您的书法很特别,我那篇论文也提到了,有点像板桥铺路体。好像您现在的书法以隶书为主,巧在用拙?

朵拉:既然我的图画跟传统中国画不一样,那我的书法当然也要跟中国的不一样。

凌逾:您想要在哪些方面不一样呢?

朵拉:除了临帖临碑,练隶书、篆书、楷书之外,我希望写一个自己的体。

凌逾:自己的,朵拉体。

朵拉:对,用自己的书体,题自己的图画,觉得很有意思。

凌逾:您这个画展为什么叫"听香"呢?

朵拉:决定把我的画展命名为"听香"是在2006年开始。我画花,又不想直接用"花言花语"之类的,想要完全不用上"花"这个字,而代表花的还有香。想用"闻香",嫌太直白。中国画最讲究意境,都说要境界,要留白,要空间,突然灵感一来,"听香"。有个好朋友听说了马上为这个题目喝彩,于是我决定"听香"。人的五官相通,不只鼻子闻香,听也可以听到香,如果你静下心来的话。

凌逾:是的,通感的实验特别能给人带来创意,我2018年出版的《跨界网》书里有一章专门论述"通感创意",自己都觉得做这样的研究特别有趣。您觉得画画对您的文学创作有什么影响吗?

朵拉:艺术创作都相通。我喜欢在文章里写花,画画下意识选花鸟。山水、人物及其他的基本也学过一点,最后决定专攻花鸟画。画花鸟有时放大一朵花来画,还要有删剪的技巧。这点和写小小说相似。小小说很小，可是内容很大，读者看起来是侧面，其实在表现全面。

凌逾：这有点像汪曾祺，他也喜欢文画跨界打通思考。他画画喜欢用"折枝"法，即以大幅空白中的一花、一枝来代表整体，而他的短篇小说也讲究"空白的艺术"，如《陈小手》，以管窥豹，通过特写局部来呈现整体。那么，您的小说散文等也会影响到绘画创作吗？

朵拉：技巧的影响应该有。比如写小说有时特意营造节奏，有时在结尾惊奇。画画也需要有节奏感、层次感，同时有画龙点睛之笔。艺术创作不能教，但创作的基本原理相通，不同的艺术是相辅相成的。

凌逾：您每天画的内容是突然想到什么就画什么吗？

朵拉：不是突然想到，都是生活中遇到，有感觉，就下笔，做些记录，有时也用文字记下，像写日记。比如，这幅三角梅，马来西亚街头很多，新加坡也特别多，就因为街头巷尾到处都是，没特别留意。一次去厦门，听说是厦门市花，在厦门看到好多，感觉很好。但小小朵的花很细碎，碎笔看起来散漫，我不喜欢琐琐碎碎的笔法，太小气，就设法把花连起来，画成团花。上次去漳州，发现漳州盛产水仙，漳州的朋友特别带我去看水仙花田，一大片一大片的水仙花真的很有韵味，回家就开始画。还有一次我们去哈尔滨，你也一起。在黑龙江大学开会后去了牡丹江，一路上都是向日葵，斗大的鲜黄色花朵，挺直往上昂扬生长，很有感觉。你要有感觉，画才有感情。

凌逾：看来对万物要有一种带电般的感觉，才能画好。原来，爱恋痴迷某物就是绝佳的艺术状态。您在画画过程中，跟一些动物植物好像是有心灵呼应一样的。

朵拉：我喜欢运动，每天早上晨运时看花树。我的书房外面，有几棵大树，当时买房子就是为窗外那几棵大树。

凌逾：为了花草而买房吗？好独特的想法。

朵拉：花树会给房子、给生活加分。本来要买的房子高得可以看到大海。后来到三楼看一下，噢，窗口一打开就是大树，马上决定要三楼。那花刚好长在我的窗外，每天泡茶，捧一杯茶看那几棵树，感觉生活美好幸福。写作画画累了，面对花树让头脑放空。

三、笔耕不辍自在活

凌逾：我想请教一下，在不同的人生阶段，比如少女时代、家庭主妇时代、空巢时代，您怎么安排时间呢？

朵拉：后悔年轻时候日子过得太随意，浪费了好多时间，因为那时无所求，就不那么用力。哪里知道，后来用力过了一生，还是很平凡（笑）。毛姆在《月亮与六便士》里有个句子，好像是："我用尽全力，过着平凡的一生。"前几天我在脸书上也写"吃得苦中苦，还是人中人"。

凌逾：您很能干，满世界办画展，著作等身，绝对人上人啊……

朵拉：能干，真的没有，只是兴趣和嗜好，非常喜欢写作和绘画。生活一向很随性、随意。后来成名，要感谢好多人。以前我文章时常发表，有人写信去报社问，是否因为朵拉是小黑的老婆？你知道，小黑拿过马华文学所有大奖。那让我很生气，怎么可以这样定义我？过后刻意往外投稿，20世纪80年代就已在台湾发表很多文章。很早走出去，真是一件好事，非常重要。

凌逾：视野更宽广了。

朵拉：台湾的出版社对我也很好，20世纪90年代初开始帮我出书，至今一共出版了10多本。文章发表在台湾报纸副刊。中国台湾报纸在美国、泰国、菲律宾、印尼等地都有海外版，我的文章就这样被转载到海外。后来每次开世界华文文学大会，都有认识我的作家惊奇地问："你真是朵拉吗？"他们很早就读过我的文章。

凌逾：那您当时投寄文章给台湾有熟人吗？

朵拉：谁也不认识。台湾编辑倒很赞赏我的作品。

凌逾：您其实很有天赋。

朵拉：谢谢夸赞。当时读很多台湾书，看不到大陆书呀。要学中文只好往台湾去。我的中学——槟华女子中学图书馆有很多台湾书，可能文章里有一种倾向是台湾编辑比较熟悉的。

凌逾：就是说您自小就学习感悟到了台湾的文风，文学感悟力好。

朵拉：也许。不然找不到原因，哈哈！

凌逾：我看您最近出的新书《浅深聚散且听香》转为以游记为主，是吧？

朵拉：陆士清老师为我写的评论说是"旅游散文"，这些旅游散文不是真正的行走路线，没说去哪里买火车票，应该吃什么看什么，更多的是一种心灵的路线图，不是真正的游记。和我的绘画一样，侧重描绘心灵和精神。

凌逾：散文要怎样修炼才能写好呢？

朵拉：散文是一杯茶。我喜欢散文看起来没打扮，很白，似无雕琢，其实非常努力把它写得那样浅白，作品最重要是能感动人，好的作品看了是有感觉的。无论如何雕琢写得怎么华丽，看了没感觉就是不行。

凌逾：我觉得您跟陶然老师在这一点上是很像的。他的散文看起来不用力,其实已达到炉火纯青的境界。

朵拉:他是举重若轻。我想,他和一般人比较不一样的是,他无所求。

凌逾:那您以后写散文会朝哪一个方向发展呢?

朵拉:不论文学还是画画,都没预设,走到"哪里"就那样写。从前我们的阅读不是自己选择的,找不到书呀。你遇到什么样的书,你就成为什么样的作家。我不强调宿命论,但这却有点像命运的安排。比如有些地方不是我安排去的,邀请也不是每个都答应,却因为机缘去了。无论去到哪里,都有所收获。一定要不断成长,创作才能进步,每天努力读很多书。我在成长的那个年代,没机会走出去。我是家中老大,老大很乖很成熟,想念大学不敢说。我弟弟妹妹都留台读大学。早年在台湾发表作品,是妹妹鼓励我把文章寄给她,她帮我投稿。很多年以后见到《中华日报》创办人蔡文甫老师,他说喜欢我的文章,所以一收到就发表,这是蔡老师的鼓励。后来文章陆续发表在台湾的很多报纸上。20世纪80年代末,我第一本书在马来西亚出版,第二本就在台湾出版了。我一个台湾人都不认识,也不知道出版社的负责人是谁,后来陆陆续续出了10多本。

凌逾:您觉得写小说难一些还是写散文难一些?

朵拉:真要写好,两者都很难。创作讲究创新。最新一期《香港文学》月刊(2018年4月号第400期)发表我的短篇小说《今天没有笑话》,这篇跟我以前写的小说不一样。小说从两性关系刻画人性。以前讲究唯美,很多心灵的描述,这一篇较写实。原来较长,因为《香港文学》篇幅有限,就删掉了一些。作品雏形始于2012年,当时福建一带很多女人到南洋工作,非法外劳为马国带来许多困扰和烦恼。

凌逾：您怎么决定什么题材写到小说里、什么题材写到散文里去呢？

朵拉：每天晨运，脑海里总有题材在思考，身体在运动，精神在打草稿，上楼就可以决定哪一种表达方式比较适合，没刻意这种题材非散文、那种非小说不可。

凌逾：您那本《小说吃》（《小说吃·情意茶》）是不是尤其畅销呢？

朵拉：《小说吃》有三个版本。最初是简体字版，新加坡惠安公会出版，后来台湾有家出版社跟我谈繁体版。

凌逾：那您现在最畅销的是哪一本书？哪一本书最受大众欢迎？

朵拉：我不知道。在台湾出繁体本《小说吃·情意茶》，一出来成为博客来排行榜冠军书，后来拿到北京出版界的交流会去，吉林方面主动说要出版简体版。听说吉林出版社的《小说吃》，改名为《幸福的味道》，又印了一万本。

凌逾：现在这类书应该很畅销，电视纪录片《舌尖上的中国》热播以后，饮食文学就更有市场了。或许作家要有自己的版权？

朵拉：台湾的出版社帮我出书，都付给版税。

凌逾：您出道其实很早的，大概20世纪80年代就开始写了，所以您认识很多名人。

朵拉：是，因为在家里没工作，照顾孩子，特别爱写作，就天天写。有段时间写了大量的广播剧，那时流行广播剧。

凌逾：但是您的广播剧没出书啊，作品里面没有广播剧、天空小说、有声读物这类作品啊？现在这些作品大有重出江湖的架势。

朵拉：没出成书。

凌逾：很可惜啊，啥时候整理一下。

朵拉：发表时间已经很久远了啊，要去找出来。

凌逾：找不到啦？

朵拉：有啊，那录音带很小的。

凌逾：录音带要整理出来真不容易。

朵拉：没想过整理，现在看来可能过时了。

凌逾：您储存着一堆宝贝呢，看来别人要做您的史料研究还挺麻烦，要花很大的工夫……

朵拉：2017年由福建人民出版社出版的《朵拉研究资料》，主编袁勇麟教授搜集整理资料做了很久，都因我的资料乱七八糟，当年没认真将发表作品和得奖奖状等各种资料收好。为搜集资料，袁老师的博士生曾丽琴到我家来过两次，曾博士最清楚我的情况。

凌逾：其实您可以出作品集了，如在花城出版社出版。您的作品好像大部分都在马来西亚出版？

朵拉：在大陆出版大概有10本了，如上海文艺、江苏凤凰文艺、暨南大学、花城、四川文艺、吉林出版社等。

凌逾：您的文学作品研讨会反而举办得少，一直都在举办画展。

朵拉：完全没想过，你提醒了我。但我怕求人，希望水到渠成……

凌逾：想到了自然会有办法的，慢慢就会有办法出来……

朵拉：倒是很多人邀请我办画展，中国大陆人喜欢中国画。

凌逾：可能收藏画的比较多，较容易出手。您的画作价位可能也要上万了吧？

朵拉：在马来西亚差不多就这样，曾有四幅拿去拍卖，两幅各拍了一万多，另外两幅各两万马币。马币两万即是人民币三万多。

凌逾：哦，这么厉害，那您有没有考虑在国内竞拍啊？

朵拉：国内有人找我谈，福建和郑州都有在谈，但我不确定，因为不熟悉中国的市场……

（研究生刘倍辰、李进鑫、霍超群整理）

朵拉、凌逾《听香相遇朵拉情——朵拉、凌逾访谈录》，发表于《语言与文化研究》第14辑，光明日报出版社2019年2月版。

Footnotes：写画感觉的大书
——唐睿、凌逾访谈

访谈时地：2017年5月20日，暨南大学"粤港澳青年文学研讨会"期间

唐睿

唐睿，香港学者、学院派作家。最初写诗，后出版长篇Footnotes，获第十届"香港中文文学双年奖"小说类奖。香港教育学院修读美术教育学士，毕业后留学法国，获得法国文学学士及比较文学硕士学位。复旦大学博士。现任职于香港浸会大学。

凌逾：唐先生你好！2007年你出版长篇小说Footnotes，2009年获第十届"香港中文文学双年奖"小说类奖。10年后，繁体版再版，简体版《脚注》也即将由花城出版社推出，势头很好，可喜可贺。今天我在会议上也重点评述了这部大作，它确实值得隆重推介。想请教一下，当

初为什么想到写这部小说?

唐睿: 噢,是的,当时出版比较赶,来不及把创作缘起写到初版的小说里面,即将再版的繁、简体版里,我都会将这部分内容加进去。其实,当时我在法国,收到一个朋友的链接,他说有个征文比赛,建议我参加。起初,我看到比赛的主办单位是新鸿基地产,没看到另一个合办机构是三联书店,以为比赛并没有什么文学性,甚至可能有点商业化,就不抱太大的兴趣。后来我朋友在比赛差不多截稿时,又催问了一次,于是我仔细浏览了网页,最后就决定参加。

改变主意的原因,背后其实有一些因由。

首先,我在学写作期间,不少同代人像麦树坚等,很早就拿了文学大奖,并向政府申请艺术发展基金,然后很快就出版了自己的书。每次听到文友们年纪轻轻就出版著作,我都特别羡慕,甚至心里有点着急,觉得自己不如别人。然而我写得不勤,后来又离开香港到法国读书,所以一直没时间和机会申请出书,客观条件如此,所以也怨不得人和自己,只好不时以两位老师的创作态度来勉励自己。学习创作的路上,我有两个很重要的启蒙恩师,一个是王良和老师,一个是黄仁逵老师。他们两人对写作的态度都很从容,要等自己积累了够多的好作品才出版,一点都不着急。因此,当我觉得自己落后于同代文友的时候,我就安慰自己说:老师都不着急,你着急什么?应该学老师那样,不要管出版的速度,而要出好的东西。

学艺之初,有一件事情我印象非常深刻。最初,我对奖项还是有点热衷的,有次听到一个文学奖征稿的消息,我就跟黄仁逵老师说:"又有一个比赛出来了,如果能够拿到那个奖,还是挺荣幸的。"黄老师跟我说:"拿奖不是不好,但是拿你的作品给别人评之前,也要评价一下那群人有没有资格评你的作品。"他说:"如果有一天,你觉得文艺品位都很差的10个人一致说你的作品很好,那你该回家开香槟庆祝,还是忏悔、反省一下呢?"老师这段话,颇有当头棒喝的意味,顿时解开了我在创作态度和理念上的不少迷思,也让我在这10多年的创作路上,避开许多不必要的麻烦和心理危机。因为这段教诲,我后来就不再那么在乎奖项和所谓的荣誉了,也有一段时间,没有获得什么奖项。然而,这是幸运的,因为这种看似略微有点寂寞的创作轨迹,实际是一种历练,它让我认真思考创作的目的是什么。于是,我可以很笃定地说,我之所以创作,首先是因为我喜欢,尽管拿不到大奖,我还是愿意创作。有些人以获奖来作为创作的动力,可是这种想法往往会适得其反,创作时感到极大压力,尤其是在不能获奖时,更会对创作感到空虚,最后甚至可能出现心理危机。

基于上述种种考虑,当最初收到朋友发来的"年轻作家创作比赛"链接时,决定不要参加。及后,在比赛截止前两周左右,朋友又跟我联系,问我是否递表参赛之余,还提醒我说,听说在比赛中获选入围将有机会出版作品。

我当时想,这不正是我多年来一直未了的心愿吗?于是,仔细浏览了比赛的细则和评审名单,发现三联书店原来是另一个主办单位,至于评审名单里的名字更是星光熠熠,包括有谭家明导演和资深编辑许迪锵先生等等。他们都是知名的文艺家,谭家明那年导演了郭富城主演的《父亲》,备受瞩目;至于许迪锵先生则是《素叶文学》的资深编辑。读过比赛细则后,我觉得,这比赛办得很认真,获奖者要先在芸芸参赛者中脱颖而出,再由一个作家或艺人指导完成作品。

凌逾:那么,创作*Footnotes*的具体动因是什么?为什么会以"脚注"作为灵感触发点呢?

唐睿: 当时比赛设有一个颇为宽阔又不乏指向性的主题:"如果香港是一本书……"我当时想,如果香港是一本书,我能讲的是什么故事?当时正值2007年香港回归十周年,整个香港仿佛都在谈记忆。当时有不少书,媒体亦有不少节目大谈香港人的公共房屋生活、茶餐厅饮食文化……仿佛公屋就是香港人唯一的居住模式,香港人都只吃茶餐厅食物似的。在书店看到这类题材的书,我不禁感到迷惘:为什么我的成长经验如此与众不同,从木屋区搬到安置区,没住过公共屋邨,与那些主流经验、集体回忆大相径庭?

于是,就想到了写本 *Footnotes*。如果香港真有所谓的主流生活,且如那些书所谈,那么,"香港"这本"大书"的"正文",恐怕就应由那些书谱成。而我所经历的非主流生活,就是这本"大书"的"脚注"了。"脚注",是正文的补充,能让愿意诚心细读"大书"的人,对全书有更深入的认识。之所以取名 *Footnotes*,采用英文词语,是要体现香港的语言文化特性,香港粤语里,有些词虽有中文词,但往往不通用。有时若用中文词,甚至会让人觉得别扭和陌生,如大家都说"我星期日Fax过去吧。"而几乎不会说"我星期日传真过去","Footnote"也属类似的情况。关于书名,我想补充的是,原书名采用复数 *Footnotes*,因为讲了许许多多边缘人物的故事,然而这复调隐喻,却无法在简体版里体现出来,略为遗憾。

写 *Footnotes* 时,我其实已经认真从事文学创作六七年了,想要表达的题材、需要运用的技法都已经积累到一个点,所以下笔比较顺利。香港并不是单一文化的城市,而是多元、多族群的社会,每一个人都应该有不同历史背景,然而,许多人(包括不少香港人)都会很容易就忘记香港这种多元性，忽略掉一些社会外沿人士的故事，因此，我想讲一些被社会忽略了的边缘者的故事，因为我自己就曾是一个边缘者。

凌逾：为什么会觉得自己是边缘者？这种感觉起于什么时候？

唐睿：小学时代，我一直十分羡慕那些住在公屋的同学。我们的学校坐落在彩虹邨，那是香港较早建立起来的公共房屋，这些小区当时来说很现代，且能自足。每天放学，我看着许多同学步入彩虹邨里的各栋大楼，只有我和一小撮同学需要组队走出邨，越过龙翔道和斧山道，回到那片杂乱无章的钻石山木屋区，实在很有一种局外人的感觉。我一直认定，香港大部分人的生活，都跟那些步入大楼的同学相差无几，因为连电视剧集的情境，也主要在楼房里发生的，而这楼房生活，跟木屋区生活，实在有天壤之别，于是，"木屋区的人都是社会的边缘人"的想法，就渐渐地在我心中扎根、强化起来。

凌逾：你如今带领学生，回到彩虹邨这些地方取景写作，算不算寻根？

唐睿：也算不上寻根了，虽然彩虹邨还在，但已经是沧海桑田。而我在小说里提到的钻石山木屋区，也早已经拆掉了。不过我觉得带学生去重游这些故地，也不完全是刻舟求剑，我让学生读过文本再来到那些几经变迁的地方，并不是要他们按图索骥，而是发挥想象，而这正是阅读文学作品，以及从事文学创作的必要能力。

凌逾：除了小说之外，创作之初，你还尝试过其他文体吗？

唐睿：我们那一辈很多都是写诗入门，而我一开始也是写诗。

凌逾：难怪你的作品里面，总有很诗意的感觉。

唐睿：是的。我们写小说、散文的时候，句子和语感会比较自觉进行诗化描写。这跟香港文学发展的时空也是有点关系。之前说到，文学创作在香港是很寂寞和很艰难的事业,所以前辈看到后辈喜欢文学,就会想方设法地带他接棒。前辈们不时会组织一些读书会、诗会,为后辈营造出浓厚的文艺氛围;或者借一些新书发布会,来凝聚年轻人;即使一般日常会面,我们也会谈论作品。在众多文体中,诗歌篇幅较短,写作便捷,适合在有限的文聚时间里深入阐释,所以我们经常写、经常谈。这造就了我们一代香港作家,一般都是从写诗开始学创作。除此之外,许多在学院和中小学、坊间文学工作坊教创作的前辈作家自己也是诗人,如在学院任教的王良和老师、胡燕青老师以及不时在文学坊主讲创作的关梦南先生等,他们都有着深厚的诗歌造诣。他们的熏陶加深了我们这一代人对诗歌的认识,促使我们创作小说、散文时,养成了诗化习惯。

凌逾:小说《脚注》与电影《盗梦空间》有没有关联,比如梦的多重性之类的?

《盗梦空间》

唐睿:我写这本书的时候,这部电影还没上映,但我理解读者可能会将此书的多层叙事方式,特别是第三部分叙事者的变换安排,联系到这部电影上去。事实上，我最初构思的时候，并没有想到这种叙事安排，尤其是第三部分的叙事调整。我原计划只是想记录香港20世纪80年代的平民生活，追忆渐遭遗忘的一些记忆。着手写此书时，正在法国留学，主要依据自己对香港的记忆来创作，偶尔才查一下知识资料。差不多要完稿时，我去了葡萄牙旅行。

写到最后，觉得这故事这样一直写下去实在有点无聊。原计划写一个社区从有到没有，但写下去后觉得太简单了，意义不大，因为从有到无的故事每天都在发生，古今中外都在不停发生，多我这本书不多，少我这本书也不少。顿时，对写好的初稿有点反感，觉得写得很差，由于已入选比赛，放弃整部创作已不可能，于是就想能否做些调整，或有些惊喜的跳跃。

恰巧当时我发现，葡萄牙很多建筑，例如机场跟香港原来的（尤其是旧机场）很像——这可能因为那些建筑物都是英国人兴建的。我于是反思一个问题，我最初想讲一个从有到无的故事，其实是要表达一种怎样的感觉？这也是我现在教学生创意写作中很重要的一种思维方式：不能只讲故事，要处理的是"感觉"。于是，我忽然醒悟到，我当时想处理的，其实就是"遗憾""失落"的感觉，而这才是为什么我要花那么大的力气讲那么长故事的原因。

凌逾：看来，空间的挪移、对照对这小说的影响很大，不仅仅是边缘人的比照。

唐睿：是的。弄清楚了自己想做什么之后，我就着已写好的部分，思考有哪些数据可以参考，有哪些作品可以借鉴。由于我成长的过程里，接触过不少影视、动漫作品，甚至是电子游戏，所以创作时也会受到它们的影响，从中汲取养分。当我回忆有关"遗憾"和"失落"的感觉时，有一些作品在脑海里浮现出来。

第一部是众所周知的《机器猫》，该片其实没有一个结局，因为作者在连载期间忽然去世了。当时网上流传一些结局，其中一个我听了之后感到最不舒服：整个故事是主角大雄因患自闭症而幻想出来的。当时我想，我和我这一代人童年的极大安慰，竟是一个自闭症儿童的空想，那实在太叫人沮丧了，如果漫画真是那样结束，我会觉得自己的整个童年都被欺骗了、掏空了，所以当时得知有这样的结局版本时，我难过了两三天。

另一部是漫画《Monster》，作者是浦泽直树。这部漫画的故事很复杂，讲一对男女双胞胎，男的从小被纳粹军抓去做实验，要将之训练成为军队所用的邪恶无情机械。后来他遇到一个日本医生，这医生在一次事故里牺牲了自己的前途与名誉去救他，但医生后来发现，他不顾一切去救的竟是一个冷漠无情，而且不将生命当一回事的魔鬼，于是这位日本医生很想将他

《Monster》

逮回来，借之赎罪。故事除了叙述主角与医生之间的追逐，还逐步剖析主角经历了怎样的事，才变成冷酷无情的样子。原来，对这个主角造成最大创伤的，是当时纳粹德军来抓他们的时候，双胞胎父母把他们俩打扮成一模一样的小孩，然后纳粹军人抓他们的时候，妈妈就把男孩给了纳粹军人。最后，日本医生终于逮住男孩，询问他过去的事情，男孩却念念不忘地追问：我妈妈当时是明知我是"我"才放手，还是误会我是妹妹才放手呢？原来，男孩的无情，是源自他感到自己被放弃和不再被爱。而这情节的身份调动问题，亦给当时正在写作《脚注》的我很大的启发。结合这两个作品，我再询问自己一个问题：记忆是什么呢？记忆或许就是我听你讲一个故事，然后你的故事变成我的故事……于是我在小说里加上了这些元素，变成了小说第三部分，并为小说创设出多一层的叙事层次。

凌逾：这小说的叙事套盒其实有很多灵感的叠加，百科全书式的生长……

唐睿：是的。最初创作时还没想得那么复杂，只是觉得如果一直按原来那样写下去就会有点无聊，所以我想尽量把它颠覆一下。

凌逾：其实你自己的写作对未来创意写作教学也有蛮大影响的。你会设计一些什么样的活动，来进行创意写作训练呢？

唐睿：我是读教育出身的，所以我喜欢搞教学活动，让学生在玩中学习，觉得新奇。如文学散步，带一群中学生到黄大仙逛一下，到城中村去看一下。但是那城中村拆了，只能换一个路线，从彩虹邨出发。彩虹邨旁边有个地方叫斧山，我小时候去过，但当时很害怕，因为那个年代斧山十分僻静，常发生奸杀案。于是我就修订了文学散步的版本，名为"城市记忆的考古学"。

借着散步，我希望让学生明白，我们只是生活在城市记忆的表层（不是地理意义上的表层，而是指人文历史方面的表层）。城市记忆实际还有很多底层。年轻的朋友对我们走访的小区欠缺认识，很难想象平白无故走过一个隧道、天桥或是很漂亮的花园，其实背后可能包含了很多血腥或是温馨的过去。为了让年轻学子体会到自己对城市的深层记忆欠缺认识，我带学生到彩虹邨一带进行文学散步，走到斧山时，我就告诉他们："这里曾经发生过一些事情，但我现在不会告诉你们这是什么事情，要到快结束的时候才会告诉你们。你去感受一下这个地方的气氛，并想象一下这个地方可以发生什么样的事情，最后我会在旅途结束的时候揭开谜底。"

凌逾：这有点像侦探小说……

唐睿：是的。斧山这地方其实很有意思，它处于香港的市中心，有一间坐落在山涧边，用简陋物料搭建成的大圣庙，庙里摆了很多孙悟空的像，学生从喧嚣的现代小区忽然钻进这带点山林气息的场所，也挺惊讶，没想到竟有这样的东西。大圣庙旁有一条山径，两旁曾经有一些平民自己搭的违建屋，虽然都拆掉了，但仍有很多用纸皮石铺设的地板，让人觉得很神奇，明明是荒山，为什么会有如此明显的居住痕迹？看起来不像是百年前的，而是大概10年前的。但从地板四周茂密的植物来看，又很难想象那里曾经竖立过许多房屋，反倒像有人开玩笑似的在那里铺设了一些生活的痕迹，希望让人相信这荒山曾经有人居住过……结果，学生们就会浮想联翩，而这种建基于现实基础同时又有点天马行空的想象方法，就是我希望通过文学散步而习得的能力。

记得文学散步那天，恰好下雨，有点迷蒙，我们到最后一个"景点"——《字花》的编辑部，为旅程做总结，我就问他们，在斧山感觉到什么，那里曾经发生过什么事情呢？有的人说，以前有人住在那里，有个不小的社区，但后来搬走了。"为什么搬走了？"我希望诱导他们讲些想象，根据自己观察到的事情来想象。于是他们就做了不同的推测，并说得头头是道。最后我告诉他们，这地方其实发生过一些很恐怖的凶杀案，他们听到之后很惊讶，因为在学生的意识里，凶杀案应该距离他们的生活非常遥远，这些事往往只是在电影、小说里才会出现。他们并未想到，他们竟可隔着时空，踏着一块案发现场的泥土，跟"凶杀"这件他们认为非常遥远的事,做近距离的接触。之后我补充说,我一开始特意不告诉你们,因为你们若知道那僻静山坡曾出凶事,恐怕就不愿走这条路了,更不要说在这段散步路上,尽量开放自己的感觉,去感受道上的气氛,并根据自己所感受到的,做合理的想象。文学散步之后,学生写小说练习,有几个人就写了鬼故事,还写得挺好,从作品完全能看出他们怎样将散步体会到的气氛,转化成恐惧表现出来。这让我很高兴,因为这说明我所做的教学实验能够达到一定的成果。

凌逾:所以有一些实际的考察经验,然后再写小说,就会更有生活的质感。这跟你的写作方法也很像。

唐睿:是的,我自己就是这样写作的。我把自己熟悉的创作方法转化成一个个教学活动,希望借此能让学生掌握创作的窍门。如在另外一个文学散步的活动里,带学生走访新蒲岗,也就是我刚才说的工业区。梁秉钧曾以此地为题写过诗《新蒲岗的雨天》,讲一群20世纪70年代文青的艰苦境况,一边从事报业工作,一边追寻文艺理想,描述新蒲岗的下雨天,雨水很脏,从帐篷和窗子那里流下来,他们在小巷里吃一碗温暖的牛腩粉,情景很苍凉,但隐隐仍透着一点温暖和盼望,表现出从事文艺工作的艰辛。

我带学生进区之前,先发份工作纸,让他们写:在这里预期能见到什么行业。他们一般会写制衣、纺织、修车或钢铁的工业。然后再带他们进去看,从大厦的指示牌能看到有哪些公司,我说你看看跟你预期的有没有差别。其实差别还是挺大的,因为香港很多文化行业都在工厂大厦里。他们上楼,对工业电梯很好奇,感觉很新鲜,然后看到剧团的排舞室,旁边一间婚姻中介,还有室内设计公司。我问这里有哪一个行业是你们刚才写下来的。他们基本上都没有想象到这些行业,对"行业"

的概念已经很淡薄。写作不能只凭着先入为主的想法去写。我觉得写作很重要的就是"去概念化"。然后再带他们去《字花》编辑部，看杂志社如何工作，他们也很感兴趣。

我说工业区在香港一直扮演着文化产业的作用，老一辈到现在一直都是。你们的教科书、杂志和报纸都是从工业区印出来的，这些都是必须自己去观察和访问，才能积累到的知识和资料。而更重要的是，如果学生再对照一下梁秉钧的《新蒲岗的雨天》，就能发现，工业区对香港文化的发展，实际已经有数十年的历史。学生通过阅读和散步，除了习得写作方法，还可认识城市的历史，一举两得。

凌逾：这是不是像"非虚构写作"？

唐睿：是有点像，但我也强调需要想象，但想象不能只坐在那里空想。在浸会大学教写作课，我要求学生一学期写五篇作品，一般是短篇，还包括诗歌、短文、评论等。我经常告诉他们，如果到了期限（deadline），才打开那个Word，你们就会觉得很焦虑，不可能写出什么东西。我说写作不应是打开那文档时才开始写，我们走路、吃饭、旅行都在积累，不停地想象，所做的任何事，无时无刻不跟创作有关，这正是黄仁逵老师给我的训练。

凌逾：黄老师的训练有哪些特别之处呢？

唐睿：我有段时间，每个周六都到澳门与黄老师学画画。当时我不知道澳门有多远，也不知道到澳门的船票很贵，而这有点傻气的决定，背后还有一段颇值得分享的渊源。

中学的最后一年，我决定报读浸会大学的中文系，但没有考上，然后我被分配到教育学院。我当时对自己生命的整个去程都很不满，觉得10年之后就是一个小学老师，教那些小朋友做点小手工，然后平平淡淡过一辈子，这样的人生听起来也让人感到非常苦闷。然而我当时没办法扭转这样的局面，所以就萌生出一种愤怒的情绪和心态。那时我想，如果有什么事情能让我跟现在的自己稍微有点不一样，那不管这件事有多疯狂，我都愿意去做。

主动去叩当时不相识的王良和老师的门，开始写作，这已是一大飞跃。写作让我的生命多了一个可供选择的岔口。不过我当时对写作的态度，主要还是视之为一种修养，一种兴趣。我从来没想过，可以把生命、工作和生活、写作结合起来，因为在香港这样的城市，这是不可能的。

但后来我透过王良和老师，遇到黄仁逵老师，我找到了黄老师的《放风》，一看就觉得惊为天人，讲艺术问题、分析电影，都很到位。我是学画画的，而他是做美术指导的。他要求我们观察一个人的很多细节，比如服务员穿什么衣服、他的打扮怎样……要将这些内容写成笔记，写成400字的小说，我那时想，这怎么能做到？

我当时许了一个愿，我说我不致奢望能够当他的学生，只希望有机会能跟他一天，看他怎样观察东西，只要能够有这样的一天，我就余愿足矣。后来教育学院艺术系老师说，刚好有些资源，能请一个艺术家来跟我们对谈，我就建议请黄仁逵老师来。讲座之后，我厚着脸皮问黄老师，你还教人画画吗？他看了我一眼，似乎看出我的心思，然后他说，还在澳门教学，要是我感兴趣，可以一起去，于是我就跟着他到澳门去学画画。

黄仁逵老师的教学法很独特，他希望学生能多思考，指导时，经常都不直说，而用颇转折的提问来激发思考，颇有禅味。他有一次问我：澳门是什么颜色的？我没想过这样思考问题。我就说是咖啡色。后来他也偶尔会问我一些看似无厘头的问题。我后来明白,为什么他会问这些问题,其实画画不是看见一棵植物把它画出来,这没有意思,因为植物已在这里。如果我真觉得这个植物很好看,我可以告诉你或拍张照片传给你。画画要处理的,就是把我所感受到的转化为一些视觉元素,再将这些感觉传递出去。广义的创作实际就是这样的一套逻辑,比方说,我跟你对话的过程中有一种感觉,把它转化成一种视觉的符号。如我觉得我们现在的谈话,在颜色上有点像红豆汤的感觉,那我就希望告诉别人我们现在谈话的感觉就有点像红豆汤。这就是绘画给我的启发。

凌逾:红豆汤,好奇怪的想象!为什么是红豆汤……

唐睿:除了转化感觉,叙事方式也是创作,特别是叙事作品十分关键的元素。今早的会上,有个暨大学生说她想写小说,但她掌握不了描写方法。我说在这么短的时间里,没办法教你什么描写的方法,然而我想提醒你,在创作叙事的作品时,首要关心的应该是"时间",如一篇四格漫画,只要调动一下序列,所讲的故事虽然仍然一样,但所传递出的信息效果就会有所变异。

当然,我并不否认描写在创作叙事作品时的重要性,不过不少写作新手因为没有掌握好描写的重点,结果经常在作品中留下了各种吃力不讨好的描写。事实上,描写的关键并不在于我们在作品里对想描写的对象铺排了多少生硬的信息,而是在于讲清楚事物所能产生的感受和联想,在这方面我很喜欢张爱玲。

我教写作课,分析张爱玲的《穿》,每次都会叫学生把描写颜色的部分都找出来,然后将之分为三个层次:一是直写颜色的,但都只是些没有神采的符号,是公共符号,看完之后只让人知道衣物大概的颜色是什么样的,但没有具体感觉;第二个层次也类似公共符号,但比较专业,如湖水蓝、祖母绿、碧绿等,虽然这描写会多一点感觉,但还属于公共符号。张爱玲最厉害的,是把感觉转化成自己个人的符号,如写一件毛衣,后母给的,描述毛衣的颜色是"碎牛肉色",我们一听,就知道是什么颜色,很准确,一读到这比喻,厌恶感油然而生。张爱玲的这一笔,不仅仅告诉你这物品的颜色,还同时告诉你她的感受,乃至她跟后母的关系是怎样。这也是绘画给我的启发,写一种颜色或一个场景,要讲清的,不是有什么东西摆在那里或有什么事情在发生,而是这情境有什么样的感觉。

比如,下午您在会议上分析《脚注》如何写孤独,提到"吃橙"那一幕。我当时也没想过要写一个盲人的角色,只是想写一幕只有气味和声音的场景,营造孤独的效果。那么,怎样才算是孤独呢?妻儿走掉,只有自己一个人住,这样还不够孤独,我觉得孤独不只是一个背景或是一种生活状态,而是一种感觉。所以我就想到一个黑暗的处境,很安静,然后空间里面的事物存在与不存在都无所谓的场域。而在这场域里,两个很孤独的人走在一起,彼此相濡以沫,就会产生一种很亲密、很温馨的感觉。小说中盈盈跟奶奶的处境,就是这样构思出来的。她们需要在黑暗中对话,所以安排盈盈配合奶奶而不开灯,一起在漆黑中寂寞地相处。事实上,我觉得这一幕意念,可能受到潜意识的影响,那就是川端康成写他祖父。川端年少时跟祖父相依为命,处境凄凉,祖父眼睛不便,川端就经常在昏暗的房子里,一边默默地看着瞎眼的祖父,一边流泪,而我写盈盈和奶奶的一幕,就是希望写出这种悲凉感。

凌逾:为什么会写到"牙签发芽"这神奇的一幕呢?

唐睿:那一节跟刚刚谈到的一节可谓相反,我构思那一节时,只是想写一个很细腻的现实场景。不过,单写实有点单调,于是又不甘寂寞地做了一些调动。很多论者认为我写东西看起来很具体，但事实上，我是将超现实混杂其中的，牙签发芽的情境就是这样。我当时要写的，是林钢住的那个木屋区被拆掉，但直写就太白、太浅了，也好像很绝望，于是就用了诗歌的写法。黎军在这一幕实际是在忏悔，可是林钢都搬走了，就算黎军愿意跟他道歉，也毫无办法，这实际是一种很绝望的处境。为了让故事氛围不至于太消沉，就安排了这个超现实场景。发芽的那根竹签，实际是黎军首次在学校以外认出林钢时，从林钢手里接过的物事。竹签发芽，实际是寄寓这段友谊日后或许有天仍能得以延续。不过，正因为这是超现实的场景，所以亦暗示了二人关系的延续是非常困难的。

凌逾：这书里的竹蜻蜓很像周星驰《功夫》电影里面的细节。

唐睿：是的，我很喜欢那部电影和这个场景，因为它描写的是民间生活的场景。另外我写这小说时，也想起另一部电影，但是没有直接把这片子的内容变成小说里面的东西，那就是陈果导演的《细路祥》，这片子刻画城市孩子，十分动人，有点调皮但又不是很坏，而这跟我想刻画的孩子形象不谋而合。

凌逾：舒巷城的《太阳下山了》写小孩也很生动。我刚才忘了提，李安的电影《少年派的奇幻漂流》，它的结尾层层翻转，跟《脚注》也是类似的。

唐睿：今天下午的研讨会讨论过地域色彩的问题。我觉得好的作品（比如马尔克斯经常说，小说里面写的其实就是自己村子里的那几个人，莫言也说过类似的话）到了一个高度后，尽管写的只是一个小地方的几个人，但都会有普世性。我相信人性里面，有些东西是共通的，例如爱、恨、善、恶、遗憾、感激之情……尽管我们会因文化差异而将这些共性展现出不同的样式,但我相信,其核心始终还是共通的,最后还是能够互相理解。我的故事虽然充满香港色彩,但我希望讨论的问题和表达的情况,应该并不只是香港独有。

凌逾: 你如何看待香港文学与其他地域文学的关系?

唐睿: 我慢慢感觉到,有时候内地的评论或者是写作的人不了解香港文学,原因是他们认为香港文学格局太小,讲的内容太琐碎,社会层面都没有触及,国家层面就更不用说了,世界内容则完全看不到。我觉得作品这东西,你一个人存在于世界,我不谈国家的东西也是一种姿态。我不谈的原因或许我是对国家的认识有一个断层,这也是我的存在状态。

此外,我不太认为创作的题材要有级别之分,一篇作品好不好,不像是去菜市场买菜那样,有一个明确的内容清单,不是说有菜有肉有鸡蛋这样才是一顿好的饭,文艺作品不应该这样。此外,我觉得当我们在评论他人的作品时,也要小心判断作者不处理某些东西,到底是"苍白",还是"留白"。例如《脚注》里面并没有谈及宗教问题,但这并不代表我没有宗教信仰,事实上,恰恰因为我对宗教有许多反思,觉得问题复杂,才不在小说里处理这些问题。这种想过但不谈,跟从没想过而不谈是两码子的事,香港文学中有不少作品对政治、历史的态度就是如此,论者必须先掌握好作者的本意,才能做出较全面的评鉴。

凌逾: 你的硕士论文比较研究奥斯特和辛格,你的博士论文研究什么选题呢?

唐睿: 博士论文研究无名氏,我希望能够将其作品挖掘出来,重新放到文学史中一个恰当的位置。我们现在其实对他有很多误读。我看了他的很多作品,不敢说它们在近代中国文学史上都是第一流的,但毋庸置疑是存在着一些长期遭到忽略的开创性。无名氏写了一套六卷的"无名书"系列，每一卷都有一个近代知识分子所思考的安身立命主题。第一卷探讨政治革命，第二卷是爱情，第三卷是物质主义、资本主义等，第四卷是宗教……这样一种以一个主角贯穿的长河式小说，在中国近代文学史上并不多。"无名书"系列写于1947年到1960年，当时一直不能发表，"文革"时还被搜出来，差点被毁掉。后来这稿子被没收，"文革"后发还给他，但这也是文学史上的一个谜，为什么查到之后不把它毁掉？

他写完是1960年，1960年到"文革"中间很长一段时间，他都在藏这些稿子。我觉得这不太可能，因为当时大家都要劳动，要参加一些街区的会议，不可能不被知道的。到70年代，无名氏以上千封信，把这些稿子寄给在香港的哥哥，然后在港出版。当这些书在香港出版时，已经有一个时差，影视媒体已经开始普及，读者读字的兴趣大大降低，所以读者对长河式的小说难免会有点保留，所以难免我们会降低对它的评价。我希望能够把它的地位放回一个恰当的位置。

凌逾：这个无名氏的作品对你的创作有什么影响吗？

唐睿：在技巧上的影响不多，精神层面反而多一点，如作品的世界主义精神。无名氏的另一个开创性是在成名作《北极风情画》里，选用韩国人做主角。这提醒我一个问题：法国作家写长崎，外国作家写异地、写异国人，这种传统很寻常。五四时代这样的内容也是很多，如巴金的域外小说，郁达夫写日本，等等，这些作品充分展现出时人辽阔的世界视野。到20世纪30年代之后，无名氏以韩国人为主角的故事开始减少。不少作家在抗战爆发后的作品非常强调民族主义，原来写世界主义的作家，都改为写民族主义了。无名氏则是倒过来的，他一开始写民族主义，后来遇到韩国革命军的将军，从韩国人身上看到与中国人相同的命运，有国族的同理心出现，他觉得各个民族是可以对话的，所以就写韩国军官的故事。

凌逾：香港文学似乎有比较强的书写自我的传统，那么，在你看来，书写个人与书写世界的关系如何呢？文学的地域之间如何关联呢？

唐睿：香港的文学创作者都是有点孤独的，因此我们尤其看重写作的表达自我功能。有人说我们的对外视野不够包容，但我觉得香港文学不是这样的，香港人知道别人的存在，也尊重他人的存在，但是香港作家们觉得个人的事情比较重要，想讲自己的事情，很多作家都会有这样的想法。但是无名氏给我的感觉就是，应该有一个大的世界观。

事实上，香港在文化和历史等方面，都跟许多地方有关联，就以广州为例，就有很多跟香港有关的故事可以激发灵感，而这可以写成许多有趣的故事。这些故事绝不应像TVB大部分民国主题的刻板故事那样，而应该更动人，更有质感。

例如，《谁掌管明天》，以广东和香港为舞台，作者是女传教士——何义思，她原来是斯坦福大学的高才生，家里经营一个杂货店，家庭条件很好，在学期间她听到在华北传教的传教士说，中国其实有很多人希望接触基督教，但是没有传教士过来，她对这事很上心，毕业后就到中国传教。她来到广东南海县西樵的官山传教。她开办一些小手工作坊，教女工做花边，让她们有一些经济条件，提升她们的尊严感。她还开了一个难童院。二战期间，日本人打过来的时候，她没有返回美国，而是留在中国，与中国人共甘苦。战争初期，因为美国尚未跟日本开战，而且因为她不是华人而是白人，因此她可以利用这方面的便利，到广州为教会和难童院采购物资。后来太平洋战争爆发，美国人也成了日军逮捕的对象，然而她却没有因为惧怕危险而返国，而是带着一群难童往广东的山区避难，直到抗战结束。如果这个故事能拍成电影，完全就是《辛德勒的名单》，很动人。

1949年后，因为宗教政策，不允许她再办教会，教会就被解散了。她回到美国后，听说很多原来援助的难童都到了香港，他们建立起教会，于是她又重返香港，后来还协助教会办了一个神学院，那就是现在香港很重要的建道神学院。她所收养的一位难童后来成为香港很有名的牧师——李非吾，香港中国神学院的院长李思敬博士，就是李牧师的孩子。这故事很传奇，也是香港在文化、历史上跟其他地方（特别是广东）有紧密关系的典型例子，我很希望日后的创作能找到这样的题材，所以我希望我日后会常来广州。

凌逾： 如果以后有机器人自主创作，人类未来的写作怎么办？

唐睿： 机械人这个问题，我了解并不多，也很难想象到时写作的模式会是怎样的。不过我也想谈谈科技与写作之关系。我有些朋友会想办法配合这时代的发展，尽量用最新的科技平台创作，希望争取更多的读者或者博得读者的认同。我在这方面有点守旧，似乎有点赶不上时代。朋友会用类似微信的平台写短篇，但是我根本没兴趣看电子版。或许我的想法有点固执，但我觉得，文艺生态的发展，如果是由写作人来配合社会，那是不太健康的。

今天下午，林宋瑜老师说，我们应该是倒过来，作家是教育群众的，我自己也觉得是这样。法国的文化生生不息，就是因为他们的知识分子很自觉，社会责任感很高，加上他们的水平亦十分高，而刚好他们的群众也相信他们，知识分子说出来的想法，平等也好，自由也好，尊重世界文化、尊重人文学科，等等，就自动成为他们文化的核心思想价值，其一直产生出一代又一代优秀的文化和学者。

我觉得我们也应该这样，当然不同地区有不同的做法。香港受商业化的影响很深，内地就可能是体制、政治因素等方面的影响。不同地方有不同的限制，但是我们也要有这样的自觉，有时候需要妥协，有时候需要折中，有时候则要坚持。妥协中还是有个底线的，特别是面对商业化的挑战时，我们不能说现在大家都喜欢看这种东西，就只去做那种东西，否则不要说文艺，影视剧集也会完蛋，因为如果只考虑观众人数和成本，那么我们根本不用再拍剧集，只要天天放美女的梳头、化妆、吃面条的直播视频就可以了。

凌逾：香港有大批多才多艺、三头六臂的艺术家，比如也斯、西西等。为什么会出现这独特的跨界创意现象？

唐睿：我也说不清，他们那一代真是文学青年。黄仁逵老师是很艺术的人，全方位的创作人，而且是全职的。我所说的全职不仅是指他在经济方面完全靠创作养活自己，而且包括精神方面，他的生存状态就是不断在想创作的问题。他去学开车，就想开车这件事对创作有何启发。他们那一辈多才多艺的人很多，对绘画有兴趣，早早就吸收外国文学，像也斯他们那一代，早年就很热心地订一些外国刊物看，这些刊物常将文学跟音乐、建筑、绘画艺术混在一起谈，因为它们是共通的。他们在这样的背景和习惯中成长。

西西也一样，她的兴趣很广，也不求自己在每一方面都成为大师，只求这些事情能让她的生命变得更丰盛。这种想法在"素叶"的作家身上尤为明显，他们都很安分，学画画，但却不一定都想成为一个画家或艺术家，而认为文艺是让生活更丰富的因素。他们把名利得失看得很淡，我很佩服他们这些年来所做的这么多事情，也很喜欢他们的作品，不过我最欣赏他们的，还是他们低调。他们认为文艺就是自己生活的一个养分。我们年青的一辈反而少了这种能力。现在我们都说自己是写作人，要找一个画画的来帮忙插画。而画画的人也很少从事写作、出版或者有些跨媒介的创作计划。现在都是图文合作创作比较多，很少有创作人能一手包办。不过这样的情况在外国也有，毕加索当年就是这样。

凌逾：多才多艺者如果变少，对香港的创意文化会造成怎样的影响？

唐睿：我觉得也不用太悲观，我并不是说大家都一定要懂不同的艺术形式，不过我倒是希望从事创作的人，特别是我的学生，都能够多关心其他艺术。我认识一些写作人完全不懂画，也有一些从事视觉艺术的人对散文、诗歌等不太敏感。不过现在香港有位叫叶晓文的年轻作家，是写植物的香港作家。她的画很好，喜欢到郊外画植物，她的《寻花》，很值得关注。

凌逾：是的，我已经买了《寻花》这本书。你未来是否会从事编剧或是改编电影这类工作？

唐睿：我自己是挺希望这样的，但做影视或是舞台剧这些，必须有机缘，而就算有机会，但彼此并不一定合得来，所以也要看缘分。有一些剧团问过我，能不能让他们用*Footnotes*去演做，但当时我估计他们会编成另外一回事，所以就作罢了。我在大学已不知不觉教了戏剧课五年，其实要建立一个戏剧的平台或者剧团也不是不可能，但是从事戏剧工作是很累的，我实在负担不起，又教书又写作，已经几乎可说是我现时能做的极限了。

凌逾：你现在是以教学为主还是写作为主？

唐睿：主要还是教学，但我还是希望能与内地多交流，趁这段时间多写作品，也搜集一些非文字的研究数据，满足高校的研究要求。以香港文学为例，其实有很多资料，尤其是人物关系，或者一些书、作家的流播和介绍过程，并没有文字记录，比如我们与老师之间的师徒渊源等，实际都是我们在分析作家作品时的重要参考数据。在香港的写作圈子里偶尔会听到这类话："原来他是他的学生……"一旦知道这些关系之后，读者和论者就会对该作者的作品有更深的了解。

凌逾：中国这种民间的师徒传承与西方的创意写作系统还是不一样……

唐睿：对，我觉得我们大学的学生写得还是挺好的，但是他们那种写作的稳定状态，没有我跟麦树坚那种有老师一直带着那么好。有一些人毕业之后就不写了。在课程里面学创意写作，那往往是一种责任；当然学生还是喜欢写作的，但他们还没进入到那种很自在的写作状态。他们需要回应、需要完成一些习作。而在师徒关系里就不是同一回事。我们的老师当时带的是不定期的文社聚会，老师也没有规定每次聚会要交什么作品，我们的创作，是我们自己写完之后主动交给老师或者带到文社与人分享的。有时看到同辈同学的作品，我们会想，他能写的东西我也能写。然而我就是没有写出来，于是我就可以借此激励自己，并从同侪的作品中学习。在这种环境下，我们的创作动力都非常强，所以我们成长的速度，特别是在创作心态方面，也比较健康和快乐。

现在大学教写作，我是希望慢慢能开展出类似的师徒制，有几个我带着写毕业论文的学生，我很希望他们毕业后也可以保持这种写作状态，因此我在他们交论文的时候跟他们说，你们写完论文之后我带你们去黄大仙走一下，做一次文学散步。而在这次文学散步之后，你们也要带一次队，让同学跟着他们到他们生活的小区，听听他们独特的生活故事。现在有几个人已经说"好，可以"。有个学生是香港地道的原居民，在香港是有地的，一出生就生活无忧，这于我而言实在很难想象。

其实香港是很多元的城市，不同人有不同的生活习惯，但我们却很难彼此深入了解。香港是国际都市，但是这个"国际"只是在经济层面，文化层面则绝对不是。外国人来到香港，跟本地人的交流其实是不多的。本地人之间也是很有效率、很功利地生活，我们的生活甚少有所谓的惊喜或者意外。这恰恰是我想让学生感受的，也让他们来给我一些惊喜。

我还有个学生来自渔民世家，也就是香港人叫的蛋家人，他们家现在还有人在打鱼，我觉得这很难得。我说能不能带我们上船看一下怎样打鱼，他一口就答应了。这样背景的同学，实在能写出一些别人写不出的故事。大家都说香港曾经是一个渔港，但文学作品里，甚少人写到打鱼是怎样一回事。我觉得作为作家，实在应该有丰厚的生活知识和经验。你写不写是一回事，但应该要去了解多一点，让自己的生命再扎实和丰厚一点。外国不少优秀的作家就是这样，他们写再短的短篇，如卡夫卡的、芥川龙之介的作品，背后都有着很丰厚的生命在支撑，因此我希望自己的学生能做到这一点。

凌逾：你对生活充满了好奇、热爱，已经深深地进入写作的状态了……

唐睿：我觉得写作是一件谁都能做的事情，因为谁都能讲故事，只是写作的技巧和讲故事的技巧不同而已。这就像黄仁逵老师经常说的那样，没有人是不会画画的。当然除了讲故事的技巧以外，生活不丰富的话，也很难讲出好故事。学生经常问，暑假该做什么事情、看什么书，我说你最好去做一些最没有回报、你一辈子再也不会做的事，要趁这段时间去做。如到医院里做志愿者，到濒死的老人身边，看看死亡是怎样一回事，不要等到家里有人去世，才去了解这是怎样的事情；或者去做一下平时不一定会做的兼职，例如搬运、酒保、保安员……这些都是很好的经验，可以让学生去走出他们的安全区，用另外一种向度去了解社会。

此外，我也建议学生写日记。我相信，如果认真写作，他定会发现，写作是会改变生命和生活的，其中最好的途径就是写日记。我们刚开始每天都可能只会写一些流水账，写了三天就会发现没什么东西写了，这时候你就会想能不能写点新的，但你看到自己都是倒模般的生活，你就会困惑，这样的生活，有什么"新"可言。于是，你就可能会想办法先去更新自己的生活，从而去更新自己的创作。此外，写日记还可以提升自己的语感，实在是一项很好的操练方式。我写Footnotes那时，就写得很流畅，这主要是因为我当时几乎每天都写日记。我刚到法国时，为了让自己集中学法语，所以就特意不带电脑同行，借此切断和减少自己用中文的机会。由于没网可上，结果省下了不少时间，当时除了学法语，每天就拿个本子，手写日记。那个感觉是很宁静的，时间投入虽然大，但对创作却很有帮助。

写作最重要的是调整好心理，如此创作的触觉就会敏锐，灵感就更容易跃现。小学作文常有一道题"最难忘的一天"，为什么有这样的一道永恒的题目呢？因为题目的背后，就是要学生找出一个有特定感觉的时间，那为什么感觉会有特殊和不特殊之分呢？这其实非常主观，完全是我们自己加给某个特定时间的心理意义。我们偶尔会说我10年前上过这个老师的课，我还记得第一天进教室的时候，他的打扮是怎样怎样……但为什么会对第二天、第三天的事没什么印象？因为我们觉得它们已开始重复了。重复实际是种麻木的感觉。当我们觉得每天都在重复，觉得每天都没有新东西，于是就会认为没有东西可以记。但这是很错的。我记得内地语文教材好像有一篇篇章，内容讲达·芬奇画鸡蛋，别人问，鸡蛋不都是一样吗？达·芬奇说，鸡蛋初看起是一样，但仔细看的话，每一个鸡蛋都不一样。生活就更加是这样了，你每天都看同一个人，但这个人每天的状态都不一样。如果我们每天都用这意识去看待事物，就不会那么麻木，而这对写作可谓至关重要，因为写作最大的问题就是概念化，而一旦概念化，就会对事物感到麻木。

我常跟学生说，你们去旅行，拍照放上网，有时拍的都不是什么了不起的名胜，而是一碟意大利面、一个邮筒、一个门牌……这些东西在香港也有，但我们一定不会觉得它们有什么了不起，更不会在看到它们的时候，激动得非要帮它们拍一张照片。为什么会有这种不同的反应？这就是基于麻木。

相反，要是经常能以一种陌生的、游客般的眼光看世界，哪怕天天都生活在香港，走在同一个街区，也能挖出一些不一样的东西来写。我看过一部日剧，讲时装的。虽然我对时装不感兴趣，但我记得细节，有从家品部被调到时装部的角色，她被调之后很不服气，觉得时装部的那些人很嚣张，很虚荣，而她亦觉得，那些天价的时装，不过就是炒作出来的。后来有天她跟时装部的一个同事聊天，问他为什么你们会觉得那些时装漂亮？普普通通不也很好吗？那个同事说，有一双鞋，是我中学时就很想买的一双鞋，它在我眼中跟别的鞋完全不一样，所以我努力存钱去把它买回来。这片段给我很大的启发。后来我采访作家张晓风，她也谈到这问题。她说写作就是因为很珍惜那些东西，举个例吧，我们天天都吃饭，而我们就没有一顿饭特别难忘，特别值得写的吗？看似平凡，重复的事情，实际都有着它们惊人的独特性，问题只是我们能否察觉出来而已。

凌逾：既是成功的创作者，又是成功的写作导师，这种感觉应该很美妙。祝你在创作路上越走越宽广……

（研究生罗浩整理，唐睿、凌逾审订）

凌逾：《Footnotes：写画感觉的大书——唐睿访谈》，《苏州教育学院学报》2017年第5期。

凌逾：《脚注空间与脚注时间叙事》，《香港文学》2014年12月号，详见《跨媒介香港》，社会科学文献出版社2015年版，第240~253页。该文收录进唐睿《脚注》，花城出版社2017年版。

*本文为国家社科基金重大项目《华文文学与中华文化研究》（批准号：14ZDB080）的阶段性成果。

港派文学大师影像之世与界

——凌逾访谈黄劲辉导演实录

2017年3月16日15:00—21:30,《东西(也斯)》和《1918(刘以鬯)》内地首映,特邀黄劲辉导演走入课堂(华南师范大学第一课室大楼南栋508室),现身说法,并与师生互动讨论,本科生和研究生80余人。

访谈时间:匆匆前往火车东站的汽车访谈……

黄劲辉,导演、编剧、作家。山东大学文学与新闻传播学院哲学博士,香港大学中文系哲学硕士,香港浸会大学中文系学士。作品包括《爸爸妈妈的爱情故事》《同宿密友》《香港:重复的城市》等著作,柏林影展观摩电影《辣手回春》、2001年贺岁电影《钟无艳》、电影作品《夺命金》等。

一、诗意的纪录片

凌逾:黄导演,您这次播放的两部纪录片——《东西(也斯)》和《1918(刘以鬯)》,我们的本科生和研究生都非常感兴趣,反响很好。两部片子不仅把握到了文学名家的神髓,而且在电影语言、色彩、

黄劲辉著作

声画、节奏等方面都别具匠心,这已经不是一般意义的纪录片。显然,您是将之当作艺术大片来拍摄。例如,《东西》再现台湾南方澳海边的节奏好像比较慢拍,为什么到此处观众感觉会变慢?拍其他地方旅行时,好像没有这种感觉?

黄劲辉(下称"黄导"):我不觉得特别慢,这其实是也斯散文的节奏。拍摄时有一个难度,南方澳是也斯20世纪70年代去的地方,但我们拍的时候,已是30多年后,我不确定能否找到跟文字对应的节奏。而且这场景是在市场上拍的。我们一边找一边想作品氛围。幸运的是,我在书里看到的一些重要的东西,在这里还能找回来,因为台湾传统文化一直保留得很好,有些气氛和镜头里面的东西都有它的节奏,我们想保留这种节奏的感觉在里面。配音朗诵找到了陈曦静这位作家。她是也斯的学生,从内地来香港,她的普通话很好,声音也很好,朗诵得非常好,像播音员,她也写小说,我们请她先用自己的节奏来诵读,然后按电影节奏调整,使之自然地与画面对应。

凌逾:《东西》的第五章节再现"手表",好像涉及了很丰富的意象?

黄导:其实电影每一章节的开首,都用也斯生前留下的某一对象,是对他的一种思念。而每一章节的命名,都是来自也斯文学或作品中的关键词。也斯的旧物又好似与他的文学思想形成一种互动。

谈谈"手表"的运用。我首先拍摄一个实体的也斯手表,然后镜头一推,我们看到手表的倒影。手表运行的秒针声音依然,但是倒影下的手表是倒过来走的,时间也可以逆转吗?我们可否重看也斯的人生呢?由他的童年开始说起。

最后的板块为"人间滋味",这里也有一个故事。我记得也斯离世时,全港报章都关心报道。也斯是一位很注重文字的诗人,要怎样选择一个恰当的文字,描述这位诗人的离去呢?当时他的家人与亲友都忙于处理后事,心情沉重,所以由我负责思考这些公关事情。我知道也斯不喜欢任何戏剧性的东西,也不喜欢把气氛弄得太过庄严或悲伤。我想起他有一本散文集的名字,叫作"人间滋味",我就想到用"告别人间滋味",来终结他对人间充满感染力又丰富多彩的人生。后来全港报纸都用了这个标题报道,避免了俗套的报道式文字,相信比较接近也斯的心意吧!因此这一章节,就是用一个倒过来的方法,回看也斯的人生……其实我在拍摄的时候一直有一个担心,因为我是根据也斯的名单去访问的……

凌逾:哦,原来采访是根据也斯自己开的好友名单……

黄导:对。其实我们最后访问了四十多位,中间有些人因为不在香港所以没有访问,原来的名单上有更多的人,但我们没办法去跟踪,大概访问了90%的朋友。在访问时,我一直担心,他们都是也斯的好朋友,这样他们就会只说也斯的优点,这其实很危险,因为这样会发生印象一边倒的情况,我们只能看到这位作家好的一面。后来我跟他孩子谈到这个问题,他说,也斯不是你们想象中的那么一帆风顺。其实,我认识也斯的时候,他年纪还不是很大,但已成名很长一段时间了。在我眼中,他一直都是成功的人。因为我认识他的时候他已经是著名的作家,是一个大师,在文化批评界是一个领导者。他较早关心香港本土文化,在学术上也是很专业、顶尖的教授,所以我一直觉得这个人是很成功的。

但是，我没想到他的童年那么艰难。在现当代作家里面，其实很多人的出身都很好，像张爱玲、白先勇、刘以鬯等，都有很好的家族背景。但也斯出身不算很好，父亲很早就去世了，母亲独自抚养他，工作很忙，他从小寄人篱下，住亲戚家里，这些亲戚对他也不好。他童年的照片充满反叛的味道。我们没办法想象，他后来成为香港文化跟世界文化之间的桥梁，香港文化与世界各地文化都是通过这个人联系起来。

他的童年那么困苦，按理来说，将来成为具有影响力的伟大作家，成功的概率不会超过5%。家里穷困，童年遭受屈辱待遇，很多人在这种情况下，都会变得很讨厌世界，做出很反叛的事情，成为愤世嫉俗青年的概率非常高，而成功概率会变得非常低。从也斯儿子的电影访谈中，我们知道也斯大学毕业以后，也不是马上就找到工作。而自己又很喜欢写作与编杂志，那时他们都是义务去做的，不能赚取生活费。当时推动中文文学与文化，都是赔本的买卖。后来在香港大学任教时也不是一帆风顺。他的学生对他也是很多批评的。最难得的是梁文道的访问，梁文道就是当时批评他比较厉害的人。但梁文道也很有趣，到他现在这年纪，也受到香港更年轻的人的批评，他突然感受到也斯当时的感受。于是，他就重看也斯，在这种情况下，梁文道重说也斯的故事，就变得很难得。

我想再现也斯人生的矛盾，以及人生不那么光鲜的地方，因为他的学生以及很多很熟的朋友，都不知道他的艰难之处。看完这部电影后，他们会觉得更了解也斯了。他从小由妈妈独自抚养，妈妈不能跟自己同住，看到妈妈买的《儿童乐园》杂志，就觉得特别开心，但是，现实的残酷是，亲戚竟然将这个唯一的个人资产也抢走。如果也斯跟别人说这些事情，应该会有很多人同情他、帮助他。但他从来都不会告诉别人，为什么？因为也斯活得就像苦瓜，他把所有的苦都放在心里……

凌逾：难怪他写诗歌《带一枚苦瓜旅行》："穷人家的孩子长成了碧玉的身体"；"总有那么多不如意的事情 ／ 人间总有它的缺憾 ／ 苦瓜明白的"……

黄导：我们拍也斯的纪录片时，也面对一个问题，因为我要同时拍摄刘以鬯，有时他也是有点怨言的，他说：你拍刘先生就可以啦，不用管我啦。然后，当我想跟他约访问的时间，他总是找各种借口推搪，好似是某一种形式的逃避，这是一种很矛盾的心情。他其实很想我帮他完成这个纪录片，他当然知道这对他生命的重要性，他当时已经患有绝症，能多活一天是一天，他知道这纪录片是很有意义的，他也信任我。但另一方面，他又不太希望我去访问他。我发现，当我们访问时，他会变得特别严肃。虽然大家都没有触碰什么生死问题，但是在病重的气氛压力之下，大家都能感受到死亡，虽然大家都没有说。我跟他是很好的朋友，我们都感受到每一次访问时，就等同最后一次的遗言，就会觉得心里挺沉重的。

我后来想，不如换一种方法拍吧，因为不想拍得这么沉重。我就想到，不如我们跟着也斯去玩，经历各种活动，然后在游戏当中跟他聊天、访问，这样就可以拍到他生活的方方面面，同时能避开那些严肃的话题。但我们回头看片的时候，也会看到"死亡"，但是他从来没有跟你说。到最后一次看他的时候，我们1月3号去探访他，医生没有告诉也斯他快不行了。他这次入医院，本来安排要做一个小手术，他跟其他朋友发短信，大家都知道，所以大家都不太担心。但是没想到他以后无法再出来了。

他是1月5号早晨离开的。1月3号，他妈妈也去看他，也斯心里其实应该是知道的了。我们去看他的时候,也有一些朋友和同事去看他。也斯不想同事太担心,也不想把气氛弄得太悲伤,他就笑着对这个同事说:"你还有什么岭南大学的文件要签名的,快拿给我签啊。"他还问同事的工作情况。他的同事就跑了出去,在走廊上哭。同事说:"这是什么人?他都快要离开了,还要问我工作的情况。他真的是工作狂!"但是我们想深一层,他其实是不想我们伤心。他把所有的苦放在自己的心里面。所以我走的时候,他当时还是清醒的。我们1月5号去看他的时候,他是一个人很安静地睡着离开的。当时医生也没有安排其他病人入住,所以他是在柔和的阳光下安详地离去,家人与亲友都在他旁边目送着。

回想我1月3号看望他时,那次是我俩最后一次对话。我临别之时,握着他的手,跟他说:"你放心,你的纪录片我会帮你完成!无论多难,也会帮你做好!"这就变成了我跟他之间的一个承诺。当时,也斯也是挺感动,但他的感情很内敛,没有把它透露出来。他这个人其实很喜欢人世间的事情,他当然不愿意离开。但他把自己的苦都放在心里面,他真的是一个苦瓜,苦瓜就是他自己。他从来不愿意把自己不好的一面展露出来,痛苦的东西他都自己扛,然后,让你看他最美好的一面,带希望给人间。

凌逾:但是,电影五章里没有选"苦瓜"这个符号代言,而是选了鞋子、手表、手机、眼镜这些物件,为什么会选这些呢?

黄导:这些是他生活上经常用的东西,比如眼镜,他每天都戴,腕表他每天都用,因为他后期生活很忙,手机同时是他写诗的工具。我用一个镜头,把手机推向一个光的世界。那一章的题目是"对话",表现也斯与世界对话。手机本来是用来通话的,但是他已不在了,我们是否仍然可以与远方的他保持通话呢？通话的题旨，由传情达意的想法，香港与世界的联系，发展到作家寄托的穿越生死的思念，遂形成一个充满诗意的含义了。苦瓜只是一首诗里一个抽象的意念，我主要选择他生活常用的对象。

凌逾：《东西》的五章里选了好些独特的字词，有什么深意呢？

黄导：都选取他文学作品用过的字，这些关键词，把人生中几个重要的部分列出来。比如"游"，这是他文学里面最重要的哲学，这是比较重要的一种文学理论。

凌逾：其实，这体现出也斯的抒情美学，得自他的博导叶维廉教授的抒情诗学，得自中国古典文学神韵的抒情文化传统。全片划分为五部分，这跟空间架构之间有什么关系吗？

黄导：跟空间没有关系，这是他文学中的五个关键词，通过这五个关键词可以见出他的世界。这同时是纪录片里可以比较平均划分的五个方向。我不会用结构严格的方法，因为这片子的特色就是反结构。有些观众看完以后跟我说，这个片子好像很乱，有些关于食物的地方，好像应该放在"食事"，却放在另一个部分，是不是胡乱放的？我说，如果你把次序调乱，其实就不是这个意思了。因为它是从感情一脉连下来的，所以，这其实是很精密的感性想法，不是理性的粗暴操作，或是简单的幼儿归类游戏。影片时间有两个多小时，要分五个方向。如果完全没有结构，观众会不知自己在看什么。

二、有品的纪录片

凌逾：您定义一部纪录片好坏的标准是什么？

黄导：不好的有很多种，比较难说。但是好的纪录片，对我来说，像这种文学纪录片，最重要的是能够拍到作家的两个生命形态：一个是他生活的现实世界，另一个是他的文学虚构世界。一般纪录片只是着眼作家生活的记录，往往忽略用电影语言呈现作家的文学世界。但是更重要的是，能否把他的文学世界与现实生活的关系找出来，联系起来。我们要明白作家过怎样的生活，才会产生这样的文学风格。不过更高境界的追求，是看到作家的灵魂，让作家的灵魂能感动到其他的人，让人感受到这个作家生命中的美，并由此对自己的人生进行思考。

凌逾：我觉得，您拍也斯，拍出了他的灵魂；拍刘以鬯，拍出了他的性格。您认为呢？

黄导：我想刘以鬯是一个不同的题材，他们两个人的性格也不一样。也斯是诗人，接近感情上的直接互动，较容易接近所谓"灵魂"这方面。而小说家的感情是比较不容易能看出来的，从刘以鬯身上，能看到从内地到香港现代文学发展的脉络，这是我比较关注的历史性：被大时代裹挟，人们如何坚持信念一直走下去。这是不容易的，这也是刘以鬯的另一种精神魅力。刘以鬯的迷人之处是很单纯地追求艺术。在大时代巨轮的种种考验下，依然保持自我，一直坚持让艺术走下去，将理想在这个土地上建立起来，这是个人坚持对抗大时代的魅力。刘以鬯的世界比较浪漫，因为他有一位很好的太太。他是一个大器晚成的人，成功最重要的是爱情元素，他跟太太结婚以后，重要作品才写出来。我不敢说如果没有刘太太他会怎样，但是他的路是两个人一块儿走的，所以我专门拍了一个镜头，他们从新加坡回来的时候，两个人虽然已经很老，但两个人牵着对方的手，一直走了那么远的路，很浪漫，很迷人。

凌逾：是的，他们白头牵手的镜头很感人，背影一个向左，一个向右，正好组成了一个圆。您是否认为，一个好的纪录片应该要把一个人的精神的震撼力给拍出来？

黄导：是的，这是我追求的。

凌逾：那您觉得，如果要重拍或改拍，哪些地方需要改进呢？

黄导：拍电影要考虑机缘，要有更好的机缘。其实拍刘以鬯，最初想法本来是想取法于《酒徒》的，这部意识流小说，内容更破碎。我想如果找演员来演刘以鬯，中间穿越的部分会更多，以意识流为主体的结构会更好玩。但是这样设计剧情，会花费很多钱，很难做到。我们能重拍一次刘以鬯，也是机缘巧合。也斯这片里的一位摄影师关本良，他在行内很有经验，经常跟王家卫合作。最初我找他拍这电影的时候，他就说："拍也斯，你一部电影是拍不完的，你应该问老板拿多一点钱，至少要拍两集。"我大概只拍了一半关于也斯的内容。如果要再拍的话，我想跑一些我们原来没有办法去的地方，如德国，这在也斯的生命中是非常重要的，他当时面对东西德的动荡关系，思考香港如何面对东西方文化之间的碰撞，这思考跟柏林这地方一同构成很多很迷人的事情。目前，很可惜的是我们没办法拍到这个。另外一个是日本，也斯很喜欢这个国家。如果能去日本的话，我们能够把也斯的故事拍得更完整一些。其实还有东欧很多小的国家，也斯也去过，而且写了很多很有趣的小故事。如果能够把这些内容都编进电影里就很好了。

凌逾：还有比如说，《昆明的红嘴鸥》，也是可以拍的……

黄导：是的。其实当时我是准备去昆明的。想象影片一开始时，有一只红嘴鸥从昆明飞过去，我们跟着它去欧洲。由于资金问题，我们没办法去到，最后只能描写一只灰鸽飞去了台湾。

凌逾：我想请教一下关于"戏中戏"的问题，《1918》中有很多

"戏中戏"。刘以鬯本是一个真实的人,但是你给他增加了很多虚构的电影剧情情节,这是否构成了一种穿越感、跨界感?

黄导:是的,我的一个想法就是,因为刘以鬯本人是很喜欢把个人的一些特色放到作品里面,比如《酒徒》的酒徒、《对倒》的淳于白等,喜欢把自己的个人背景放进去,因此,我也采用一种半自传方式呈现,思考怎样把这些特色放进去。后来我就想,把他的文字跟他真实的描述做一个对话,运用"领带"这一符号,作为串联他的虚构世界与真实生活的媒介。年轻刘以鬯演员戴的眼镜,也是刘以鬯自己以前用过的,这能多保留一点他个人的元素。中间有个画面,刘以鬯去照镜子,然后突然就变成黑白,变成年轻的刘以鬯,穿着同一件大衣。但是这个大衣是可以两面穿的,拍一个年代穿一面,其实是同一件大衣。

凌逾:您在选刘以鬯作品来再现作家的时候,是否选较有自传性的作品,如《镜子里的镜子》《对倒》等?

黄导:其实有很多机缘取舍的问题。刘先生写作时间接近一个世纪,其间很多变化。我选择时,主要想把他文学上几个比较重要的风格表现出来。《酒徒》很值得考虑改编成为电影片段,但是它的版权不在刘先生手里,我们没办法弄到版权。选《他有一把锋利的小刀》是因为大部分情节都在郊外,可以表现香港城市以外的世界,而且拍摄费用比较便宜。这个作品也能够表现作家喜欢的内心独白。我很喜欢《镜子里的镜子》,听起来就是意象,画面感很强,很适合拍电影。很多人都喜欢这个镜头:年轻的刘以鬯照镜子,很多镜子重重叠叠地反射人像,非常玄幻迷人。这故事也很有刘以鬯特色,他后来受到法国新小说派的影响,逐渐从内心深层描写转成外在的表层的内心书写,《镜子里的镜子》就是他当时的一个转折点。故事背景发生在中环的商业环境,故事人物本身有很多哲学性的想法，叙事较少依赖内心独白，刘以鬯反而用大量的意象与气氛营造手法来写人物的内心世界。两个片段正好看见刘以鬯文学作品的转变过程。

凌逾：为什么两部片中有一部是在山水景观中再现，另一部是在城市里再现？

黄导：这个跟作家有关系。因为刘以鬯说他从来都是城市人，他的第一篇小说题材是写妓女，写他在上海电影院门口看到一个俄罗斯妓女的故事。他从来都是写这种带有所谓上海味的、新感觉派的、现代主义的感觉。在他的世界里基本上没有"农村"意识。选取《他有一把锋利的小刀》有点郊外的场景，这是刘以鬯小说中较罕见的。但是这种"郊外"其实是蛮心理的，主要描写故事人物亚洪杀人后，走入森林的恐惧心理，表现出来的是一种很抽象性的想象世界。这跟也斯很不一样。

也斯喜欢大自然，其实与环保思想有关。他一直在城市生活，喜欢一切城市声音与节奏，同时亦不忘歌颂大自然。所以他是站在城市人的角度，来欣赏大自然的，有别于乡土对农村的歌颂。香港本身是城市，也有大自然风光，这些他都很喜欢。我在拍也斯的时候，会特别注意这些特点，如《莲叶》这首诗的舞蹈演绎。诗歌的意念是从希腊神话来的，"水仙子"很喜欢看水中倒影，后来溺毙其中，自恋而死。也斯由这个神话思考文字在过去历史与现代意义之间的依恋与挣扎。整个拍摄理念就由水仙子的意象开始。

我想水中倒影意象要在香港表现出来的话，同时要见到也斯心中的《形象香港》，城市与自然都要在其中。城市就是中环金钟这些地方，很多后现代建筑物的玻璃幕墙，折射出不同的倒影。在郊外，我们好不容易才找到一个叫"荔枝庄"的地方，这里全无环境污染，潮涨潮退形成了

《东西》

一个小湖,可以让梅卓燕在水中跳舞。因此水色清净,全无垃圾,可以清楚见到水中倒影。这个村庄也很有趣,镜头下真的见到远处有村屋,但是人迹罕至,因为这地方闹鬼很厉害。香港很难找到一个没有人为破坏的地方。而这地方是比较干净的,看不到什么污染物。这很能代表香港漂亮的自然风光。另外一个特色,《东西》的主调是绿色的,因为也斯喜欢大自然。所以电影的结尾,我想也斯应该是去到一个绿色的世界。

凌逾:但有些人说《东西》电影中比较多暗色调,比较沉的色调,而《1918》电影的颜色则比较亮、比较丰富?

黄导:我想也斯的色调应该是绿色的,因为也斯不喜欢一些戏剧化的东西,所以我们在颜色的处理上,都是用一些很淡的处理方式,调光也是往自然方面去进行,不会有人为的感觉。但是刘以鬯强调形式主义手法,基本上作品内容里是不会让你感觉到什么自然,更接近反自然的。他认为性格的表现才是最重要的,而且他是上海人,比较喜欢一些颜色鲜艳的东西。我选择刘以鬯影片的主调,参考20世纪60年代电影的特别风格,受到法国新浪潮的影响。新浪潮中有一个很重要的导演叫戈达,他喜欢用红、白、蓝三种颜色,他对王家卫也有很大的影响。王家卫后来受刘以鬯文学的启发,拍摄《花样年华》《2046》等电影,又把戈达的色彩带入其中。我尝试将王家卫的影像与刘以鬯的文字进行对话。刘以鬯喜欢用一种很粗的字体,他从上海过来,上海当时的字体是很粗的。所以我用很粗的字体书写电影名字,他一看,感觉很有怀旧风。所以这些字体是来自刘以鬯,颜色的风格是来自20世纪60年代的法国新浪潮电影与王家卫。

凌逾：您选用的结构要考虑历史感吧？

黄导：有的，因为刘以鬯是挺复杂的，他差不多跨越了一个世纪，时代在不断改变，拍片要把这时代标出来，探讨大时代动荡与个人之间的关系。电影的结构有两条时间线。一条是个人迁移，由20世纪30年代他的年轻时期开始，从上海到香港，后来又由香港到新加坡、马来西亚，最后又回到香港。另一条就是文学创作，由代表作《酒徒》开始，其后《对倒》，一直到他现在仍在构思的小说。文学作品这条线，其实都是写于香港，我也特别标出年份。其实他写第一部重要作品《酒徒》时，年纪都很大了。我就是想强调他这种大器晚成的特色。当然这两条时间线交叉出现，就可以看到香港在他生命中的重要性，同时看到大时代下他个人坚持的难能可贵。

三、未来的纪录片

凌逾：那您以后还会继续拍纪录片吗？还是转向其他方面？

黄导：我现在筹备拍摄梅卓燕的舞蹈，我发现跳舞动作很有趣，文学的东西比较难拍，但动作的东西很快就把你吸引住了，所以为什么香港动作片从来都那么流行。我在想能不能用一种动作片的方法，来处理舞蹈？从舞蹈可看到整个香港文化的历史。梅卓燕很特别，已经50多岁了还能跳，这是她很迷人、很精彩的一面。可以从她身上看到香港，因为她开始跳舞时，香港舞蹈团刚刚成立，当时选了几个年轻人去参加培训，她是其中一个。她当时很年轻，能够一个人跳《游园惊梦》，一瞬间就成名了。她一直都跳独舞，用一个人的经验去思考整个香港。她

20多岁时就离开了香港当代舞蹈团，觉得自己还年轻，想要多看一点，她跑去欧洲，跟不同的表演团体合作，也跟Pina Bausch合作过。Pina Bausch是德国最重要的一位现代舞蹈家，也是全世界里首屈一指的女性舞蹈家。

凌逾：我觉得梅卓燕的舞蹈特色，不在于肢体如何优美，而在于她着力于表现一种思想。

黄导：对，她的舞蹈既有思考性，也有文学性。她很喜欢改编文学。她本是内地人，舞蹈底子是中国舞，后来在香港和欧洲学舞，尝试融合东西方舞蹈。你会发现，她的舞蹈有一个很迷人的地方，就是东西融合，跳《游园惊梦》，穿着中国特色的旗袍和拿着纸扇来跳，但又以西方的手法表现出东方的思想，配合起来，就会看到东西方的美感，非常迷人，这也是香港的特色。我们可以看到，在不同时代她的舞蹈是如何思考香港历史与文化。她的舞蹈本身就很好看，所以我就在想，能不能用舞蹈呈现香港历史与想象美丽的一面？

凌逾：其实您做导演前，是著名导演杜琪峰的编剧。由早期的《钟无艳》（梅艳芳、郑秀文主演）到较近期的《夺命金》（刘青云主演），《夺命金》更获金马奖"最佳原著剧本"大奖、香港电影评论学会及华语电影传媒大奖"最佳编剧"等殊荣。您本身亦是写小说的，出版过个人小说集《重复的城市》《变形的俄罗斯娃娃》等。您怎样看自己导演、编剧和作家几个身份？彼此是如何互动的？

黄导：我之前没怎么想过这种身份问题。其实……都是讲故事吧！电影被称为"第八艺术"，本身已包含了文学、戏剧等元素。我认为最好的电影故事，都离不开文学元素。不一定是所谓"文艺电影"，而是叙事手法、人文关怀。例如王家卫导演拍《一代宗师》，那是动作片，但是故事具有文学性。世界上很多优秀导演，都有文学素养，例如李安、黑泽明、库布里克（Stanley Kubrick）、科恩兄弟（Coen Brothers）、塔伦蒂诺（Quentin Tatantino）、克里斯多福·诺兰（Christopher Nolan）等，数之不尽。而在西方国家很多优秀大学的编剧课训练，不是放在电影系，而是放在文学系的。好莱坞大部分电影都是文学改编的，文学与电影，基本上是一对双生儿。

细说起来，我不止你所说的三个身份。导演、编剧、作家以外，我还有一个学者身份，我是研究文学与电影范畴的，曾经在香港大学出版社主编《文学与电影》丛书。

当然，在理念上，几种身份是不矛盾的；但是实际工作上，不同岗位所思考的问题和工作方式却并不同。例如学者的思考方式，有很多学术游戏的潜规则要遵守，并且每句话要有根有据，不能信口开河；导演和编剧面对的问题亦不一样。表面上，编剧只要把故事说得有趣，人物设计生动便可以了；但是导演考虑更多实际的问题，例如资金限制下有些表现手法是否行得通呢？演员的演绎手法如何得到发挥呢？摄影如何达至适当的效果呢？用哪一种音乐表现效果呢？到了最后，如果导演和编剧是同一人，就自己不断跟自己打架。编剧所想的是故事的完整性与完美主义；导演想的是如何把天上的理想带回地上，落到泥土中，解决很多实际的问题，使它真正能开枝散叶，繁荣生长。相对来说，作家是最开心的，写故事时，没有资金考虑，创作过程中，亦没有监制或导演逼你修改情节，或无中生有地要你加插一个爆破或飞车场面，算是最个人化的。大抵文学创作，始终是个人创作，而电影永远是集体创作。但是电影是世界语言，并且有强大的市场推动，带来的喜悦感很大；文学相对是一种孤独的状态，一个作品不容易让人看到，尤其在香港这种资本主义社会下。而读者与作者的距离也较远，作品的阅读本身亦是孤独的，因此很难有类似电影的映后交流会那种直接交流。文学更像是细水长流，要经历一段时间，才能慢慢得到收成。

凌逾：我还想请教一下，您认为香港文学在回归20年里是如何变化和发展的？

黄导：这个题目很大，也不容易谈。其实香港文学的发展一直都处于边缘化的位置，如果用一个笑话来说，就是我们香港的文学从来都没有过文化复兴，从来都是被低估的，它的价值从来都是很低的。但是它一直没有倒闭，一直都有出版和销售。其实香港文学的支持者还是挺稳定的，一直都有大概三千至五千册的销量，虽然人不多，但是很坚持。然后，写作的人也很坚持。

基本上回归后，严肃文学没有比过去好，也不见得回归后有倒退的迹象。商业文学在回归20年是倒退了很多，以往香港商业文学鼎盛，出现过亦舒、李碧华等言情的大家，武侠有金庸、梁羽生、黄易等，科幻有倪匡，亦有一些灵异鬼怪的通俗小说。通俗文学与电影，相得益彰。现在呢？今非昔比，网络文学本身水平很参差，亦只有零星成为IP，改编成电影的，成绩亦难成气候。

不过香港文学的题材，愈来愈多关心本地社会问题。年青一代对于香港文化的兴趣愈来愈浓，他们抗拒一些"离地"的作品，对于香港历史与社会的题材则较感兴趣。好似我在2016年上映的两部文学家纪录片，其实电影院的反应是超乎预期的好，在几乎零宣传的形势下，我们只靠口碑。严格来看，排片能集中放映三个月左右，一直维持在八成以上票房。其中《1918（刘以鬯）》更是多场爆满，一票不剩。观众以年轻人为主，他们亦不一定是文学系学生。有些观众之前未接触过两位作家的作品,但是电影启发他们阅读的兴趣。近年文学转向跨媒体是一个出路。不少香港文学作品改编成话剧,成绩亦不逊。香港文学的环境依然艰难,只能说念念不忘,必有回响。

(研究生罗浩整理)

黄劲辉、凌逾访谈:《港派文学大师影像之世与界——访问黄劲辉导演实录》,《香港文学》2017年6月号。

*本文为广东省特色创新项目人文社科类"粤港澳跨媒界创意研究"(2016WTSCX015)成果。

沙城筑文

——凌逾、林兰英论《写托邦与消失咒》改编剧《洞穴剧》

时间：2017年12月30日

地点：广九号首班车与末班车上、香港北角

跨媒介展览

（按语：过去的一届"港深城市/建筑双城双年展"于2017年底至2018年初进行，其中香港的参展项目"异质沙城"，以潘国灵长篇小说《写托邦与消失咒》为创作蓝本，首回将建筑、文学与剧场连接，进行一趟跨界实验。这项计划，包括将小说场景与北角异质空间叠合的跨媒介展览、由谭孔文导演改编小说原著在展览空间演出的《洞穴剧》体验式剧场，以至延伸于北角公共空间的《筑居师》艺术装置、《自照湖》舞蹈表演。凌逾教授及广州研究戏剧的林兰英专程来看剧场演出及展览、参加研讨会。本文是二人在来程、研讨会上及回程的对谈记录。)

一、乘着想象的翅膀——广九出发号讨论

凌逾：2018新年即将到来，我们匆匆赶往香港，为了看一部戏《洞穴剧》，也是拼了啊……为更好地看懂这部改编剧，我们先来讨论一下原著如何？设想一下，如果我们要改编潘国灵的首部长篇小说《写托邦与消失咒》，该怎么着手？

我想，改编最难之处在于空间问题。整部小说很有空间感，但要再现这种空间有很大的麻烦，因为这不是实体物理空间，而是虚幻的：如沙城、写托邦、写作疗养院，还有招魂屋……小说再现的空间不是纯然美梦的乌托邦，而是"异托邦"，虚幻又真实的想象。

第二个难题，是人物难题，因为小说没有设置主人公，而围绕三个中心人物展开：悠悠、游幽和余心。这是三位一体，是一个人的三个立面，那么，这该找同一个演员来演？还是三个演员来演？或是再分身为六个演员来演呢？

第三个难题就是时间的问题。原著的时间线索并不是很明显，但有关于出走的侦探线索，即寻找—回来—出走的事件脉络。但这时间脉络也是虚的，因为

《洞穴剧》

没有说发生在哪一年、哪一刻,是吧?没有具体的一个时刻,所以时间也是很虚的,所以那么虚幻的小说,导演怎么样去表现为一出实在的话剧?不知道你有什么看法呢?

林兰英:我注意到谭孔文导演将这部剧直接命名为《洞穴剧》,所以他可能会以一个洞穴的方式来呈现。然后建筑师还有一个主题是说要探讨北角的城市空间,演出、研讨会的地点都定在北角,所以可能会联系北角的一些比较著名的地理空间。然后我还注意到老师您给这本书写的评论文章里面写道,里面的洞穴意象应该有借鉴柏拉图的"洞穴隐喻",所以他会不会这样安排:把一些人物放在洞穴外面,另外一些人物放在洞穴里面,又或者是一开始先在洞穴里面演绎,先把写托邦的那个空间呈现出来,然后再以游幽的消失来追溯到洞穴外面的现实世界?

凌逾:是的,洞穴里面是消失或是虚化的世界,洞穴外面是尚存的世界。这个设想蛮好的,洞内与洞外。看来,如果改编,要再现出消失空间和未消失空间的转化问题。

凌逾:我在想,我们对实存的世界必须通过消失的世界来观照,因为我们经常看不到自己所看到的东西。但是我们通过回想对比从前,感知现在,通过他者的对比,更能理解当下所生存的世界。所以你刚才说的洞内洞外对比也是蛮重要的。既然有沙城,就有实在的城。所以沙城和实城,也应该是一种对照、呼应的关系。

林兰英:在这里沙城不就是隐喻现实的香港这座城市吗?

凌逾:不完全是,既是这个又不是这个,既是这样的又不是这样的香港。每个人都将自己的想法投射到香港,每个人所想象的香港都不一样。潘国灵所想象的香港是一座沙城,是沙上筑塔式,不那么实在的。

林兰英:其实为什么叫它沙城?

凌逾：我想作者认为这城市就像浮城一样。西西的《浮城志异》写城市浮在空中，但能腾飞多久呢？浮在天空的石头城，随时可能掉下来。浮城的想象和沙城的想象，在这点上是相通的。沙上筑塔，沙不实在，根基不牢。不像别的古城动辄几千年历史，若只有一百多年历史的城市，发展脉络、文化积淀都不一样。所谓沙城、消失咒，写的是不知道风往哪个方向吹的感觉。除了空间，情节也是一大问题，小说本身不强调故事情节性，戏剧因此也难以串联……

林兰英：要么就模仿《男人之虎》，先设定一个人消失，然后再逐一采访其身边人尝试追踪。这部小说写游幽消失，悠悠追踪他，回想他们之前在室内的各种空间里面发生的一些事情。

凌逾：但这又存在一个问题，若游幽已经消失了，那他在剧中是否出现呢？难道像《大红灯笼高高挂》一样，只有声音而真人不出现？这三个人谁出现，谁不出现，什么时候出现？有没有谁是主角？这些都蛮考验人的。

林兰英：我觉得除了这三个主角，还会有一些边缘人群。书里面提到的孤读者、失焦者，这类边缘人群可能也会以一个群体的方式出现吧。还有，我觉得今天研讨会主题之一可能是福柯理论中的"探讨空间如何形成、如何连接，以及这个空间内人与人之间的关系"。我在想，建筑师要以怎样的角度进入这部剧？

凌逾：建筑师和话剧导演为什么联手选这部小说来改编？他们如何在小说、戏剧、建筑之间来回跨界？我们上次去听唐睿的"文学与地景"讲座，知道作家如何通过分析建筑空间的变化来讲述香港性。我们师生之间也讨论过香港的挤感空间，拥挤感体现出怎样的香港性。远古人住原始洞穴，当代城市其实是新的洞穴，新的连体城更加是个当代洞穴，市民根本不需要走出去都能在其中生存。

林兰英：文学、戏剧跟建筑跨界，可能是想探讨：置身当代建筑中，人跟人的关系是怎么样的？建筑师怎样设计未来的城市？感觉现在香港对空间的探讨多是负面的，现在这空间压抑了他们。建筑师想针对这些问题进行改造，省思新建筑怎么搭建更适宜居住。

凌逾：这次活动其实是各行各业通力合作，借此来展望香港的未来发展，如何规划香港更好一些，让每个人都觉得更自在一些。表面看来，原著要寻找消失了的作家，其实也是寻找香港曾经美丽的东西，曾经觉得很舒适的东西消失了，要去把它找回来，或者说这种东西压根还没创造出来，还在寻找。改编剧若以此主题去挖掘再现的话，可能会更正面一些。仔细想想，怎样将一部小说导演成一出经典剧，也真不容易啊。

林兰英：对。话剧要常演不衰一定是要足够经典，而且要迎合大众文化、把握大众心理。

凌逾：香港话剧也有一个问题，为什么较少有非常盛大轰动、众所周知的戏剧呢？像台湾好多剧都在不断地重演，像林怀民的舞剧、赖声川的很多话剧。但是香港好像就是《南海十三郎》比较常演。（林奕华的剧也比较受欢迎）这部改编剧不局限于一城一事一人，而比较抽象，反而容易脱离开地域局限性。如果做得好的话，会像《等待戈多》一样。我在想《等待戈多》这个剧为什么会在那个时代击中那么多人的心，可能是因为经历一战、二战的噩梦岁月后，大家都很迷茫，上帝已经死了，然后就等待取代上帝的东西出现。这部剧反映了那个时代中人的焦虑和渴望，那我们现代人的焦虑、渴望是什么？我们这一代人所要寻求的东西是什么？如果这样去考虑，也许这部剧就能够打动人。

林兰英：现在一个状况是我们自己都不知道自己到底在追求什么。

凌逾：原著一直在写虚，虚人虚事虚地，这个虚可以说就是虚空间，只有在虚拟的空间里面才能找到真实的感觉，才能够逃避当下所有现实。所以我想这个剧如果要有突破的话，往这个方向走，可能会更好。

林兰英：就是等待戈多，变成寻找游幽，然后发现戈多等不来，游幽也找不到。

凌逾：还有，我们又要思考，香港一直以来的话剧总体情况如何，现在需要怎样突破，这样也许能够为香港话剧找出路？我在《2017年香港文学年鉴》一文中说，消失是2017年香港文学和文化的关键词。讲到消失的话题，我们还可思考，香港消失的是什么？话剧如何再现香港的消失？在2017年香港书展，我看到不少关于消失的书亮相，在追念香港消失的物事，比如说渡轮消失了，电话电报消失了，电车少了，沙滩少了，曾经盛极一时的所谓新科技也消失了，还有相应的生活方式也消失了。

林兰英：其实这几个月我一直在想香港话剧的空间问题，香港当代话剧非常关注空间问题，包括传统的街道空间和现代化的商业空间，消失的空间这个主题在香港话剧中也有显现，比如《牛头角·两条女》就是追忆被清拆的牛头角上邨，还有就是住房，香港话剧经常会涉及楼盘、房子，经常表现香港市民如何用尽一辈子的心血去买一套房。

凌逾：看来我们这样讨论也蛮有意思的，能发现一些新的东西。

二、荡起跨界的桨——凌逾观剧感想

凌逾：今天很荣幸来参加这个创意活动，让我看到了新的跨界思路：建筑、文学、剧场、展览、影像等元素融为一体。我一直在研究跨媒介创意、跨界文化，一直在寻找范例，这将是非常好的素材。西西的长篇小说《我的乔治亚》讲到，写小说就像造房子一样。这还只是在文学跟建筑之间的跨界，而此次剧展将小说改编剧和2017港深城市/建筑双城双年展（香港）艺术展整合为一，跨界元素更为丰富。之前我写过潘先生这部小说的评论：《创世纪的写托邦与消失美学——论潘国灵首部长篇〈写托邦与消失咒〉》，我想改编剧最难的可能就是怎样把小说中的空间展现出来。小说的空间非常虚幻，怎样用实体空间表现出来？刚才看了表演和展览后，我发现，导演谭孔文先生、建筑师钟宏亮教授，还有作家潘国灵先生的合作是用心的，各艺术之间的交织是水乳交融的。

入场前，观众先领人手一册《异质沙城》的小册子，再参观跨媒介展览，然后清场，再看体验式话剧展演，再清场再参加公开沙龙，三节活动一条龙贯穿，建筑、展览、剧场、沙龙的空间叙事合一。艺术家们将室外竹棚引入室内，还选用白纸、纱

剧场

布、画笔、肥皂泡、牧童笛、吉他、口罩等道具，各有隐喻意义。我每次来香港都觉得很奇怪，狭窄的街区外经常会搭竹棚，布置广告或维修墙面等，从侧面体现出香港的快切式文化特性。这次剧演剧展选用竹棚搭建展演空间，说明这城市变化快，随时可拆迁、换场。竹棚原有的辅助建筑的实用功能消失了，而转化为观赏的符号美学功能。竹造之城与沙上筑塔相似。竹棚隐喻沙城，肥皂泡隐喻梦境，白纸破碎隐喻写托邦。借用建筑师的眼睛，小说原著的空间有了别样的韵味。不管是剧场还是装置展，实景与虚景都是镜花水月般两相映照，成为绝佳的对倒艺术。

剧展和剧演的很多细节都很有美感。如巧用手机的灯、手电筒的灯，来代替舞台灯。如镂空的木板花瓶窗棂，观众细看过去，洞里灯光下呈现出小说的佳句，耐人寻味。还有各个角落的摄录机，逐一将北角的街道建筑历史展现出来，给空间带来时间的纵深感，浓缩各种时间和空间，打包为时空集装箱。

改编剧实为互动剧，注重与观众呼应。完全没有表演场或观众席的概念，你我都无法静坐，只能游走；你跟着演员在岩洞里四处穿梭，无法被动，只能主动积极地观剧，全身心地投入，听到乐音、噪音、朗诵声、号哭声，感到舞者从身边走过；有人给你一个纸飞机，肥皂泡向你吹来，或在我身边飘过，在这样恍兮惚兮的感觉中，在各种诡异的声音中，在全新跨界的体验过程中，我们完全难以猜测下一步将会是什么。导演们不刻意于统一思想，凝练一个主旨，而是鼓励多元阐释，每个观众的体验都是独一无二的。观者在剧场如此独特的互动，这是我原先没有想到的，这种跨界创意是成功的。

改编剧巧用体验剧场的方法，让每个病人将自己的故事说出来，表演出来，如此内心得到痊愈。这种体验剧场恰恰跟潘先生创作的写作疗养院心有灵犀：每个写作者都是一个病人，必须通过书写来得到疗养。而你作为读者，必须进入这个写作世界，然后才能够进入写作者的内心，找回写作者消失的灵魂。我们观者看戏，参演话剧，进入剧场世界，进入演员的内心，进入导演的内心，从而明白此剧讲什么，在这样的互动过程中，也许我们每个人内心的某些郁结就会被悄悄击中，慢慢化解。

这部改编剧想把实在的空间影像化，把虚拟的空间实在化，想将写作者的苦、生存者的难、人们内心的挣扎、阴暗与光明的较量都呈现出来。这部剧包容性强，或者说以后还可以继续拓展，进行滚雪球似的滚动兼容，这种开放自由的姿态是其独特之处。但是太多加法、太繁杂又会影响意旨的传达和传播，如何在加法艺术与减法艺术之间找到一种平衡点，这是一种两难。

三、听心——广九回程号总结

凌逾：你觉得这次的创意活动如何啊？

林兰英：我觉得，这部剧和展览，有很新颖的形式，很有创意，也有参与感，但是艺术家的创意目标很难被人领悟到，就算看过小说都很难领悟到。单纯以话剧本身来说，好像不那么轰动，但是就多重跨界来说，还是蛮特别的。

凌逾：这次展演的文本建筑导览策划、话剧场景设计、剧场效果、细节处理还是很用心的。但是可能动人的因素不容易被挖掘出来。但是，听演出后的研讨会，我们会发现，观者的观演感悟表明，每个人看到的东西还是很不一样,各种解释可能都带出来了。这也说明,这次展演还是很成功的,让人有话说,想说话,能激发人的思考。

林兰英:因为这种话剧很开放,不讲究固定的剧情,任何人用心看都会有心灵触动。但是不能说焦点很明确,加法太多,有时候就变成了减法,展演的主旨淡化了,最想说的东西反而找不着了。

凌逾:就是元素太多,或者是太虚了,找不到关键核心,比如原著的消失美学核心找不到了。但你看每个人讲的都是有道理的,每个关注进入的角度都不一样,所以还是能挖掘出这种跨界创意的亮点。讨论完亮点后,我们再来看它存在什么问题。就像香港话剧《最后晚餐》《最后作孽》,再现的其实也是貌似很平常的一些事情,但是有震撼力。

林兰英:特别是《最后晚餐》,为什么《最后晚餐》会这么火?这出戏其实是很小投资的剧,只有两个演员,布景也很简单,但是演出非常火爆,在北上广演出也非常成功。我觉得可能是因为最平凡的故事、最平凡的感情,每个人都有,而且那两个演员演得也很到位。

凌逾:我觉得,这次展演说是跨界,但是,基本上还是分开的,展览是展览,话剧是话剧,讨论是讨论,只不过将三个板块放在一块。其实最好是展览中有表演,表演中有展览,然后讨论中又有表演。这样才能够实现跨界,才能打通,现在实际上还是没有打通。(对,像表演里面,建筑空间好像被忽略了,就是在两个空间游走而已。)对,这个方面或许可以改进一下。但是,这部剧还是加了很多虚幻的元素,制造出很梦幻的世界,这点也是成功的。

林兰英:其实展览有一个亮点,是把书中一些很特别的空间都找到北角的实体空间来呈现。

凌逾:还有一个亮点是它是体验式的剧目。刚刚米兰老师说,香港体验剧场非常多,广州也好像开始有了,我指导的本科学生就有人想研究这一块的。到了微信时代,人人都是作家,人人都是导演,人人都是编剧,人人都可以编导体验剧。体验剧场向任何人开放,不再是专业演员的专利,这是时代的新变化。香港在这方面走在前面,内地还没有体验剧场的时候,香港就开始了,他们还有意识地在大学里拓展,培养新生力量。

林兰英:对了,老师,原著描述写作疗养院,难道完全是那种癫狂的状态吗?我在阅读的时候没有这种感受,但是我觉得这部剧整个就是演绎癫狂的状态。就话剧来说,我觉得全程展演过于阴暗,整体氛围也比较压抑。

凌逾:这也是很重要的问题。改编剧想将福柯的理论套进去,但是作家不是那么直接套用福柯的。原著其实有理想、抱负的抒写,没那么灰色,写托邦、写作疗养院,只是作家想逃离世俗而前往脱俗的空间——一个孤寂的世界而已。写作者不被别人理解,被说成是神经的。展演在癫狂方面着力,我也不太认同,坐实疯子意象似乎不太妥当。实验性的改编剧不容易出现打动人心的震撼点,像《最后晚餐》《最后作孽》很容易找到共鸣点。今天的观众各行各业都有,老者不多,以中青年为主。

林兰英:其实在研讨会上,大家讨论的多是空间问题、建筑问题、社会问题,文学和剧场那块被削弱了。很多香港人有去看话剧的习惯,就和我们去看电影的习惯一样。所以这是香港很特别的现象,剧场的受众比文学的受众更大。香港人比较喜欢视觉的艺术,还有快餐文化,他们喜欢快餐,一小时之内就能得到很多东西,收获满满。

四、回声——作家潘国灵先生的响应

凌逾教授：

周末终于有空坐下来看毕全文。感谢您和兰英的用心对谈。文章采来程和回程对谈记录，意想不到，蛮有趣和生动，也提出很多有意思的见解。说到剧场，我也特别认同现在是把写托邦的呈现太"疯人院"化，原著虽也有一些写作者如此，但只是书写族群的其中一员，现在却成基调，有点歇斯底里了。你提到开场时让每个演员轮流介绍，这原先也是我所想的，更特意给谭导写下七个人物的人物设计和脉络，现在剧作虽仍有"巫写会"成员，但主要只让悠悠和余心发声，其他人物不明（主要动作演出，如涂鸦）。我猜其中一个因素是小说篇幅太大，谭导曾跟我说要整体改编恐怕要演十个小时，结果他以末章"洞穴剧"，抽取之前一些小说段落接驳，不避零碎而志在形构一种氛围剧场，着重仪式感和剧场效果，小说好些内涵却有所牺牲了。

文章其实我也没什么好改动，因为必须尊重你们的观点和看法。以下纯是一些响应（不是改动）：

1. 说到故事和时间性，其实原著还是有的。时间大概就是后九七至近年，之间经历过SARS，横跨十七年。如第四章回溯悠悠和游幽还是方出茅庐的少年，由编辑至情人，中间出现马教授办死魂灵出版社，二人合住置房，游幽从华丽安居出走，悠悠一个人回看事件、整理记忆和游幽文字，过程中她自身也像潜入写托邦般，认识了余心和一众写作者，自己也发生质变逐渐成为其中一员，以至与余心的默契更超越游幽，最后将之埋葬或为解咒。2016年跟《字花》合作做了一个"小说读演会",那时由我亲自处理读演会文字,便抽取以上情节线,大概说到一半完结(也是因时间)。今回《洞穴剧》全由谭导和演员负责,文字上我没参与,他们取了氛围而弃情节一路。

2. 关于"浮城"。小说中有一段"沙城前后"(出自游幽)特别写到这问题,某程度上沙城是"后浮城"的状态,城市不再浮了,沉降(故在沙中堆城堡),另"沙"也有流沙状态、外来沙尘暴的威胁,作者在沙滩中涂写等。

3. 关于空间,其实小说中(沙城部分)有些是实写的,如开场的油麻地果栏、将军澳商场等,不过确多虚笔,没以北角为对象。但建筑师以北角来呈现写托邦和沙城也是可以的,可以突袭于任何地区。

4. 另说到柏拉图的洞穴寓言,这固然是有文本互涉,但我做了重写,如悠悠是从外边世界反方向进入的,更重要的是最后那洞穴,在悠悠和余心等那洞穴剧(原著最后部分)中,与华丽安居另一空间连起来,一起给捣毁了(并跟第六章游幽经历的灾难现场呼应)。

非常感谢!今天刚立春,先拜个早年,祝生活愉快,身体健康!

国灵　敬上

(研究生林兰英整理)

凌逾、林兰英:《沙城筑文——论〈写托邦与消失咒〉改编剧〈洞穴剧〉》,《城市文艺》第97期,2018年10月,第84~90页。

# 四、传播论

斟饮《香港文学》办刊之苦甘
——陶然、凌逾、黄丽兰访谈录

时间：2015年1月25日上午

地点：香港

访谈者：陶然、凌逾、黄丽兰

《香港文学》

陶然，广东蕉岭人，出生于印度尼西亚万隆，16岁回国读书。毕业于北京师范大学中国语言文学系后迁居香港。历任香港《体育周报》执行编辑，香港时代图书公司编辑、中国新闻社香港分社编辑，香港《中国旅游》画报副总编辑。现任《香港文学》总编辑。为香港作家联会执行会长。1974年开始发表作品。1986年加入中国作家协会。著有长篇小说《追寻》《与你同行》《一样的天空》，中短篇小说集《蜜月》《平安夜》《岁月如歌》《陶然中短篇小说选》，短篇小说集《窥》《连环套》，微型小说集《表错情》《美人关》《一笔勾销》，散文集《此情可待》《回音壁》《侧影》《绿丝带》，散文诗集《夜曲》《黄昏电车》《生命流程》等。

一、《香港文学》的成就："无法之法,乃为至法"

凌逾:《香港文学》杂志三十年如一日地坚持,让人肃然起敬。这本杂志如今非常有影响力,如昨天的"香港文学三十年庆典"所公认,已成为香港文学的品牌、世界华文文学的品牌。您作为主编,付出了很多的心血和精力,我觉得这本杂志带上了鲜明的作家办刊的特色,带上了您个人的独特风格。今天我们很荣幸地能来采访您。

首先我想问一下,您办《香港文学》最有成就感的事情是什么?

陶然:没有,当一件工作做就是了。在香港办一份文学杂志本来就是艰辛的工作,要付出的很多,有回报的很少。而且文学在香港是小众的,关注的人相对来说是很少的。但是我们有一种——讲得伟大一点就是使命,但我想也不必那么高调,就是一种爱好吧。你既然爱好文学了,明知回报不多,或者说甚至没有回报,但是你觉得应该做的,你也就努力去做了。所以一方面有现实的压力,另一方面,你自己有你自己的追求和愿望。

凌逾:刚才听您这一番话,觉得您做事表面上看来好像不经意,其实背后花费了很多心血和汗水,您这叫"无法之法,乃为至法",是一种最高境界。那我想问一下,您觉得杂志办了那么多年,反响最好的专辑是什么?

陶然:很多,比如"海外华文作家专辑",从2009年开始不间断办了两年多,不管是在内地评论界还是台湾文学、评论界,都有几个人对我提过相关好评,也正是我要结束它的时候。因为这种文学专辑不能无限办下去,办得多当然人人都高兴,但质量未必有保障。我们不能说只抓住某个华人作家就做专辑，还是要有一定的界限，到一定时候停住，保证质量。

另一方面，我们也有考虑到地区的丰富性，不能全部选美加区域的华文文学，也要兼顾东南亚华文文学，才具备世界性。但也只能够就当地华文发展的总体水平来选取作家。如果按美国华人作家的水平来讲，可能东南亚有些作家根本不能入选。但对某个特定地区来说，在从事华文文学方面有成就的，我们都应该肯定。

其实还有很多有特色的专辑，比如"世界地铁风情专辑"（2004年5月号）、"世界各地机场专辑"（2014年7月号），想关注更多国家，呈现各地不一般的风情，这是一方面；另一方面，所选作者也考

香港地铁

虑分布，各国都有。这就是介于文学与非文学之间的考虑。当然，最后还是要求文学的质量要高一些。所以找人也比较难，一方面要熟悉当地的地铁或者机场情况，另外还要有文学素养，不能够像旅游杂志或简单的风景介绍。

还做过几个作家纪念专辑，最主要着力在蔡其矫（2007年4月号）和也斯（2013年4月号），以整本杂志做纪念专辑。这个也不是很难，因为研究这两位作家的文章也很多。

凌逾：机场专辑、地铁专辑这些栏目确实有创意，蛮特别，属于文学与地理的跨界，区别于过去的游记文学，有更高层次的提升，是跨学科、跨地域、跨文化的新锐实验操作。

黄丽兰：在推动《香港文学》的世界影响力方面，"海外华文作家专辑"的作用像堡垒。那么，这个堡垒暂时把它推掉之后，将会有哪些重磅新专辑来压场呢？像刚才说的地铁和机场专辑属于特色类，但不算常规专辑。

陶然：对于专辑来讲，也没有什么特别的思路，还是保留小说专辑、散文专辑、评论专辑这三大块。要看当时的情况，比如也斯纪念专辑，那是因为也斯去世了，是一个契机。编杂志有一个固定的思路、一些固定的专栏，但要考虑一些突发事件，专辑的形成也要看当时发生的情况。你现在去预期怎么弄是很难的。

黄丽兰：那么这也是杂志以后发展的一个基本动向吗？

陶然：这个很难讲。比方说，现在已经举办了"《香港文学》2015年三十周年庆典研讨会"，可能6月份会推出研讨会专辑，因为事情已经发生了。像这样的专辑就要看当时发生什么事情来组稿。但我们一般的思路，也是几个固定的板块。近年我们比较注重《文艺茶座》这个栏目，这个栏目可以是议论性的，可以是作品性的，很多东西可以归纳到《文艺茶座》，现在做得比较大，正经的文学批评也不是，还没有达到，只是一种对谈。它有点文艺性，但学术性又没那么强。

二、一本杂志的主动性与独立性

凌逾：您觉得，一本杂志怎么才算得上是成功的杂志？要怎么样办刊？

陶然：我自己觉得，从大的方面，文学的因素要有，文学的水平要保持相当的水准；另一方面就是，文学杂志很多，在当中你要有自己的特色，不能人家有什么栏目你也跟着做。这个要实现起来也比较难。像组织"香港作家小说专辑"就比较难,因为香港人很忙,一般来说一年之内,作家也只有两三篇小说作品,所以约稿要提前半年。比如我们在年中就会约下一年1月份的香港小说专辑稿,这个流程比较漫长。

凌逾:最难约的就是小说稿,其次是散文和诗歌?

陶然:后者就比较好办了,散文一般一两个月之前约就可以了。除了香港散文以外,各地的作者也有投稿。但是我们主要用力在推出香港散文专辑、香港小说专辑。

凌逾:您是如何利用香港的地域优势来办刊,使得杂志具有别地办刊所没有的特色?

陶然:香港办刊比较自由,没有太大的限制,比如说没有政治上的压力。但是有时候也要考虑到具体情况,一般来说我们不会去碰政治,除了"九七"问题。可能"九七"要回归的时候,对"九七"持观望的、反对的、同情的,各种态度和声音都有。在这个前提之下,一方面我们不能够说,凡是抗拒"九七"的我们就不发,但也不能说完全赞成的就发。这要取得平衡,主要还是以文学标准作为考虑,看作品是否写得成熟、有吸引力。我们毕竟是文学杂志,所以在政治上不会轻易地采取一个"是"或者"否"的态度。一般有明显政治意识的文章我们不采纳,不管"左"的还是右的。

凌逾:可能这也是您作为一个作家办刊的特色,非常强调文学的质量。那么这样一路办刊下来,贵刊推举了哪些比较成功的新人作家?

陶然:也不能说推举,但起码是在他们还没有成名前,都刊登过他们的文章,比如香港的董启章、葛亮、韩丽珠、谢晓虹等。

凌逾:这需要眼光,也考验眼光,挖掘好苗子,培养好苗子。

黄丽兰:杂志对青年作家的扶持都有哪些方式?比如,除了刊登新人获奖作品如"香港中文文学双年奖",还有其他特别的思路吗?

陶然:还是靠作家个人的努力,我们主要推介作品,难有精力去帮助他们。香港都是各自为政,自己顾自己,我们也没有这样一种机会或时间来帮他推出来,只能在有限范围内帮一下,主要成就还是在个人。我们可能能帮的就是,年轻作家好的作品会多推出些。

黄丽兰:我发现还有"类型小说展",都是比较新颖的书写样式,这也是推动青年作家的一种方式吧?

陶然:对,有过两次,也不是很多。有些作品我们在分门别类时很难归类,各种不同类型的作品就集在一起,这也是一个取巧的方法。可能写法都不同,有些是推理的,有些是爱情的,有些是伦理的,全部融在一起的时候,只能用类型小说来命名。

黄丽兰:所以这个不是主题先行,不是为了推"类型小说"才来做的。那么还有没有类似这样因为不经意的编辑思路促成的特色专辑?

陶然:应该还有,现在想起来的就是微型小说、散文专辑。我们有两种方法,一种是根据我们手上人家投来的稿,把它归纳成一个专辑,比方说这个时期很多微型小说,如果有七八篇,可以组成一个专辑;另一方面我们也有主动、有目的去约稿,想搞微型小说专辑就主动去约。一个被动的,一个主动的。最主要还是主动根据我们的想法来组稿。

三、多样化的办刊思路

凌逾:贵刊有许多文学和非文学的因素,比如说会设置封面、封底的摄影、绘画、诗配图,书法标题等,这些都是蛮有特色的细节,您是怎么考虑的?

陶然：这个没有一定的考虑，都是一年一年地考虑。刚开始见到好的作品就用，到后来就有比较整体的想法，好作品往往整年刊载。2013、2014年封面都用北岛的摄影作品，今年开始用台湾李锡奇的版画。以前可能比较多传统风格的，今后比较想采用具有现代感的摄影作品或艺术作品。至于是不是艺术品，我们对艺术比较门外汉，只是有种直观的印象，觉得有趣或者有特色。所以这两年的封面可能会用李锡奇的作品。

黄丽兰：我们看到2015年1月号有很特别的地方，就是梁品亮的《捕蝶人》，把他写作时候作品删改的状态还原了出来，是文学原生态的一种呈现，但画线是在中间，有一种欲删不删的感觉，好像是要隐去，又像是突出，这是想要体现什么呢？

陶然：这篇文章给我的感觉像是鲁迅的手稿一样，把他改的东西印出来，知道改的地方为什么会改。可能我当初学习写作的时候也会看鲁迅的手稿，比如这个字为什么会改掉，又改成了什么字，这是学习写作的一种方式。梁品亮的这个其实也不是新招了，类似这样的想法，改了和没有改，读者都可以看到，这是一种写作技巧的启蒙学习，也可以让读者通过字句的推敲，了解到写作的不容易。我觉得这个方式很好，就把它照印出来了，有心的人就会发现原来他是怎么写的，是不是改了会更好。

黄丽兰：听闻您的"卷首漫笔"将会结集出版，从2000年接手杂志以来，您就一直坚持写了15年，累计已有十七八万字，文风平易亲切。这个过程当中您有什么体会，或者说您写作的目的是什么？

陶然：就是给条线索给读者看，提点比较重要的文章有哪些，有时候也有自己的一些编辑思路和想法在里面。其实，"卷首漫笔"我自己不怎么看重，因为有几个人比如内地的袁勇麟他们，一直在鼓励我结集成书，就试试看。我回头看了一下，也确确实实呈现出了15年走过的路，可以反映出编的什么专辑、什么作品、怎么个想法，这些整理出来也是一本杂志编辑的路线图谱。

黄丽兰：贵刊有很好的互动性，比如编者和作者之间的互动，这是在组稿方面；还有作者和读者之间的互动，就是作品发布后，读者的不同评论也会陆续刊登上来。这也是文学的再生长，包括《香港文学选集》的出版和相关评论。这一方面您有什么看法呢？

陶然：我觉得现在很多作品基本上没有什么响应，处于一个寂静没有声音的氛围，这是很大的缺失。从作者的立场看，所写作品都希望有一个回响。但是现在香港基本的情况是，任何作品发出来都没有人说好，也没有人说不好。哪怕给人骂一下也好，但没有。所以这方面我想做点工作，你批评也好，赞扬也好，都有它的道理，总之有回响，这才是文学的一种活力。好多作品都无声无息，人家也不知道你发过作品，现在出书容易了，也不像那些年那么慎重了。

而且，报纸很少发批评、评论的文章，本来大家就很少看书，一没有评论，很多作品就淹没了。但另一方面来讲，可能写批评文章的人也有顾虑，因为香港毕竟很小，怕搞坏关系，这种情况也是很无奈的。虽然站在文学评论的角度来说，好的应该赞扬，坏的应该批评，但是很难这样做。因为内地比较大，你在北京，他在广州，离得远；而在香港，大家经常碰头，会很尴尬。

四、同为文学杂志

凌逾：您经常在全球各地或者海峡两岸和香港开会考察，跟媒体、杂志有很多交流，那您觉得各地的杂志大概会有哪些异同？

陶然：总体感觉各地的文学杂志越来越衰弱。比方说台湾，以前有《联合报·副刊》，现在副刊都是点缀，很多东西都不是文学作品，这个也无可奈何，因为办刊思路已经转向，对文学不感兴趣了或者觉得文学不赚钱。以前副刊是一个报纸的最大特色，因为新闻大家都有，都大同小异，而副刊能形成各自的特色，可以起冲锋陷阵的作用。《联合报》最鼎盛时期，靠副刊赚钱；后来要裁人，也从副刊入手，这是无情的事实。

香港更不用说，什么东西都跟着金钱走。有的地方的报纸副刊，都是直接剪贴香港报纸的副刊，转载过去，也不跟负责人打招呼，整版整版地用，人家也懒得跟他理论。东南亚那边像泰国、菲律宾，都是这样的情况。现在的副刊，拿香港来说，在七八十年代的时候，副刊还是五花八门的，现在副刊已经式微到没什么作用了。像连载小说的专栏已经很少，或者很多是行业性专栏，不是作家在写，有时候理发师、的士司机都会写。

黄丽兰：香港曾经有本《素叶文学》杂志，也具有作家办刊的特色，但他们还有另外一个特色就是"同人杂志"，所以我想请您谈谈这两本杂志的异同。

陶然：《素叶文学》是一群志同道合的人办的，基本是同人，所以他们的办刊方向比较一致，理念和杂志风格统一。我们跟它不同在哪里呢？我们就是排除同人的性质，希望将"左""中""右"都做好，只要是好作品我们都不排斥。所以《香港文学》比较杂，不管创作意向、风格，只要是好的作品就用。《素叶文学》格式比较统一，《香港文学》是杂牌军，什么都有，因为我们面向社会、面向大众办刊。我们最高的要求就是文学的标准，其他的不管。

黄丽兰：关于世界作家这一块，《素叶文学》杂志重点推介诺贝尔专辑，《香港文学》也有，这其中的同与不同在哪里？

陶然：他们比较专业。我们没有着力于诺贝尔文学奖得主的专辑，一方面是人力的问题，如果是一个智利作家得奖了，那就得找一个懂智利文的、懂那个作家的人，这个不一定找得到，而且我们在这方面并没有用力。他们可能有他们的文学路子，比较容易找到。关于诺贝尔文学家，我们近几年做了莱辛、莫言之后就没有做了。因为关于诺贝尔奖我们不是去组稿，是有人来了稿我们再用，比较被动的。这方面我们弱一点，但是我又考虑到每家杂志都在做同类报道，我们做了也没有多大意思，所以不是很积极。但莫言获奖是一定要做的，他是我们中国作家，所以当时我们用力去做过相关专辑。

五、"香港文学不会很辉煌，但生命力一直会有"

凌逾：您几十年办刊下来，最大的感触是什么？

陶然：最大的感触，是文学没有人理，这也是一个吃力不讨好的行业。你是处在夹缝中的，心理承受能力要强一点。很多人对一篇文章的看法不同，所持的态度也不同，不断地给你压力。有时候是这样子的，有些作品你发了就发了，没办法再顾虑更多。

凌逾：那您办杂志到如今，有没有什么遗憾呢？

陶然：遗憾就是读者越来越少了，这是一个网络时代。而且香港人觉得买杂志占地方，屋子本来就小，你再买书更没地方放，这个是很现实的问题。宁愿花几十块钱去看电影，看了就完了。再加上香港的文学和文化氛围不强，所以书市也越来越弱。一方面是环境的因素，一方面是爱好的因素，大家都没有阅读的习惯。

黄丽兰：最后再请您根据多年的办刊心得，谈谈如何看待香港文学的当下状况以及发展趋势？

陶然：香港文学的小说少有反映宏大题材、大时代的作品，这是很遗憾的。本来香港经历了那么多事情，应该有很多宏大的作品，比如施叔青的《香港三部曲》，但这也不是全部反映香港的历史。香港本土还没有看到有影响力的大作者，都是一些小叙述。

香港文学，你展望它的前途，不会很辉煌，但一直会有读者在，生命力一直会有。因为事实证明，多少年来香港文学的各种杂志都是前仆后继，一直有，前面的停了，但又会有新的杂志出来。根据历史经验来讲，办杂志不容易，但也正是在不容易的环境当中，不断地出现新的杂志。香港文学杂志史就是一部不断关门又不断起来的历史。

从这一方面讲，香港文学是有希望的；但从另一方面讲，也是非常恶劣的，除了社会上的不认同，要靠你自己个人的意志和条件，包括经济条件来办刊物，是比较困难的情况，办了那么多年，非常吃力。

我自己觉得还是很幸运的，能够来办一个文学杂志，因为自己对文学还是有一点情怀。在香港，要找到一份自己喜欢的工作，很不容易，就这一点来讲，自己已经很满足，就希望把它做好，坚信在一批小众人群中，始终会有人爱好文学。

（研究生黄丽兰、陈桂花整理）

凌逾、黄丽兰：《陶然访谈录：斟饮〈香港文学〉办刊之苦甘》，《香港作家》2015年11月号，陈桂花、黄丽兰整理，第17~20页。

对话陶然:文学创作与香港文化漫谈
——陶然、凌逾等

时间:2015年12月8日
地点:华南师范大学文学院

《香港文学》

导语:陶然,自称"东西南北人",原籍广东蕉岭,出生于印度尼西亚万隆,求学于北京,定居于香港。自担任《香港文学》总编以来,尽管事务繁忙,陶然始终坚持创作不止。在他的作品中,我们总能看到不一样的自然风景、内心风景。其作品往往能从大千世界中见出真实温情,从百态人生中再现本土滋味。受邀做客于华南师范大学研究生课堂,陶然与师生面对面交流,畅谈个人创作历程与香港文化环境。聆听著名作家的声音,师生们受益匪浅。

一、写作小环境·笔下大世界

陈桂花:老师您在香港有自己的本职工作。在香港快节奏生活下,事务本来就繁忙,而您在创作方面又那么多产,请问您一般是在什么时间写作?

陶然:以前年轻,写作都是早上起床后吃早餐前写一段,晚上下班以后再写,长篇都是这样写成的。因为当时长篇主要在报纸连载,催着你每天交几段,那时候就有点逼出来的味道。现在报纸不登连载小说了,也没有压力了,加上自己也不再年轻了,所以没什么动力写长篇。散文的话一般都是在上班时候写的,因为小说的构思要求比较高,散文比较随性一点。

曾晓虹:那就是八小时之内写散文,八小时之外写小说?

陶然:是啊,小说的构思要求比较高,散文比较随性一点嘛。

凌逾:陶老师笔下有很多世界性的风景,这是其他香港作家少有的。《风中下午茶》主要写的是国内以及东南亚一带的游历足迹,《街角咖啡馆》则是跨越到欧美地区。陶老师对散文写作有什么认识和看法?

陶然:旅游散文并不等同于游记,二者在真正意义上还是有所区别的。传统的游记一般是对当地风景的具体描写,而旅游散文是借旅游之名,抒自我之情,更多的是一种情感的表达。旅游不过是一种形式,借这种形式抒发其所思所感。如果仅仅将散文定性为传统的游记

《街角咖啡馆》

的话,往往会忽略作品中宏大的叙事内涵和厚重的生命体验,就会对作家和作品形成窄化印象。

二、香港风味:海难、风水与节日

凌逾:我发现您的小说中关于海难题材的作品多创作于二十世纪七八十年代,九十年代以后就几乎没有了。是什么原因导致这种转变?

陶然:在写这些小说前,我刚好看了海明威的《老人与海》。可能是因此受到启发吧,于是想通过这种题材,去展现人对灾难的抗衡,展现人类的顽强精神以及对灾难的一种态度。至于这种整体的转变的话,我想可能跟自身经历有关吧。初到香港时期,主要还是接受内地的写实主义教育,创作上内容更为接近现实社会。后期在香港逐步接触到不同的流派和手法,慢慢发现,写实的手法已不足以让我表达内心的各种想法。于是写作手法上有了新的突破和尝试。对于小说创作而言:一方面,如果作品内容完全脱离现实内容,则会毫无根基,显得轻飘;另一方面,如果小说作品过于写实,仅描写日常生活中的琐碎事情,则又显得没有意义和价值。因此,在后期创作上,我把我关注的焦点从

《老人与海》

外部世界转向内心世界，在题材方面也转向关注一些社会的大背景问题。但由于各种外部因素如政治、现实发表环境等的限制，对于应该给予关注的题材还是有所回避的。我的小说体裁到20世纪90年代以后和前期有些变化，有人认为我远离了写实主义这条路，但我觉得也并不完全是。

薛亚聪：我看陶然老师的小说，发现您对堪舆、风水特别关注。或许陶老师写风水是无意之笔，但是否也表现出香港社会公众对风水的相信？

陶然：我在作品中讲风水与堪舆，主要希望能让作品呈现出一定的香港特色。相命、易卜前程之类的，在香港是很流行的。因为这在某种程度上代表了香港生活中人们所推崇的生活方式，写小说的时候如果在细节当中表现香港独有、比其他地方更风行的习俗或方式，更能体现地方色彩，这可以作为和其他地方区别开来的标志。当然，在描写和叙述当中，可以不仅限于这一形式本身，而着力于挖掘背后所蕴含的倾向，去体味当中所隐含的人物的命运、内心想法等。这也表现了人物在小说当中所追求的或者所表达的一种意念，我觉得可能把人物表达得比较丰满。我觉得写风水、堪舆，重要的是这个事情本身所表达的那些意识，比如一谈到风水就觉得香港人很迷信，但是在迷信后面可能觉得体现了香港人求财的欲望啊，升官啊，后面表达的东西更重要。你能抓住香港的一种特点很好，但是能抓住后面所表达的东西更重要。香港的风水、看相很流行，但是至于信不信的话，很多人也是凑热闹，我也没有研究过。但是以此展开故事，我觉得更容易让人投入。

凌逾：在陶老师的作品中，经常会看到大量的节日描写，这其中有什么深意吗？

陶然：在创作过程中，这些往往是无意识的，并非特意。我想过用节日来烘托这个故事，但没有想过有意识地用节日来展开故事。我写作的时候没有进行全盘考虑,也没有意识到要用节日本身写什么。虽然节日最能体现一个人思想思潮的波动,但是写作的时候并没有意识到要表现什么,读者点出来我再看确实有这情况。但是作为个案,节日本身很容易展开故事。如果故事发生在一般的日子,就展现不出它的意味。回过头来看,写作的时候很多无意识的东西内心可能是有意识的。

曾晓虹:在这些节日中,我发现您似乎特别喜欢写圣诞节和情人节。这两个节日对香港人是否有重要的意义?

陶然:圣诞节是香港很有特色的节日,很多故事都在圣诞节发生。香港最有气氛,几乎全民庆祝的节日就是圣诞了,因为有假期,平安夜年轻人通宵达旦,全城欢腾,尤其是回归以前更是这样。近几年尽管比较淡了,但是还是属于全民的节日。情人节在香港尤其是受年轻人的热捧,到处都是花。有的年轻人很骄傲地捧着一束花,在街上走着,仿佛公告全世界。我们以前在公司的时候到了中午此起彼伏的声音就是:"谁谁谁有花到!"没有花的人就不好意思地低下头了。

陈桂花:原来这么有意思啊!那春节呢?

陶然:春节假期只有三天,在香港是冷清清的。很多人回乡、出国旅游了。春节期间是香港最安静的时候,几十万上百万人出境,要么到外国旅游,因为刚好有假期,正是出去的时候,回乡的同样也比较多。香港平常人挤人,但是春节就是冷清清的。

三、文坛轶事趣谈

曾晓虹:为什么您在散文里面反复提到杨绛,却鲜有提到钱锺书?

陶然:当时钱锺书已经仙逝了。和杨绛熟络主要是因为和钱瑗(钱锺书之女）比较熟悉，想去看她。有一次和一个朋友经过她的家，当时因为"文革"时期，我们的身份是海外华侨，她处境不好，不想给她造成麻烦，后来就没去看她了。我直到2004年的时候才去看杨绛，因为杨绛已经不接受人家探访，闭关了。我们去的时候是通过北师大校友总会的人打电话去试探，她问是什么人，后来说是钱瑗的学生，她才答应叫我们去。她见到我们很高兴，认我们两个做干儿子。

曾晓虹：您在散文里反复提到"张爱玲热"，对于近几年被翻出来的张爱玲后期作品，您有什么看法呢？

陶然：我觉得张爱玲前期的作品相较于后期更好些。张爱玲以前被内地埋没，这是不公平的。她的文字很漂亮，相当吸引人。另一方面来说，张的作品厚重感肯定不如鲁迅。夏志清在写小说史的时候把张爱玲摆得比鲁迅还要重要，这当然也有失偏颇。在我看来，张爱玲有她的长处，但是我始终觉得她的厚重度不如鲁迅。有人拼命说鲁迅的文字有毛病，这不能用现在的眼光要求他。五四前后白话文写作还不是很成熟，以现在的标准来要求他未免显得有点不公平。我觉得思想深度上鲁迅还是比张爱玲强得多。可能张的文字技巧不错，但是在文字上张是轻飘的，就小说本身的意义上来说不如鲁迅。另外从作品上来说张爱玲后期的也没有前期的好，可能受各种客观条件的限制。比如去了美国没有华文写作环境，远离了故土，写作比较困难，后期的作品和前期比每况愈下了。后来捧张爱玲过了头，掀起一股张爱玲热。但是任何事情都要适可而止，事情过了头，我觉得也是有点问题的。张后期基本上是无以为继了，就像《色，戒》，被翻拍成电影才引起轰动，之前少有人提及。《小团圆》后来挖掘出来重新出版，反响也很一般。

四、网络时代下的香港文化环境

陈桂花：在香港文化背景下，当前香港作家的发展情况如何？

陶然：香港的作家都有专职工作，写作都是挤出业余时间来写，写个长篇非常不容易。不像内地专业的作家，个个都写长篇。这次来广州参加研讨会时我提到：香港没有专业作家，他们只是凭着一种兴趣。但是香港作家能坚持不容易，除非他很热爱写作，不然写作并不能给他带来什么名利。即使是稿费又能有多少，而且他们所得也仅仅是稿费而已。不像内地，苏童得了个什么奖，还有奖金，还可以改编成电影什么的。香港的写作环境和写作条件以及香港作家对写作的坚持，可能是内地作家体会不到的。

陈桂花：内地很多作家写作有集体风格的变化。在您看来从20世纪到现在香港的作家在题材和关注点方面是否有所不同？

陶然：香港更多是个人写作，跟外界互动的机会不多。但是因为社会在不断变化，热点也会不断产生。比如"九七"就成为一个热点，我也写过一个中篇，其他人好像刘以鬯他们也写过。"九七"对香港的冲击比较大，香港面临的是命运的转变。当时在社会上恐共的情绪比较高，突然感觉到共产党要收回香港了，以后怎么办？当时还没有提出"一国两制"，他们会联想到上海解放的时候怎么样公私合营之类的，反正就是会联想很多。所以这是一个很大的命题，写"九七"的小说就比较多。

薛亚聪：我看到陶老师的作品中有提到青文书屋，想了解香港目前一些二手书店、二楼书店的经营情况如何？电子书的兴起，会不会对其造成一定的冲击和影响？

陶然：现在凡是书店都渐渐式微，很难经营下去了。这两年文学书从来没有如此惨淡过。个中原因很多，手机上网之类的也有影响，但是到底什么原因我们也不清楚。这几天我们开广州文艺研讨会，有几个学者在说，他们不相信文学书没有市场。他们认为：要是拿20世纪80年代至90年代初文学最兴盛的时代来比较的话，那时候的文学书、文学杂志起码都是一两百万这样的数量，到了90年代中后期就衰落了。当然基数不同，现在即使销量下跌50%仍然有相当的数目。他们不同意文学书走向没落了的说法，认为只不过那个时期文学是人们一般追求的目标，人人都想通过文学取得一定的名位，而将文学作为一种手段。另外就是在电子产品仍不十分流行的情况之下，内地很多人对文学有狂热兴趣，但现在对文学有追求，能真正坚持下来的人，不会因为市场的问题转向。不过就现实情况来说，香港的书业销售情况是相当差的。二楼书店租金比较便宜，经营比较容易，在香港也一度蓬勃过，但是这两年也是比较差的。一般的人，不是书迷，不会跑上二楼或更高楼层的书店去找书，除非这个人是文学的爱好者，这些人在香港来说并不是很多，所以二楼书店在香港也是面临危机的。另外就是旧书店，以前香港也有很多旧书店，现在很多都没有了，仅存不多的几家。而且一般人也不会光顾，除非一些学者在这里去找一般书店找不到的书，大概情况就是这样。

凌逾：虽说研究香港文学文化已经近20年，但是，和香港之间还是有一定隔阂的。毕竟纸上得来终觉浅，只是读书写文，偶尔去香港旅游一下或者开个会，而陶老师在香港生活了42年，感受是很不一样的。所以说，我们研究香港文学，不仅要看作品，还要去看社会，多和作家倾谈，会有很不一样的感觉。不知道对于今天的课堂形式，陶老师有什么感受呢？

陶然：要自己谈自己的作品很难，但是我觉得有观点就好了。作品本身就摆在那边，就看你用怎么样的方式来切入。就像你做了一道菜之后，别人怎么品尝是别人的事，和作者没有关系，但是人家就可以感受到食客的品位。

附：学生访谈后心得·收获满满

第一次跟着丽兰师姐访谈陶然老师时，就为他的真挚与诚恳打动，好似一杯清茶，自然清透，素朴却直沁心脾。读研以前，对于香港文学所知寥寥，对香港的了解就倚靠几部流行港片，下意识里觉得香港是商业社会，重利又轻浮。跟着凌逾导师一步步走进香港文学世界，惊叹其瑰丽、多彩，令人炫目。香港并非文化沙漠，走进它，会为其蓬勃又新奇的文学生态折服。而当我真真切切接触到香港作家，正如陶然老师，很自然就能感受到他们对文学的深切热爱，并将之化为默然又笃定的坚守。陶然老师自嘲说，在香港你跟人说你是搞文学的，人家会笑你是个傻子，因为无利可图。陶然老师看得清现实，他对文学的爱不是愣头青的冲动，而是知道文学不能给自己带来经济利益还是要爱它。他白天要在杂志社主编《香港文学》，下班后还抓紧时间埋首自己的小说创作。这份对文学的热爱与执着，令人敬重！

——陈桂花

文学需要坚守。文学之路从不比其他道路来得平坦与顺利。但因为心灵的向往和内心的呼喊，我们始终行走在路上。在文学领域，总需要用无限的热情去抗衡逼迫的现实，保持创作；总需要用理性的思维去辨清繁杂的观点，找准方向。尽管写作之外另有主业，但见陶老师作品产量之多，便知其执着之心。其书写中的坚守，是对自己游历一生的感慨，对身边人事的体味，更是对我城我家的深沉眷恋。这种坚守的力量，尤为叫人敬佩。文学也需要个性。悟我本心，陶老师的散文总是带有温度，让人如沐春风；感世之情，在关注内心世界的同时，陶老师的小说又是那般"接地气"，那般发人深省。捕捉现实热点，挖掘本土特色，结合多样手法，其人其文在香港文坛得以独树一帜。漫漫文学路，道阻且长。陶然老师的宝贵经验，不仅让我们对香港文学有了更为清晰的认识，还让我们对文化大环境有了更为深入的了解，实在获益良多。

——彭瑞瑶

课堂上和陶然老师的一番交流让我们对陶老师的作品以及香港文化和社会生活有了更深入的了解。陶老师除了与我们探讨他作品创作前后的点点滴滴，还揭示了香港作家如何在生存的夹缝中写作，如何坚守在文学领域，讲述了香港文学界所不为人知的一面。

近期以来，内地和香港之间的交往出现了一些隔阂，表明两地在文明层面的相互理解上还存在着一定的空白和误区。通过和陶然老师的交流，我们更真切地了解了香港社会的运作方式，对香港社会群体的思维方式也有了更为清晰的认识。文学研究不应是隔岸观火，闭门造车，更应有深入的社会文化生活体验。对话陶然老师让我们对香港社会文化和香港文学有了全新的了解，对于我们进一步拓展研究视野有重要的意义。

——廖靖弘

之前在阅读香港文学作品时，发现香港人特别重视圣诞节和情人节，春节也多次被提及，于是打算开展关于香港节日方面的研究。这次有幸见到陶然老师,跟陶老师交流,得到了一些香港人过节情况的资料,十分难得。与陶老师讨论他小说中节日的作用,他很赞同节日对故事情节的发展有烘托作用,得到作者本人的肯定,让我的论文写作多了一些底气。这次对话让我受益匪浅。

——曾晓虹

阅读陶然老师的作品,浏览《香港文学》杂志,文本中的香港堪舆、占卜与星象书写以及香港的二楼书店引起了我极大的兴趣。但是由于自己身处内地,因而担心有雾里看花、过多假设的嫌疑。通过这次的访谈,向陶然老师提出了自己的相关疑问,得到了他对这些选题的肯定以及十分详细的回答,也让我意识到自己的研究还有许多可以拓展的空间。除此之外,陶然老师还向我们谈到了他所了解的一些作家,如昆南生活中的星座研究轶事,与杨绛先生的交往等,让我们对这些作家有了进一步的认识。此次访谈,真可谓一次"陶然"之约!

——薛亚聪

此次陶然老师应凌逾老师邀请前来交流,我因个人原因未能到场,深感遗憾。初识陶然老师是从《香港文学》杂志、《一笔勾销》小说集及黄丽兰师姐的毕业论文开始,越是阅读陶然老师的作品,越发现老师对香港社会现状的时刻关注。从以前阅读过的文章中得知,陶然老师从小便浸染在传统经典文学作品的熏陶里,凭借"故事新编"模式创作的微型小说呈现出对现代与古代的共时性洞察,古代英雄们遇到的问题即便在今日香港亦是无解。陶然老师这种勾连古今、思索当下的精神让我敬佩!老师在访谈中谈到楼上书店,我亦深有体会。在西洋菜街上,乘着破旧狭小的电梯,颤颤巍巍地从二楼升到五楼、七楼,书店的店面往往不甚宽阔，顾客零星。但也正是因为仍有像陶然老师那样对文学坚守的人存在，这些书店在香港才不至于被市场的洪流冲走吧。

——蓝陈平

未亲临现场，但我以为观其人听其言察其面容，对研究者而言，在书本之外，对作者又多了一层绝好的感性的了解，待自己写作时，亦带上一种亲历者的亲切，此种形式，甚好。

——吉雨辉

陶然老师的访谈，没有去成，已是一件憾事，好在有同门整理的访谈录，使我能够透过文字领略陶老师的风采。陶老师在文中提及亲身写作经历使我受益匪浅，繁忙的世俗生活中如何能够拥有一段属于自己的写作时间，这是我一直苦恼的问题。看到陶然老师的解答，并且提到香港作家创作与内地作家的差异时，我明白，对于写作，对于文学，最重要的是一颗热爱坚定的心，这一点是我深受触动的地方。盼日后有机会可以当面请教陶然老师。

——朱莹

（研究生廖靖弘、彭瑞瑶整理）

陶然、凌逾：《对话陶然：文学创作与香港文化漫谈》，收入曹顺庆、张放编：《华文文学评论》（第四辑），四川大学出版社2016年11月版。

*本文为国家社科基金重大项目《华文文学与中华文化研究》（批准号：14ZDB080）的阶段性成果。

"小而精致,而非大而无当"
——凌逾、霍超群、林兰英向《香港文学》总编辑陶然提问

编者按:香港文学的繁荣发展,离不开一批重量级文化人的大力推动。陶然先生是香港重要作家,出版过30多部文学作品。其创作以长篇、中短篇小说和散文创作为主,如《追寻》《与你同行》《一样的天空》《蜜月》《平安夜》《岁月如歌》《窥》《连环套》《表错情》《美人关》《一笔勾销》《此情可待》《回音壁》《侧影》《绿丝带》《夜曲》《黄昏电车》《生命流程》《留下岁月风尘的记忆》《风中下午茶》《没有帆的船》《旺角岁月》等,可谓著作等身。陶然先生也是《香港文学》杂志的总编辑。该刊屹立香港30多年,是香港目前最长寿的刊物;而且所刊文章并不局限于香港文学,而是发挥国际化都市香港四通八达的桥梁作用,将视野拓展向世界华文文学及其研究,《香港文学》已成为

陶然

展示世界华文文学的重要窗口。陶然策划主编过《香港文学》杂志精选系列丛书,推出小说、散文、文学评论等作品集近30册。2017年6月,陶然和蔡益怀主编出版《回归20年香港短篇小说展》,属《香港文学》增刊,为庆祝盛典增色,可谓恰逢其时。2017年7月,第28届香港书展如期举办,凌逾教授带着两位研究生霍超群和林兰英前往香港观展、购书,有幸约请到陶然先生访谈,是为记。

受访者:《香港文学》总编辑陶然

访谈者:凌逾、霍超群、林兰英

访谈时间:2017年7月23日19:00—20:30

一、写作:好记性不如烂笔头

凌逾:在作家、出版人、编辑等多重身份中,您觉得哪个身份最重要呢?

陶然:写作最重要,可表达自己想表达的。编辑受到客观条件制约,有不得不为之的事情。

凌逾:您如何训练写作的感觉,比如说随身带笔、写工作日志或者别的什么?

陶然:大学刚开始,摘录了很多佳词妙句好文,记了好几大本,可惜后来弄丢了。这方法是蔡其矫老师教我的,他说他有一本叫"语言仓库"的东西,临时看到有什么感触就写下几句话,他有几十本这样的资料。他告诉我,学文学的学生,一定要做这样的功夫,应该做点笔记。所以那个时候我就有做笔记的习惯,虽然还没有开始写作。

凌逾:比如说,参加了某次文学采风活动之后,您不仅做了记录,而且记录得非常详尽,写成了文章。您一般都是怎么做记录的呢?

陶然:这也是一种习惯吧,有些东西如果不及时记录的话,就忘了。不过我记的是要点,不是全部。(凌:记要点,然后再发挥。)因为有时候我记下一句话,回去看到之后,都会联想到很多。(凌:记下几个关键词就可以了,然后把它们串接起来,有时候是拍照片,有时候是拍句子。)对,现在用拍照比较多了,拍照可以帮助联想。(凌:对,联想启动器。)

二、文风:与性格相辅相成

凌逾:您作品的文风总是那么平实自然、不事雕琢,您待人接物也给人如沐春风的感觉,请问这两者有什么关联吗?

陶然:基础上是有的。我觉得一个人的性格跟文风是有很大关系的,如果这个人是这样的人,那他的文风基本上就是这样的,文字的雕琢,我也不是不懂,但是用在文章上要适合你所表达的东西。文字太漂亮的话,如果抢了内容的风头,就不好。

凌逾:您不太喜欢文字太雕琢,把思想给掩盖掉了,是吗?

陶然:对。这个也分情况。比如说,你如果想要美文的效果,当然是希望文字漂亮一点,但是如果你更突出内容,太漂亮的文字可能就会喧宾夺主,让文字抢了你的主题、你想表达的东西。所以始终要有一个度,因为文字无非是为表达的内容服务的,如果文字太华丽的话,有时候也许跟主题相矛盾,或者说冲淡主题。所以我觉得,一篇文章,文字好当然是首要的,但是内容是更重要的。

凌逾:您之前的《风中下午茶》,给人一种很飘逸的感觉,最近的新书名为《旺角岁月》,从题目来看,你觉得有什么样的转变吗?

陶然:这个问题我没有多想。为什么叫《旺角岁月》?因为这个名字放在香港让人有点遐想。很多电影用"旺角"来命名。其实这本书并非全部写香港,香港只是一部分。我不觉得书名一定要概括整本书的内容,(凌:有一种情调、气氛就可以了。)有时候别人以为书名就是我最喜欢的那篇,其实也不一定。

三、创作小说:立足写实,与时俱进

凌逾:您写小说的诀窍是什么呢?

陶然:没什么诀窍。从第一篇小说《冬夜》开始,基本上写小说的基调就已经奠定了。

凌逾:什么样的基调?

陶然:写实的基调。这个基调是怎么定下来的呢?跟自己的经历有关系吧。1973年刚到香港,发现香港非常喜欢讲"钱",什么东西都以"钱"为基础。那时对这个非常不理解,觉得人情淡薄。所以那个时候在写实方面想得比较多。还有,当时我们在内地受到的教育都是写实主义,(凌:是不是受俄国批判现实主义影响特别大?)对,就是那个路子,比较单一,写实主义盛行,但是,到了香港后,接触到西方的现代派、现代主义等各种流派、各种风格的作品。(凌:主要是来了香港之后才开始看,是吧?)是的。因为有的东西必须与时俱进,不断地调整自己。所以我对现代派也参考、吸收了一些,比如说意识流、魔幻现实主义。不然的话,只停留在以前现实主义的写法,已经不能完全地表现眼下的社会、当下的问题。亲身经历、耳闻目睹的东西比较多了,也让自己在文学道路上走得更广阔一点。

凌逾：您的故事新编，对英雄人物的改写多，比如关羽、赵子龙，但故事情节改写少，为什么？

陶然：我的想法是把众所周知的历史人物放到当下香港，古今对比，看他们会有怎样的遭遇，省思会发生哪些荒谬、不可思议的事情。这种手法比较委婉、含蓄、可笑，见出现实社会的麻烦。情节改写是另外一回事，如果改情节的话，我要讲的东西就变了。我的目的是要讲古今人物价值观的不同，人性的不同，希望引起特别的效果。我写的是微型小说，希望把英雄人性化，拉下神坛。

四、抒写散文：零敲碎打，身不由己

凌逾：您的著作年表，小说和散文是穿插的。那您的写作规划是怎么样的？

陶然：我没有什么太多的规划，因为有时候是身不由己的，我们不是职业作家，时间都被分割成很多碎片，除了专职工作外还要兼顾其他方面，比如评审、讲座等等，时间非常零碎，很难像内地的专职作家一样，做长远的规划，比如安心写一个长篇。香港没有这个可能，没有条件专心做一件事情。我2004年之后小说比较少写了，但也不是说没有写小说了，那时候想写一个长篇，有了初步的设想，也动手写了，写了两万多字，后来因为某些事情，搁置了两年，就没有写了。这个想法不断地变，为什么会这样呢？因为时间被分割得太厉害了。所以写散文多了一些，主要是旅游散文，去的地方比较多，所以有感触。别人很笼统地将它们归纳成游记，其实我很不同意这种归纳法，因为游记大多是去看这个山、那个水，仅此而已。我觉得旅游过程中所见的人、所闻的事、所思所想，比较重要。现在网络这么发达，网上很容易就可获得景物的相关资讯。你到了某个地方，有感觉，或者有对比，再加上个人的一种想法，这个比较重要。（凌：也就是说，景色未必那么重要，而是跟高人们、知心者走在一起更重要。）如果小说主要是以故事情节来推展的话，那散文主要是个人心灵的流动。现在关于散文的理论不多，不像小说，可以分析写作技巧之类的东西。但是不是真的是这样的呢？我觉得还是可以探讨的。

五、文学师徒：气质相似，精神传承

凌逾： 您以前师从蔡其矫老师。蔡先生以诗歌扬名天下，但是您自己却比较少写诗歌？为什么？

陶然： 我觉得我天生就不是诗人，所以，也不必勉强。

凌逾： 但是您跟诗人有一种天生就很亲近的感觉。

陶然： 我认识很多诗人，我也写过一点诗，但是不多。我认为，诗是一定要有诗人的气质和素质才能够写。现在的年轻人一开始就写诗，觉得写诗很容易，就几句话。我对这种说法还是持保留意见。写诗不是这么简单的事情。我认为自己写不了诗，所以对诗一直有抗拒。如果写不好，何必去写呢？

凌逾： 过去各行各业都有"师徒制"。听说香港很多作家也是师父带徒弟这样带出来的，您怎么看待这种"师徒制"呢？

陶然： 这个首先要看师父和徒弟的气质是否相似，不然的话，要去传承是很难的。各人有各人的特性、爱好和写法。我始终觉得写作是很难教出来的，你可以引导他一个方向，但是具体的很难去纠正他要走哪条路。比方说,谁带谁的问题。我觉得首先他们的气质和兴趣点是相同的,才能够带出来,根本不相干的一个人想把他带成跟你一个风格,我觉得是很难的,这个不是和工匠一样有个模式就行了。文学这东西没有一个模式可以让你去跟着做。

凌逾:比如说您跟蔡老师的气质有怎样的关联呢?蔡老师是您的恩师,你们在气质上自然有一种接近感,但是你们两个又很不一样,您怎么解释这个问题呢?

陶然:蔡老师虽然写诗歌,但是以前在丁玲主持的中国作家协会文学讲习所任外国文学教研室主任,他是教小说的,教外国文学,所以他对小说也有他自己的看法。当时很多诗人都转行写一些容易赚稿费的题材,我问他,诗歌现在已经冷落了,为什么不转写小说之类呢?他说,我就写诗,写诗最过瘾,最能够表达要表达的东西。所以他在文学方面还是给我灌输了很多知识。我觉得这是精神上的一种传承。

凌逾:就是启蒙的力量,引导的力量比较多?

陶然:是的。

六、香港文学:百花齐放,小而精致

凌逾:担任《香港文学》总编辑10多年来,您觉得香港文学长处在哪里?不足在哪里?

陶然:香港文学的长处是题材广阔,基本没有禁忌,想写什么都可以。流派很多,现代派、写实派、先锋派、朦胧派,都有。但没有哪一派是主流或霸主。百花齐放是最大的特色。这对文学创作来说是一种很好的生态。客观地说,香港文学的不足是大格局作品比较少,但是重大题材并不是没有人写。比方说施叔青的《香港三部曲》就是有大格局的,至于有人说她是台湾人,就另当别论了。另一方面,香港有香港的难处,写出来的作品要考虑市场。总体上看,就作品本身而言,虽然不能跟内地的专业作家比,但在香港的条件下看,它们都比较精致,不是大而无当,是值得肯定的。

林兰英:《香港文学》暂时未收录与戏剧有关的剧本或评论。据我了解,香港戏剧发展得很好,跟内地相比毫不逊色,先锋性和传统性都很有特色。在您看来,戏剧在香港文学中的地位是怎样的?

陶然:(目前)戏剧剧本比较少。但是香港各种剧种都有,以前《城市文艺》登过一两次。从我们的角度说,目前《香港文学》来的稿子没有戏剧作品。可能下一期会有。

霍超群:《香港文学》曾在2013年10月推出"澳门作家作品展"。当时您用"一衣带水"来形容港澳文学的关系,在您看来,港澳文学有什么异同?

陶然:香港和澳门有很大的不同。一个方面,香港文学比较多元化,种类比较多,各个方面应该说都是比较有特色的;澳门文学,我接触不多,但是据我的观察和感受,我觉得澳门比较单一。现在澳门文学有一个好处,出书都有资助,但是要拿出一个重量级的东西,目前似乎还没有突出的表现。虽然现在港澳老在一起谈,但很多时候是不能比的。我觉得具体问题具体分析,谈澳门文学,就谈澳门文学本身,这样比较客观。它的成就在哪里,受到哪些影响,这些都可以谈。现在搞比较文学的,很喜欢这个跟那个比较,简单的比较并不科学。

凌逾、霍超群、林兰英:《"小而精致,而非大而无当"——向〈香港文学〉总编辑陶然提问》,《博览群书》2017年10月号。

凌逾关于陶然先生的评论和访谈文录

1. 凌逾：《双情与双城——陶然小说的心理时间叙述与空间叙述》，《华文文学》2007年第3期。

2. 凌逾：《小里乾坤——陶然微型小说论》，《当代作家评论》2009年第2期。

3. 凌逾：《港跃岛洋、古今的镜头感——从最新小说自选集综览陶然四十年创作》，《世界华文文学论坛》2016年第1期，第58~64页。

4. 凌逾：《圆和入化太极风——陶然散文〈风中下午茶〉赏读》，收录进《繁华落尽见真淳——香港文学笔记选》，香港文学出版社有限公司2016年版，第416~423页。《香港文学》2015年11月号，总第371期，第13~17页。

5. 凌逾：《畅游世与界：论陶然的〈旺角岁月〉》，《文艺报》2017年9月1日。

6. 凌逾、霍超群、林兰英：《"小而精致，而非大而无当"——向〈香港文学〉总编辑陶然提问》，《博览群书》2017年10月号。

7. 陶然、凌逾：《对话陶然：文学创作与香港文化漫谈》，廖靖弘、彭瑞瑶整理，《华文文学评论（第四辑）》，曹顺庆、张放编，四川大学出版社2016年版。

8. 凌逾、黄丽兰：《陶然访谈录：斟饮〈香港文学〉办刊之苦甘》，《香港作家》2015年11月号，陈桂花、黄丽兰整理，第17~20页。

9. 凌逾：《风雨同行太平洋，岁月如歌昨日纪——悼念陶然先生》,《香港文学》2019年4月号。

10. 凌逾:《三月连夜雨,文墨长挂月——忆陶然先生二三事》,《城市文艺》2019年第2期。

中国芯和中国造如何走向世界
——孙博、凌逾等座谈

    2019年4月25日,华南师范大学文学院"珠江人文讲坛"系列报告第五十五讲、跨界创意文化系列讲座之六"中美文化背景下谈《中国芯传奇》"在华南师范大学文学院举行。主讲人为加拿大华人作家孙博,现任加拿大网络电视台总编辑、加拿大中国笔会会长,出版长篇小说《回流》《小留学生泪洒异国》《茶花泪》《男人三十》以及散文集、剧本等10多部。讲座由凌逾教授主持,博士后徐诗颖、部分硕博士研究生和本科生参加了此次讲座。

中国芯

    凌逾:今天我们非常荣幸地请到加拿大网络电视台总编辑、加拿大中国笔会会长孙博老师,大家热烈欢迎!他先在上海师大留校工作,后来出国。他的太太余老师是中山大学法律系的高才生,我们也热烈欢迎!他们的两个孩子也非常优秀。今天孙老师要讲他五部长篇小说中最新的一部《中国芯传奇》,现在中美贸易战打得正酣,他和曾晓文老师即时写了这部非常应景的小说。孙老师还有部长篇小说《茶花泪》已翻译成英文,也将于今年5月份出版,同时推出中英文两部大著,真是难得。孙老师能来也非常难得。希望大家准备多一些有亮点的问题,我们在跨界太极(现在跨界经纬)公众号推出演讲和问答实录。现在大家欢迎孙老师!

《中国芯传奇》

孙博:非常感谢凌教授!我也是师大生,上海师大毕业留在学校,后来出国,已在国外待了28年了,对海外生活有些经验,但我们每年都回国一两次,所以国内国外两方面都有点经验。我即将出版一本新书叫《中国芯传奇》,你们看到的是样书,给我校对用的。这本书这两天已经开印了,估计5月中旬就在全国各大书店出售。18年前我写过一部长篇小说叫《茶花泪》,中国青年出版社出版,后来台湾生智文化出版社出了中文繁体字版本,今年由孙白梅副教授把它翻译成英文版,420页,25万字,翻译了整整一年。5月15号将在美国亚马逊书店以及书店亮相,还要参加书展。今天我这个讲座,大家不要拘束,我就喜欢跟年轻人交流沟通。我这辈子做过两个工作,一个是大学老师,另一个是新闻工作。我喜欢和学生打交道,面对的人都是20来岁的人,仿佛永远年轻。我做新闻工作也是很有挑战性的,所以我的心态比较年轻。

一、我怎么创作《中国芯传奇》

——兼谈中西文化差异

今天我们的交流分两个部分，一个是讲《中国芯传奇》，然后我们再顺带讲讲英文书，主要讲怎么从中文书变成英文书，这当中有很多故事，还牵扯到中文书怎么走向世界的问题。我们讲了很多年了，中文书要走向世界，走向国际，到底怎么个走法，我这次试验了一下，走的过程非常痛苦。但是最后就像生孩子一样，英文书的孩子将于5月15号在美国上架。

先讲讲《中国芯传奇》的写作背景。最近的中美贸易战，前一阵子的华为事件、中兴事件都成为热门话题，芯片也作为热搜词出现。很多媒体报道说，中国人是做不了芯片的，至今为止也不会造芯片，这个说法是不对的。联想的创始人之一倪光南教授，是一位80岁的中科院院士，两次获国家科技进步奖。后来离开联想到科学院去从事语言和电脑研究。几个月前的中兴事件后，他写了文章，说要澄清几个概念。其一，中国人是能够造芯片的，不过我们的技术差一点。在手机的芯片和微电脑的领域，我们比美国落后4到5年。有的领域我们和美国、日本是旗鼓相当的，特别是卫星的芯片，我们的技术是高过美国的。其二，芯片分两个部分：设计和制造。中国人的设计部分并不差，短板就在制造，它需要好的机器，精密度要求非常高。所以日本、韩国、中国台湾地区制造芯片的技术都比大陆要好。大陆很多芯片设计好后，就拿到台湾去制造。从这个板块来讲，我们制造芯片的能力要比美国落后8到10年。但是我们还是有能力造的，也有不少公司订中国的货。这些都是现实前提，否则我这个书写就没意义了。尽管长篇小说是虚构出来的，但也要有基本的事实在那里。

这本书主要讲中国第一代芯片是怎么诞生的，讲中国制造芯片的艰难过程，其中凝聚了很多老一辈科学家的心血。这部书20多万字，能讲三天三夜，今天用半小时跟大家讲一下。因为我自己会画画，因此哪怕写一个1500字的微型小说，我也是先画图的，看故事呈现出来是怎样一个结构，有的是三角形，有的是四边形，有的是多边形。很短的微型小说是双边型的，但是微型小说还要用一些技巧，比如说"翻三番"的理论，每500字一个波折，那么这个小说肯定是能够发表的，1500字里面三个转折。有个微型小说作家叫孙方友，跟我同姓，已经过世了，他就提倡微型小说"翻三番"的理论。长篇小说20多万字，更需要一个架构，这样写的东西才会比较严密。当然我在这个作品中不会讲三角形，只不过它的线路是这样布置的。这是三角形的底边，一个中国的民营企业，叫科维公司。然后右手边是外资企业，就是美国SVT的北京分公司。20年以前，电脑或者手提电脑，在北京、上海、广州市场，就是民营企业和外资分公司之间的竞争。事实上民营企业也代理了美国或者其他国家的品牌，这形成一个争夺市场——与狼共舞的时代。然后海归企业进来了，与民营企业之间就比翼双飞了。海归企业的老板和民营企业的老板是清华大学同班同学，非常亲密的关系。他进来之后把与狼共舞的局面打破了，形成三足鼎立局面，这是一个很明确的商战布局。在这布局里面，在每个公司老板之间，他们的恋人、妻子之间又设置了各种各样的情感关系。若没有爱情，小说不能成为小说，人肯定需要爱情、婚姻的。一部小说讲几十年的生活，怎么可能没有爱情婚姻呢？这个故事架构就非常清晰了。我记得大学时代评论《红楼梦》，我说太难了，那个故事复杂得不得了。我们大学的《红楼梦》研究专家说很容易，做人物关系表就可以了。

这样，整部小说就是双线：左手是商战，怎么研究中国芯片？从Made in China到Create in China，从中国制造走向中国创造；右手是情感线，情感发展到什么阶段了？就可读性来讲，感情这条线，普通的老百姓更加喜欢看；怎么研究芯片这部分，知识分子、大学生就比较喜欢看。与我合作的曾晓文女士是南开大学文学硕士，在美国又拿了一个IT硕士。我为什么与她合作？因为这东西不能写错，当中牵涉到很多技术的东西。前天有老师问我：我们是怎么合作的？其实这是很容易的。现在好莱坞出产的作品都是团队合作，有好几个编剧合写。香港的TVB也早已实行好莱坞模式了，一部30集的电视剧也有好几个编剧。我和曾晓文通力合作，先将故事结构画出来，人物之间什么关系？主要人物、次要人物有几个？谈好以后，其中一个人根据我们交谈的内容拟一个千多字的大纲，然后我们就分一条线，每个人写一半，写好以后大家交换意见。现在的微信、电子邮件非常方便联系。最后从头到尾捋一遍，统一语言风格。我比较擅长一些比较大的主旋律题材。另一个作者曾晓文比较擅长写情感戏，女性比较善于描写比较细腻的情感戏，而且她还有IT方面的背景，所以我们就很容易合作。

我讲完了第一个部分，现在请大家来提问。新媒体时代强调互动，一个人讲半天的时代早已过去了，大家不要拘束，随意交流。

徐诗颖：孙老师，假如您有意愿把这本书改编成影视或者其他形式，那你们会继续这样合作还是分开？第二个问题是，假如改编，您期盼的愿景是怎么样的？

孙博：关于这本书，肯定要继续合作。影视改编一般是对方公司找你谈。写小说可以一厢情愿，自己关起门来写，影视完全是另外一回事，是对方的公司来邀请。作品要改成影视作品，当中的事情太多了，你自己是把握不了的。国内第一部海归派长篇小说《回流》是我10多年前写的，我把版权卖给了上海一家影视公司，然后和他们的制片人、投资人也一起讲了我的创作理念。因为我那时候还在报社工作，我说我没有时间做编剧，跟你们讲我的创作理念好了。后来我回去两个月，也没开拍。到现在超过10年了，也还没开拍……没有开拍的原因是资金不到位。现在拍一个戏最起码8000万到1亿元，资金不到位。还有可能找的演员人家没有档期。本来要找明星主演的，我的戏里面的主演肯定要会讲英文。好了，最后一选选到现在。但是我版权卖给他们了，那就不管了，所以这种东西成功的概率基本不高。咱们能看到《都挺好》等电视剧是很不容易的，因为拍出的影片只有一部分能够播出。原因一个是政审没通过，一个是专业没通过。比如我这是关于IT的，我要过两关，一个政审，一个IT的专家，中国顶级的IT专家来看片子，看有没有乱写。还有市场因素，前几年抗战戏热，都撞车了，就没得给你播了。一不播，你这个片子压在那里，就是8000万到1个亿，一家正常的影视公司，有两部片子压在那里，就要倒闭，因为需要两个亿周转。所以大家看到的电视剧能够出来，都是比较好的电视剧。当中也有各种各样的Market，他们是怎么走市场的，这是另外一门学问。所以说这东西自己很难控制。通常影视改编是对方公司来找你，然后再去合作，再按照对方公司的意见，他们认为应该怎么改、你这个故事还要增加什么东西，只有听他们的。作家"触电"虽然说有成功的，但成功的不多，因为能够写小说的作家个性都比较强，他有自己的想法，他不太可能妥协。关于这本书以及延伸产品，我肯定还会跟作者曾晓文合作。

凌逾：孙老师，我也请教您一个问题。在中国古典诗词或小说中，较少涉及科学话题。新时代我们国家发展很快，文学创作开始渐渐涉及高科技题材，这属于新时代的新课题，因此写作过程中可能会遇到很多难题。想问一下您遇到了哪些难题？怎么来解决？

孙博：当代社会网络发达，找资料很方便。我的合作者曾晓文是学IT专业的，美国硕士学位，所以我们基本上不用查太多资料。我们的作品设计得很巧妙。当初芯片制造是一个公司要花十多年工夫，哪怕你手头有专利，还要研究好多年，从设计好，然后再生产出来，到我们手提电脑里面或者手机里面用，需要十多年的过程。那么通常一个公司不可能就是只为了一块芯片，一个产品的。当时我们采访了中关村很多公司，后来采用了其中一家公司的资料。手提电脑的密码锁，现在我们很容易，用指纹密码。但十几二十年以前的手提电脑里面有个密码锁，技术是很高端的，而且是放在军事方面用的。我们写的那个公司，当初研究的是密码锁，密码锁里面还分几个档次。该公司以基本的工作来养研究人员去研究芯片，研究芯片就相当于办网络一样，是砸钱烧钱的，你钱花进去几千万元了，但是不一定成功。验证成功了，你就发达了。很多公司才研究一半，人家其他公司的同类产品已经出来了，那你10年的钱就是白砸，非常痛苦。为了把这本书写好，我们两个作者到中关村去体验生活了三次，加起来三个礼拜。虽然这是一部虚构的长篇小说，但是美国作家亨利·詹姆斯讲过，你一定要写得像真的东西一样。特别是写当代题材的，人家看得好像是真的，才算成功。所以我写的东西，很多朋友讲：这东西你不是写的某某公司吗？你这写的什么公司？我说：我们都采访过，但是我们写的公司客观上是不存在的。这是文学的典型化，可能我们采访了十几家公司，但把这些故事全部放在一家公司身上。为了体验生活,我们早晨跟IT公司的CEO上班,到他们家门口坐上他的车子。有的CEO他是自己开车的,有的是有驾驶员的,我就坐在他副驾驶位。我就看他怎么上班。他们通常拿个手提电脑,一到办公室,打开放在这里,或者有的人稍微年纪大一点的,他马上接一个大的屏幕,把手机、电脑连接屏幕,然后他们的秘书送一杯咖啡上来,或者他自己泡咖啡。然后他会上网5分钟,查E-mail,主要看生意方面的内容,简单地回复一下。他的秘书就跟他讲工作行程安排,上午有董事会,我就参加他们董事会,下午有市场人员会议,或者有客户来访,我就在旁边听,听他们是怎么交流的。公司里面故事很多,这样就可以拿到第一手资料。晚上我也跟他回家,看他跟太太、孩子是怎么沟通的。我们假设一号主人公身上发生的故事,正好是跟一个海归CEO回到家,他太太就发脾气,他反倒无所谓。我们采访他,他说儿子读书没有地方收,因为从国外回来不懂中文,你一去到这个班,把人家班上本身85分的平均分拉到70分了,所以人家都不愿意收孩子到他们班里面来,找了好几个学校不愿意收。然后通过朋友去找学校。还牵扯到这个小孩子不懂中文,和同学怎么沟通。所以我们把女主人公设计成一个北大心理学系毕业的,然后到美国去读书,拿了教育学的博士,跟老公一起回中国创业。她办国际学校,首先把自己孩子的上学问题解决。这个设定的灵感就是从现实的故事里来的。所以女一号就是回到中关村办了一个国际学校,首先把自己的孩子放进去。我们去到国际学校采访,校长说我们当初办也是为了海归,未来还有很多海归孩子没有学校上。所以这个学校就变成海归子弟的国际学校。他们的国际学校,和我们通常概念上一些中国家长送去的国际学校不一样,因为他们的身份本来就是美国、加拿大的。我们去学校里采访这些孩子是怎么上课的,发现完全是美国、加拿大的一套。上课没什么要做的，就在那儿玩，那里的小孩是真开心。我的两个孩子在加拿大长大，他们是没有应试考试的。加拿大没有小学升初中、初中升高中的考试，也没有高考，就是凭高中最后两年的成绩，严格来说就最后一年的成绩，你选六门功课的最好分数平均分一下。如果你是学理工科的，数理化你必须要有。而且无论文理，你数学和英文是必须要有的。这已经占了两门了，然后学理工科的加上物理、化学，你学商科的加上经济学或者是法律。就是说你没有升学压力，小孩子都是玩大的。中外的教育体制不一样，培养不一样。中国的教育是应试教育，我们都是应试教育出身，很多东西都是背出来的。以前背的历史、地理，现在也早已还给老师了，我们都是为了高考背的。可是像我儿子，你跟他讲背什么世界历史，他会说背这干吗，手机一查就可以知道了。而我们以前背的那些小岛的名字就是为了考试。加拿大没有升学压力，像我大儿子，他高中最后一年才卖力，他前面几年全部是玩的，当然他不是瞎玩。他喜欢拍视频，可能是受到我的影响，他喜欢做导演。他高中17岁拍了个纪录片，加拿大的有线电视频道还播放了。他最后一年什么东西都不玩，就只读书，最后拿了95.6的高分，并且拿到全加拿大最好的商学院最高的奖学金。他以前就是玩，最后一年读书。如果一直有应试考试，他不可能去拍片子，拍片子就花很多精力的。他还喜欢学生会工作，做学生会领袖。他非常擅长个案研究，老师就非常喜欢他。他大学三年级，就被全球三大商业咨询公司相中，最后他选择了其中一家跟人家签约。他的大学四年根本没有死读书，他整天就找暑期工，因为你找好暑期工了，对后面的正式找工作影响非常大。你第一年第二年，必须找到比较好的暑期工。第三年你再找，那么基本上公司就定下来了。这和我们中国的教育制度完全不一样，有的学校是Coop，就是要半工半读，像滑铁卢大学就是。它一年当中有几个月是你必须要去工作，工作是有薪水的。这就牵涉到中外的教育，教育体制不一样，所以为什么国外的孩子到最后能够拿到各种奖励。比如说诺贝尔奖，外国人拿到的多，我们中国人还是少。这和我们的教育是相关的，当然我们也在慢慢改进，杨振宁博士不是早已讲了，中国很快会有更多人拿到诺贝尔奖，我们文学领域莫言已经拿到了。还是希望中国的教育从一个实用性方面去考虑，培养更多实用技术专业人才，也要把钱花到研究比较高层的科技上去。随着整体国力的富强，更多人去从事这方面的研究，这是题外话。

我们在中关村体验生活之后就开始写了。这是一个很明确的主旋律作品。主旋律的作品，光喊热爱祖国是没人看的，而需要通过好的故事来传递的。美国有个好莱坞编剧叫Robert McKee，他写过一本书就叫Story。Story中文版版本就翻译成《故事》，你们图书馆肯定有。为什么《红楼梦》《水浒传》四大名著能流传这么久？它就是故事好。所以我写小说，不管是600字的闪小说、1500字的微小说、几千字的短篇小说、两三万字的中篇或者几十万字的长篇，哪怕是剧本，我也是始终要把故事讲好。短小说要把一个人物刻画好，是很难的。《聊斋志异》从几十个字到千把字，都把人物刻画得很好，一般人是做不到的。一般小说把故事讲好，吸引人看就可以了。为什么《都挺好》电视剧那么火？因为它故事编得很好，很接地气。我们主旋律的东西，怎么把它编成一个好故事，让大家喜欢看？按照现在时髦的话讲就是要接地气。按照以前的话，就是要和现实生活接近，让人家感到像真的一样，每一个细节都是真的。我和另外一个作者都有比较长在美国、加拿大生活的经历，我是28年，另外一个作者在美国生活了8年，然后在加拿大也生活了十几年,我们都有二十多年的国外生活经历。

我到现在也出了十几部书,这是我的第五部长篇小说,我还出了散文集等各种各样的文学书。我作为一个海外华人作家,我要考虑的东西是不一样的。我写上海写不过王安忆的,她有《长恨歌》。我写山东高密写不过莫言,当然他的高密也是虚构出来的。莫言笔下的高密,那个地名是存在的,但他写的东西也是虚构的。我写山东我也写不过张炜,他是茅盾文学奖获得者。或者我写那些北京的生活,我写不过王朔的。我们要站在海外的角度去思考,如果这个年代你还在写"北京人在纽约""上海人在东京"是没人看的。"北京人在纽约"的故事发生二三十年前中国观众是喜欢看的,但现在世界变了,你要倒过来写,如"纽约人在北京""东京人在上海"。《都挺好》电视剧大场景在中国,当中有一些情景在美国,只不过这都是一个故事前后的交代,他甚至根本不用到美国去拍外景。这个场景在影视基地就可以拍了,它主要场景就放在中国。前两年一个电视剧《北上广不相信眼泪》也挺火的,很接地气,讲北京、广州、上海三个城市的人,年轻人肯定喜欢看,特别是打工族、白领会喜欢看。故事编得比较浅,但我还是耐着性子看了一下,反正是电脑看,啰唆的对话可以快进,但是整个的故事架构还是不错的。所以我们编一个好的故事,讲好一个中国故事,你必须站在东西方文化的交会点上。我们写国外的东西,也不是哪一个作家到纽约去访问三个月能够写出来的。哪怕你叫莫言到多伦多去生活三个月,他也是写不出我们的东西的。所以,你必须要深入生活,长期积淀。所以说我们的长处就是站在东西方文化的交会点上去写,这是我基本的观念。我每部作品都会如此去思考。那么,我写的东西,中国作家写不出来,因为我是跨东西方文化,作品写出来比较讨巧,杂志社也喜欢,出版社也喜欢要。现在出版一本书很难的，一个新文友对我不太了解，他跟我微信联络，他说：孙老师，你这本书花了多少钱？我说：什么意思？因为他对我不太了解，问我自己出资多少，我说我的书还没到自费出版的地步。后来他就跟我说，他写了一本散文集，联络出版社好几年了，都出不了。然后他问我有什么办法，我说可以自费买书号出版，但还是要过出版社审稿一关，一二十年前8000元人民币就可以买个书号了，现在很难，书号贵得不得了。出版业就是这样的，如果今年100个书号分到出版社，30个编辑，一个人三个书号。如果这本书做砸了，编辑今年的奖金就没了。这本书做好了，编辑奖金就多了，他自己也有荣誉感，也许还能评上劳动模范。这是相辅相成的，也是正常的市场经济。所以说我们写的东西，尽管是主旋律，一样可以讲好故事，不要讲空洞的东西。小说当中有一个很好的情景：当芯片经过20年辛苦研发出来之后，成功测试的那一天，主人公到北京天安门广场去看五星红旗升旗仪式，就是很自然地跑到天安门广场看升旗，这一切都与中国的改革开放有关。当中还安排了一场感情戏，男主人公和女主人公本来为了研究芯片，砸锅卖铁，把汽车也卖了，把房子也卖了，准备分手。为此在天安门广场给他们安排了一出很好的感情戏，你们到时候看到书肯定很感动。婚恋与祖国的命运息息相关，融合在一块。

研究芯片的过程是非常艰难的，因为里面的线路是非常复杂的。所以你很自然会想起我的中国心，很自然地把我们几代知识分子的努力、海归的努力和中国的命运息息相关，我们都是改革开放的既得利益者。改革开放40年，如果没有1978年的改革开放，我们今天也不可能坐在这里，不可能相见，我不可能进大学，也不可能出国。这两天为了深度体验广州，我跟我太太第一次认识广州，就从坐地铁开始。因为按照我们以前旅游的经历，到一个城市不坐地铁，好像没有来过这个城市一样。以前我来广州几次，都是朋友用汽车接我，对广州不了解。中国的变化太大了，硬件比欧洲、北美洲发达多了，光从地铁这方面看，多伦多属于第三世界。这东西没办法，因为那里盖地铁要盖很多年。问题是它那边没有那么多人口，修地铁的成本难以收回来。广州这么多人，你看上下班高峰的人流吓死人，成本几年就会收回来。所以我回去肯定要抽点时间写几篇散文，实实在在地歌颂中国的发展，不写空洞的东西，光中国的地铁就可以写一篇很好的抒情散文。昨天到香港特意经过港珠澳大桥，为了去看一下港珠澳大桥，我多花了40块钱，多花了一个小时，我得体验一下，我们所谓的文字工作者就需要体验，不体验这个大桥，车子都没经过，你怎么去写港珠澳大桥？这是非常值得写的，这么壮观。行驶在港珠澳大桥上面，好像开在国外的高速公路上，非常平稳，这种感觉非常高大上，很舒服，可以从这方面去写文章。

  我们有一个比较大的特点，就是越到国外时间久了，爱国的情绪会越来越浓厚，明年我爱国的程度要比今年高。当然爱国也不是空洞的，拿以前的话讲起来，爱国也要有本钱的。就是说要有自己的东西，我们今年也碰巧遇到了新中国成立70周年，写这样一部小说，现在已经被推荐为江西省的十大阅读书之一。这本书就传达一个很明确的信息：中国的企业要赶快进行改革，要从中国制造到中国创造，这样的话我们也不怕中美贸易战，国家强大了，我们的产品内需就解决了。各行各业如果能够创造多一点产品，老百姓的日子就会过得更好。这个角度就是说，希望传递一个很明确的信心。《中国芯传奇》我就讲到这里，给你们十分钟时间提问一下，然后我就接着讲英文版的书，当中又有很多另外的故事。大家畅所欲言，谢谢。

学生：老师，我很欣赏您书中与时俱进的部分，那我想请教您一下，小说中有没有您认为的具有永恒价值的东西呢？

孙博：永恒价值就是人学。文学为什么必须安排比较好的爱情和感情线呢？因为文学就是人学。曹雪芹的《红楼梦》为什么好？因为贾宝玉、林黛玉这两个主人公刻画得好。我们的小说还传达一个很明确的信息，现在不要一讲东西方文化就认为它们是相抵触的，东西方文化很多方面是产生共鸣的，有共通之处。比如人类的大爱、对爱情的追求是相通的，为什么一个洋人喜欢中国女孩子呢？因为对美的追求，可以跨越种族。所以用文学将人性刻画到位，这样作品就有永恒的价值。现在我们用的高科技元素只不过是作为一个工具来创作，但归根结底还是要刻画一个人物，把人物的个性通过这个故事表达出来。还有一个问题是你一定要突破常规。以前好像一讲东西方文化，男女婚姻破裂，就归因于东西方文化的差异，这个差异当然也存在，但是东西方文化也有相通之处，可以和谐共处的。因为我这部作品中牵扯到三号男主人公就是一个洋人，巧了，这本书另一个作者曾晓文她先生也是个洋人，她在东西方文化交融方面的体验也比较到位。

学生：您说过这本书是彰显主旋律的，那您是否会考虑把这本书翻译成英文，让外国读者也阅读我们的中国故事呢？那在把这本书翻译成英文的过程中，是否会考虑到外国读者的审美倾向和阅读视野跟我们不同，从而进行一些改变呢？我很好奇这些改变的部分。

孙博：你问了一个很好的问题。当时我们跟出版社签约的时候，牵扯到版权输出这一块，我们并没有马上答应出版社出翻译版。说实在话，这样一个主旋律的书翻成英文，到底有没有读者群，我们心里也没有数。你的内容决定了你有没有读者。当然你硬是要翻译、出版也可以，提供一定的经费，就可能上亚马逊那个网站上卖，就看有没有人去买了，所以说题材非常重要，等下我会讲的一个主要的话题就是这个。比如像刘慈欣的《三体》，他运气非常好，遇到一个美国华人自己对这本书感兴趣，就帮刘慈欣翻译了，后续也联系了出版，而且《三体》这类科幻题材在国外也是比较热门的，国外的人觉得中国人能够写出这样的作品，是比较神秘的。还有麦家的解密题材代表作《风声》等，在国外也卖得不错，因为西方以前没看过这样神秘的题材，他写情报和解密的档案我们也喜欢看的，因为我们也没看过，所以它在国外还挺畅销的。中国的其他一些大牌作家，他们的外文书在美国很少有人买的，余华的书还稍微可以，有些人的小说在国外人家根本都看不懂。贾平凹写的散文和小说都很好，可是很难翻译，他用了很多当地的土语，怎么翻译呢？就算翻译了外国人也看不懂，变成了很多注解的学术书，待会儿我会说中国作品怎样走向世界。你提的这个问题的答案就是，我们心中有数，知道这部小说适不适合转换成另一种语言给别人看，当然可以找出版社、找经费来投资，作为一个工程来做。不过首先还要看这本书的中文版销量，以及中文版的知名度能够走到多远，如果能够走得远，或者获了什么奖，那么就变成另外一个故事，到时候再看怎么操作，所以我们暂时还没有请人去翻译，想放一下，先看看中文的效果怎么样，谢谢。

学生：老师，我想问一下，之前美国对华为进行芯片制裁，引起了官方乃至民众的情绪的焦虑，本来中国对当代科技发展是持比较自信的态度，结果在尖端科技方面出现了有点自卑的情绪，以至于现在很多民众谈到中国科技时都会有一点不自信。我觉得您的《中国芯传奇》，讲改革开放以来中国科技的发展和超越，可是，我们的芯片科技还没有达到领先水平,所以我觉得您这本书好像有一点超前性。假设这本书在近期出版或者改编成影视剧,可实际上芯片科技产业若还没有达到让人自豪的实际现状,您觉得会不会出现一些质疑,说您在为中国科技自吹自擂?我会担心有这样的问题。

孙博:这个问题很好,我这次回来到暨南大学、南昌大学、上海外国语大学等四个大学开讲座,一些朋友在微信群里面,还有跟我私下谈了同样的问题。实际上,我们当初写的时候已经考虑了这个问题,所以我们当时设计芯片的时候,就使用了一个比较模糊的概念,我们采用的名字叫"多媒体芯片",我们没有指明是手机芯片还是电脑芯片。"多媒体芯片"实际上也是根据一家公司的产品来取名,那家公司研究了一个多媒体芯片,它有知识版权,并且在美国拿到了知识版权。事实上,它是电脑摄像头里面的一块芯片,但是我们把它笼统地说成"多媒体芯片"。我们不可能说它是手机芯片,因为手机芯片现在中国还是从美国进口的,美国如果制裁,中国就要花精力去研究,要经历大量的研究,不是马上就能生产出来的,没有好几年是生产不出来的,所以我们当时已经考虑到这样的因素,就使用了"多媒体芯片"的说法,把它的概念模糊化,让它的可信度高一点。

我们这个小说的每个细节都是真的,然后整体是虚构的。不过正好巧了,我们创作的时候根本就没有中美贸易战,中兴和华为的事情根本就没发生,这就很巧了。因为我在国外20多年,做了20多年的新闻,很多评论家一直讲我是个时代的弄潮儿。我有部长篇小说《回流》,是中国第一部海归派长篇小说,上海一家公司买了影视版权,我还写过一本《小留学生泪洒异国》,下个礼拜我会到北京去跟影视公司谈这本书影视改编权的问题。所谓的弄潮儿,说白了我是"左手做新闻,右手搞创作"的人,到现在我还是保持这样的状态,但是有很多的题材,你是不能随便写的,要看看现实生活到底是怎样的情况。最近我也碰到这样的例子:本来我有一个项目是要做的,后来考虑到眼下中国这方面实际状况确实是比较落后,我就不能随便写,所以我就把一个影视剧的剧本退了,所以我们一定要想办法把有些问题避开。

学生:想问一下老师,这个故事的时间背景是什么时候?

孙博:时间背景是写了1991年到2011年。

学生:我们看到这个书名,更多地会想到是科幻小说。

孙博:对,这个书名是我们的备用书名,结果被他们采用了。

学生:但是书名说是"传奇",是过去已经发生了的事,所以我就有点疑惑。

孙博:对,因为这本书本来叫《心芯相印》,心里的"心"与芯片的"芯"相应。那是我们的第一选择,比较文学化,而这个是我们当时提供的第二个书名。最后出版社考虑过后采用了第二个名字。

学生:老师有没有想过与一些科学研究的科普作家进行合作,和科学家合作进行类似芯片这种高科技题材的科幻小说?

孙博:因为我从小数学成绩比较好,逻辑能力也比较强,一直想写科幻小说,可没时间,写科幻小说需要一些其他领域的知识。刚刚你讲到一个问题,就是说我写杀人犯,可我并没有杀过人,所以我不一定要找科学家合作,因为他们比较麻烦,思维比较单一,按照专业角度思考,我作为作家不一定要与专业的人去合作,会有各种各样的问题。不过,我碰到问题之后会请教他们,请教他们就比较好。现在互联网给我们带来了很多好处,查找资料很方便,但是资料的查找工作好像做学术研究一样,要查三到四个地方,你光查百度不行,光查谷歌也不行,可能你要查很多的工具书。这就需要很严谨的科学精神，你要判断百度的条目、国外的维基百科那些资料是不是准确。我通常养成一个习惯，以前学文学理论的时候，就知道要判断和比较一下这些资料的真伪。现在网上很多东西只是人家发了一个帖子，可是很多地方就把它直接公布出来了，它并不是一个真正准确的概念。比如中药，这个专家讲这个药有什么作用，那个专家讲的是相反的，那就需要找第三方的资料。因此，我们上网要用科学精神，要去辨别一些资料。现在网上找资料很方便，但方便的同时也带来很多困惑，因为有很多假资料。按照网上讲的，那我们现在什么东西都不要吃了，今天不能吃鱼，明天不能吃肉，鸭子也不能吃，鸡也不能吃，早上什么东西也不要吃，可是我们不吃早餐怎么去工作呢？所以你自己要去辨别真伪。

我15年前为了写上市题材内容的书，想要写清楚这是怎样一家公司，怎么上市，可是那时候几乎找不到中文资料，没办法，只能在网上找些英文资料，在美国交易所网站上去看人家上市的过程。为什么我喜欢写不同领域的小说？因为写作也是学习的过程。我原来对上市那些东西也不懂，上市有几个过程，怎么个弄法，你必须要去看资料，你写的小说才会成功。比如你写中药题材，你好像也变成了一个小小的中药专家，必须要弄清楚中医是怎么回事，那自己就要一边写一边去学习，学习新的知识。几乎所有题材我都会写，可我有一样东西是不碰的，就是历史题材，写唐朝的、宋代的，我肯定不会去碰，因为要花的精力太多了，可能足够我写几部长篇。当初宋朝的唐代的人穿什么服装，喝什么酒，讲话的语言风格是怎么样的，你都不能写错。我做新闻工作，也喜欢碰当下题材，但是写当代题材并不讨巧，不好写。因为我写的东西都是现在发生的事情，全部是大家非常熟悉的生活，要写得好并不容易。

我之前的《回流》出版，先在天津《小说月报》全文刊登，一本杂志基本就刊登这部作品，然后中国青年出版社出了《回流》，后来被买了版权。也就是说，你自己把握主旋律的题材，同时要把故事讲得好，要对自己有信心，哪怕是主旋律的，也没问题。北京有个作家叫陆天明，他也是写主旋律的作家，他是故事高手，编故事编得好，把握好主旋律，讲好故事就没问题。

二、我怎么创作《茶花泪》

——兼谈中国文学如何走向世界

这部书的中文名叫《茶花泪》，2001年由中国青年出版社出版的简体字版本。第二年台湾有家出版社出了繁体字版本。《广州日报》及加拿大的一份华文报纸也连载过。当初很多电视台来采访我，还有几家影视公司，都要买版权改编成电影或者电视剧，可是到最后也没成功，因为这个题材比较敏感，我讲的是一个上海女孩子跑到东京，然后再转到多伦多，她为生活所逼迫，从事了卖笑生涯。我当初为什么会写这样一部小说？因为2000年我出版了第一部长篇小说《男人三十》，写三个分别来自海峡两岸暨香港的男人在多伦多的奋斗故事。写完之后，我就考虑下一部小说写什么。这时，我周边发生了很多真实的事件，有的新移民跳楼自杀，双料博士找不到工作、婚姻发生危机跳楼自杀。还有很多女孩子为付学费，为生活过得好一点，从事陪酒生涯。我当初在一份中文报纸做新闻编辑，同时兼任这份周报的特约记者，报社让我每个月写一篇到两篇特写，题材由我自己去找。

那么我就很容易地碰到这个题材。我当初构思下一部长篇小说，就把它糅合在一块，先写一些采访的东西。当然我会用A、B、C、D的化名来写。我去采访按摩女郎，到街边去采访一些站街女，去酒吧采访那些人，去跟她们交谈。当然她们不太愿意跟你交谈，特别是那些马路上的妓女。她们有时候也没什么生意，我就去买包香烟，给她们抽香烟。她们问你干什么的，我说只是跟你们聊聊天，因为我也不能和对方讲我是新闻记者。然后她们就说，我讲故事可以，你给我十块钱二十块钱，我就给你讲十分钟二十分钟。我说可以。于是，我就采访了六个人，大部分是外国人，也有中国人。我把五到六个女孩子的故事融合到主人公——章媛媛的身上。

创作这个作品的目的是什么呢？是想引起人们去思考是不是值得移民，什么样的人值得移民，什么样的人不值得。移民无论是从物质方面还是从精神方面讲，都是一个脱胎换骨的过程，是很痛苦的。包括我们自己也有这样的经历，从一个国度到另一个陌生的环境，完全是另外一种生活。我明确的信息就是让人家去思考，但是这个也不能讲大话，说一些空喊的口号。那阵子正好流行侦探小说，我就考虑怎么把这作品像写破案故事般吸引人。

我还要向文学大家小仲马学习，站在大师的肩膀上，于是重读《茶花女》。茶花女的悲剧，我归纳为社会原因，不是每个女人天生就喜欢从事这样的职业的，是被生活所迫，她才走上这条不归路的。但现在这个年代，你再写一部《茶花女》的续篇是没有人看的，你还变成抄人家的东西了。

现在有现在的故事，那么旧瓶怎么装新酒？那时候正好流行侦探小说，我就想怎么把它糅合起来，最后终于想到了。故事开场就是一个很有名的世界景观——美加交界的尼亚加拉大瀑布。瀑布下游800米，发现一具女尸，警方用直升机把尸体吊上来，然后逐步侦破。故事包括谋财害命、殉情自杀等情节。慢慢地侦破下来，发现她的遗物，后来又发现了她的日记，到最后一章谜底终于揭开，她是跳河自杀的。开头到最后总共有100节，20多万字。龙源期刊网连载我的作品，连载了100天，我每天给他们2000字左右，很多读者留言说很好看。书稿给了中国青年出版社，尽管题材敏感，还是通过了审查，然后小说就很顺利地出版了，而且反响也非常好。于是有几个大导演、制片人就跟我谈买版权的事情，从北京追到广州，连价码都谈得差不多了，就差签约了。但是，最终因为种种原因未成。小说可以出版，可是影视作品比较难，会牵扯到各方面的更多问题。

后来过了一年，一个朋友打电话给我，他说你的书再版怎么改了一个这么俗的名字？我问他什么书的名字，他说这本书改了书名叫《茶花女与帅哥》。我说我没有同意改，出版社再版也没跟我讲。于是我打电话给中国青年出版社的责任编辑，他说没有再版过。显而易见，那是盗版书。我打电话给我大哥，才知道我的书在上海地摊上有售，把书名改了，封面给了我面子，还是写我的名字，然后里面任何东西都没改。我看了觉得有点气愤，盗版书在侵犯我的知识版权，又没给我稿费。然后第二天我睡了一觉醒过来考虑，有人盗版我的书，证明我的书好，阿Q精神一下。盗版的书都是有销路的，没有销路的书他不会盗版的，他盗版也是要花精力的，是要投资的。比如说一本书是20块钱一本，他盗版的书他就卖10块钱一本，还是有利可图的，我估计我那个书盗版的有10万册以上，当时中国青年出版社第1版就印了2万册。那么我就有信心了，这本书肯定能够成为畅销书的。我想，等哪一天影视剧的时机成熟了，这本书肯定会再版推出来的。

前几年，一帮文友到我们家里来玩，大家聊天。其中有一个是上海外国语大学原副教授孙白梅女士。她翻译过中英文对照版的《欲望号街车》，有很强的翻译经验。她跟我说，在加拿大20多年，做了16年多伦多图书馆的工作人员，明年就退休了，都不知道怎样安排大把时间。我说那很简单啊，可以翻译我的小说！我就随便跟她一讲，她说你有好几本小说，翻译哪一本好，我说《茶花泪》可读性较强。她说那我再把这小说看一遍。下个月，她给我打电话说：孙博，我准备翻译了。我说：好，你翻吧。我当时也没有把它当回事，就觉得那么厚的一本书她怎么可能翻译呢？于是我就没有在意这件事，就对她说哪天翻译好了就跟我讲。结果，一年以后她打电话给我了。她说，孙博，我翻译好了，然后她说自己还请了一个外国的同事，是她们图书馆的馆员，相当于正教授级的。她说这个洋人拿了法文和意大利文学的学位。我突然之间就感到压力大了。我当时就和太太说，怎么办？还要出版，因为当时讲过的，她负责翻译，出版由我来想办法。我出版了十几本中文书了，这对我来讲是小菜一碟，我感到是非常简单的。后来，在网上查才发现，出版英文书这么麻烦。绝大多数外国的出版社跟作者是没有直接来往的，出版要通过代理人公司，就像演员代理人、经纪人一样。于是，我在网上找到台湾的两家版权代理公司，都是很不错的公司。其中有一家就给我回音了，他说我们看了这本书的中文版，觉得不错。第二个月，英国一家很大牌的出版公司写了一封热情洋溢的信来，他说你这本书我们很有可能把它打造成中文版的《白日美人》，那是20世纪60年代经典的法国电影。当时我觉得这不得了了，我的书这可以和世界名著相提并论了，很有可能就出版了。等了三个月之后，出版社可能经营方面有问题，同时也受到现在这个时代的影响。他们说纸质版卖得不好，因为受到了网络冲击。他说暂时要再等一下，他说如果有可能，你自己可再去找别家出版社，就是人家婉言拒绝了我。于是我又接着找其他出版社，找了好几年，你们难以想象花了多少时间。后来一家美国的公司，规模不太大，说看好我的书，说要跟我签约。结果本来去年9月份出的，到12月圣诞节还没出。对方说公司比较忙，我就想是不是跟英国的那家出版社一样，也准备不出版了，对方说你放心，合约内讲好三年内出版。今年的二三月份，我跟他们写了E-mail，然后他们说正在安排。4月初，我说我准备回国，他们就问我回国干吗，我说我要出中文书《中国芯传奇》，他们说正在做英文版的《茶花泪》，会在一个礼拜里面给我赶出两本样书来，一本让翻译校对，一本让我带到中国去，也做个宣传。校对仅花9天就完成了，才发现了12个单复数小问题，可见翻译质量很高。5月15号在美国亚马逊上推出，然后还要参加美国的一些书展，有机会去让其他语种的人看中。当初我只是随口一说，就引出了这本书的出版，所以以后讲话要小心，因为后来我变得很有压力。孙白梅女士翻译的时候已年逾古稀。她从来没有翻译过25万字这么厚的中文书，花时花力，她将它作为自己的一个很大的成就。当然我一定要让这本书出版，我想再等一年，如果还是出不了，我就自己掏腰包出版。一定要对得起人家，因为当时我们讲好你就负责翻译，我负责出版。谁知道在这本书的出版上我花的精力是出十几本中文书的总和，要不停地跟代理公司或出版社联络。很多出版社，美国的、英国的、澳大利亚的、加拿大的……很多人就不理睬，有的公司说可以，让你把这本书打印出来寄给他们，其实就是在婉言地拒绝你，对不对？这段经历真的痛苦，折腾了好几年。不过总算给翻译者有个交代，也满足了一下自己的虚荣心，我的作品有了英文版。这本书出版不容易，所以说中文作品要走向世界，走向国际，谈何容易？首先要有好的外文本子，有外文翻译支撑。

中国当代作家中有名的几位大家的外文版书，十个指头都数不满的。就是说有人翻译你的书，并且你的书要好卖，做到这种的没有几个作家，很难的。你写的故事背景如果是N年前发生的，洋人不会感兴趣。我还有一个想法，我的书出了英文版，既然已经有国内的大导演、制片人曾经看中，未尝没有外国的电影导演看中呢？我有了英文版，就去找1%的希望，撞撞运气嘛。

《茶花泪》写一个中国女孩子的卖笑生涯，30年心灵成长史，怎么从上海一个普通家庭出来的女孩子能到东京，然后到多伦多，牵扯到海外移民生活。这作品具备了好莱坞片子的几大要素，一个是妓女，一个是爱情，一个是黑社会贩毒等。绑架、谋杀、自杀都有，所以说我让它在市场考验，看自己运气好不好。现在不管怎么样，英文版能够出版了，我对翻译者也有了一个交代。自己有一本英文的长篇小说确实也很不容易。我的短篇小说翻成英文版本的或者韩文版本的都有，短篇的翻译比较容易，短篇的可以被别的书收录在里面。所以说中国文学走向世界，并不是我们想象的那么简单。除非是政府行为，国家有关部门的出版基金赞助，不然要出版真的很难。

学生：老师您好，您的《茶花泪》里讲一个妓女自杀的故事，不知道您有没有看过一部香港电影《踏雪寻梅》？讲的也是香港的一个底层妇女自杀，之后警方追查，发现她也是一个妓女，在经历生活艰辛之后很绝望，最后是她的一个嫖客应了她的要求把她给杀了。我觉得您这小说也是反映了多伦多底层妇女生活的悲惨现状。但让我感到非常好奇的是，您采用的是侦探查案的手法，我想问这种手法对这部作品的行文布局和思路的引导有什么特殊的意义吗？

孙博：你讲的这部电影我知道，但我没看过。我这本小说出版之后，一个文友讲日本一个作家写的一部小说，情节跟我差不多，我忘记了是哪一个很有名的作家，但其实我也没有看过。当初我设计情节的时候，曾看过《茶花女》，后来我写之前又看了一遍，借它的母题来发挥，我写的是现代《茶花女》。盗版书的名字尽管俗气，也是有道理的，叫《茶花女与帅哥》，名字起得还蛮准的。我为什么拿侦探的东西来写呢？因为在20年前，侦探元素在美国小说中其实是非常多的，中文版的书也翻译了很多。我这个人从小就喜欢听稀奇古怪的、古灵精怪的故事，以前我们读书的时候，也是会看这一类手抄本，比如那些太平间发生的故事，我就很喜欢看，因为当时很好奇，觉得好玩，而且这类作品故事性非常强。在这个时代，如果还写《茶花女》的续本，没什么意义，无法激起人的共鸣，而且这种表现手法太传统了。《茶花泪》就是侦探小说，谜底在最后的第100节才公布。我把中文版写出来后，我大哥看了说："我已经很多年没有看长篇小说了，但是这一部我从头看到尾。"说明我这部作品能够打动人，而且像追电视剧一样，会让人很想把它追完，不断地有人追问，这个女人到底怎么死的？我就不讲。我就说你慢慢看，讲了就没意义了，对不对？用侦探形式就是一种表现手法。我比较喜欢新的东西。美国评论家陈瑞琳曾就我几部长篇小说写过评论，说我每部长篇小说的架构都不一样。我不会去抄袭别人，这是肯定的，这也是版权问题，我更不喜欢抄袭本人。莫言讲过，抄袭本人也是属于一种抄袭。我每部长篇作品的立意和架构都是不一样的。另外我也通过这部小说试一下自己从侦探的角度来写作的功力。这部作品当时在网上连载了100天，号称是"全球首部网上原创移民爱情小说"。凌逾老师研究过少君先生的作品，是属于纪实类的东西，我这部不同，属于虚构类的，龙源期刊网连载了100天，下面的跟帖和反应还是不错的。很多人都在问她到底怎么死的，我就说等到第100天我就公布了。这样交流就比较好玩，文学事实上是很好玩的，现在也被有些作家搞得不好玩了。

孙白梅老师翻译时给我统计过，这部小说25万字，用了200多个成语，我是中文系毕业的，喜欢用成语，还用了很多唐诗宋词，因为主角是妓女，古代妓女很多都喜欢诗词，精通琴棋书画，我也在刻画一个精通琴棋书画、唐诗宋词的形象。除了唐诗宋词，我还会用一些比较好的现代诗歌，如余光中、舒婷、北岛的诗歌都会用。但是，我写中文版的小说用起来容易，英文翻译就很难，有的诗歌根本没有英文版本，孙老师就要去翻唐诗宋词。

我还会用到上海的一些俚语，因为我是上海人，我的主人公是上海的女孩子，比如"马大嫂（买、汰、烧）"，"买"就是买东西，"汰"是洗东西，"烧"指煮菜，意思是上海男人生活能力强。孙老师也是上海人，这部分她完全能够翻译。但是，我讲到广东话的时候，孙老师不是广东人，她就不会了。比如"地下钱庄"，我会讲广东话，可是孙老师不太懂，通过上下文，她觉得这应该是"借钱"的意思。我说不准确，"地下钱庄"是放高利贷者的俗称，英文有这个词The Loan Shark，香港也有同名电影《地下钱庄》。

《茶花泪》女主人公从日本东京来到加拿大，我写的时候还请教了几个留学日本的好朋友，请教他们日本人的名字，日常用什么东西，怎么讲话。孙老师在翻译的时候也遇到问题，我的日本朋友也很忙，不能总是麻烦人家，他们也不太懂英文。后来在多伦多发现一个很厉害的人，精通英国文学、日本文学，他就跟孙老师说，这个词是怎么怎么样的,中文怎么讲,日文怎么讲,英文怎么讲。最后,孙老师花了一年的精力,才把这部作品翻译出来,所以翻译这本书是非常难的。

学生:老师您好,我前段时间阅读了加拿大华文文学作家张翎的《交错的彼岸》,女主角是黄蕙宁,这部小说也以侦探的形式进行,以黄蕙宁的失踪开头牵引出故事。我很好奇,您的作品和张翎的作品是如何通过侦探的方式慢慢地揭开女性的命运轨迹的呢?

孙博:张翎是复旦大学英美文学专业毕业的,也用中文写作,电影《唐山大地震》的原作者,近年出了不少书。我认为,什么题材就拿什么形式来写,不会特意去取悦读者。我创作的时候就考虑,按照《茶花女》续集的方式写《茶花泪》没多大意思。可读性不强,刚好当时也掀起了一股侦探热,相关的中英文书出了非常多,我从小也喜欢看这些东西,就正好迎合起来,所以我就试了一下,之后发现还算有点效果,说明我的实验是成功的。以后关于侦探方面的套路我可能还会碰一碰,当然现在一定要融合高科技、多维空间等元素,就像刘慈欣写的《三体》,我粗略翻了一下《三体》,里面有不少高科技的含量,但主要还是要讲好一个故事。其实,小说的内核就是故事,故事讲得好,才有市场,别人改编成影视剧本也容易改,有些文学作品就没办法改成影视剧。

学生:老师,您刚刚在说《茶花泪》的时候,其实一开始也谈到小仲马的《茶花女》。我想知道您是怎么看待文学创作中过去与现在、传统与当下的关系的?因为我刚才发现您的小说里写了很多留学生海归、回潮这种现象,您怎么看待华文文学写作中走出去和回流的现象呢?

孙博:我们的创作来源于生活。如果现在你再去写"北京人在纽约"这些陈旧话题就没有多大意义。有一些文友跟我很熟,也知道我跟出版社较熟,于是就把一些几十万字的长篇小说拿给我看,我看了之后，跟他们说，这样的作品是没人给你出版的，因为这个题材太旧了，还是停留在"北京人在纽约"的这种水准，这样的作品我也没办法帮你推荐。这个年代写10万字就是一个长篇了，再加点插图，字印得大一点。

这种作家关起门来写作，闭门造车地去写，不考虑市场，这样子不太会成功，除非是莫言。但是，莫言也会考虑市场啊，不考虑的话他的作品也不会畅销，哪怕是他获得了诺贝尔文学奖之后。这是市场经济时代，每个编辑必须拿到好的作品，他才会给你出版，这样才有人买。所以，你一定要考虑你写的东西是有人看，有人要的。有一些作家也可能想名垂千古，按照自己的想法写，这种事情也会发生，但是概率比较低，当然，在世的时候出名最好。所以我一直在强调作为一个作家，你的作品要考虑市场，不考虑市场，你离成功就比较远。

我们都知道很有名的作家严歌苓，她前期在美国生活了一段时间，但她写关于移民文学的东西很少。她后来在北京居住，大部分时间在写中国的陈年故事，很多编成了电视剧。她也是一个海归啊，其实她就是一个中国作家。像陈河、张翎，他们是中外两边走的。陈河的题材大多数写战事的，他曾当过兵。像加拿大的李彦，能拿中英文来写小说，最近还出版了有影响的白求恩方面的著作。所以我们很难划分他们是移民作家还是国内作家，就像我们讲的专业作家和非专业作家也无法划分。在我看来，作家是没有专业和非专业之分的，你写出来好作品，那你就被称为作家。别人不会说孙博你是做新闻工作的，那就叫作兼职作家。

日本很多拿过文学大奖的人，有的是医生，但也是作家。很多海外作家回流了，像严歌苓、虹影等都是生活在国内。虹影写的基本跟移民没什么关系的，《饥饿的女儿》写她在国内少女时期的生活。其实是看每个作家擅长什么，擅长什么就写什么。就像德国作家托马斯·曼所说

"我在哪里，德国就在哪里"。诗人洛夫先生也讲过"我在哪里，中国文化就在哪里"，你们不要觉得我从台湾移民温哥华了，这样中国文化就变了，我跑到哪里，中国文化就带到哪里。本人身在多伦多，但我也可以写中国题材。

我写的中国题材和中国故事要站在中西文化交会点上，要写出自己的特色来。有些人说我是海外专写主旋律的作家，我并不在乎这样的标签，甚至想一直把主旋律进行到底，关键是写出动人的故事。

凌逾：非常感谢孙博老师，今天给我们分享在中西文化视角比较下的写作经验。我们文学院的讲座多邀请学者主讲，邀请作家来做讲座比较少。借此难得的机会，我们可以好好了解一下创作的艰辛、中外文化交流视域下的作品特色、翻译的艰难。这次讲座我们听到了很多令人深思的话题，尤其是主旋律的故事如何写得出彩，值得中国和海外作家深入思考。从海外角度来切入主旋律故事能给人带来新的思想冲击，高科技以及中西文化的交会也给文学史带来新视野。国内作家不大关注国际化的话题，过去多写农村乡土题材，后来城市题材渐渐多起来。海外华人作家创作日益多元，很有文学史价值。我们不要小觑海外作家，他们越来越厉害。应有更多硕博士生来研究海外作家。在日新月异的网络时代、高科技时代，如何把新型元素融入到创作和研究中去，这是我们新一代创作者和研究者应该思考的。今天孙会长给我们带来不少新课题、新方向，值得我们在以后的学习和教学中加以拓展思索，感谢孙会长！也感谢在座各位前来聆听！谢谢！

（研究生肖小娟、邓媛、丁一、谢慧清、李婉薇、夏婉琦、刘玲、刘倍辰、霍超群整理，凌逾、徐诗颖审订）

叩应
——访谈录后记

写作，多是蚌病成珠，呕心沥血，写者深溺其中，疗人愈己。生命本身是最好的驯兽师。卡夫卡说，写作是"拆掉生命的房子建造小说"。而学者研究某个作家、某种文艺现象或某种文化理论，多因心有戚戚，心灵共鸣，感同身受，浇心中之块垒，生命凝结，深藏其中。

访谈，架起一座桥梁，通向心灵之房，侦破心之迷宫密码。访谈，其实多数因为偶遇：或是学术会议上碰到了；或是新书发布会、讲座时，逮着了。实在是机缘巧合。

从2015年至2020年，五年时间，得访谈录19篇，自己都觉得诧异、惊喜。

其实，更经常的是，难过，因为错过。或是时间对不上，或是临时因事取消，或是因疫情延误。总之，因为各种原因，机缘不巧，也错过了很多想访谈的作家或者学者。

譬如，极想访谈的西西——我的博士论文研究对象。经年研究西西作品后，还是觉得不够了解作家自身最真实的想法，类于盲婚哑嫁。可惜的是，西西深居简出，谢绝颁奖典礼或者访谈问候等一应繁文缛节。我们仅有一次在东莞布偶展偶遇，但也是匆匆而过，不敢贸然提出访谈要求。访谈就像人生，充满了遗憾。

"善待问者如撞钟,叩之以小者则小鸣,叩之以大者则大鸣。"《礼记·学记》的经典语录,台湾将之化作"叩应"(Call-in)电视节目——即时现场直播,让观众致电与节目主持人或嘉宾直接对话、发表意见,也叫"Phone-in"节目,香港译作"烽烟"节目。这些关于访谈的新词听起来相当跨界,很是趣致。叩与鸣,旗鼓相当,最好。只是担心,问者愚顽,未能将答者的智慧光华尽数展现。若此,致歉。

感谢接受访谈邀请的教授作家们,多谢他们的用心、精心、耐心、静心、暖心的回答,让我们感受短暂时间里的生命密度、人间美好。这些访谈录多已刊发,多谢这些杂志主编和编辑们的热心支持。这些访谈也见于笔者主持的"跨界经纬"(原名为"跨界太极")学术微信公众号,有一定的阅读量和点赞量。本书初拟名为"问道",遗憾已有珠玉在前,无奈又想改为"问之道",好像也妥帖,最终,还是取了现有书名。

在寻求访谈录出书过程中,咨询了好多家出版社,也多得热心的访谈者帮忙询问,更感谢学校和学院领导的鼎力支持和出版资助。花城开出的访谈花,"结果"在花城出版社,这样相生相应的因缘何等美好。盛赞热心人,温暖的善意是人间的灯火。

2020年3月30日

附录

原文发表出处：

一、跨界论：

1．少君、凌逾访谈：《网络时代的跨界写作——少君访谈录》，《网络文学评论》2018年第3期，总第6期。

2．少君、凌逾访谈：《冲浪于网络文学潮头——少君与凌逾访谈录》，《网络文学评论》2017年第2期，第179~188页。美国《亚省时报》22版B2文学栏目连载五期，2017年3月10日第1094期至4月7日第1098期。

3．凌逾：《点亮"新古韵"——葛亮访谈录》，《文学评论》（香港）第51期，2017年8月。《回归古现场——葛亮、凌逾访谈录》，收入李森主编，林建法、宗仁发执行主编《学问：中华文艺复兴论8》，花城出版社2018年11月版。

4．凌逾：《与潘国灵先生对谈录（上）——关于长篇小说〈写托邦与消失咒〉及其他》，《城市文艺》（香港）2017年2月20日；《与潘国灵先生对谈录（下）——关于长篇小说〈写托邦与消失咒〉及其他》，《城市文艺》（香港）2017年4月20日。凌逾：《潘国灵：穿透表象看到被遮蔽层面》，《羊城晚报》2020年4月26日。

http://ep.ycwb.com/epaper/ycwb/html/2020-04-26/node_6.htm

http://www.chinawriter.com.cn/n1/2020/0427/c405057-31688886.html

二、学术论：

5．赵稀方、凌逾：《赵稀方学术答问录》，《学术评论》2019年第2期。

6．刘俊、凌逾等：《中国作家的海外"遭遇"》，详见"跨界经纬"公众号。

7．凌逾、张松建：《现代主义、跨国流动与南洋文学——张松建教授访谈录》，《世界华文文学论坛》2018年第3期。

8．陈瑞琳、凌逾：《关于海外华文文学的新思考》，《创作评谭》2019年第3期。

9．《赛博时代的可能世界互动叙事——中山大学"南方文谈"沙龙发言摘编》，《苏州教育学院学报》2018年第5期。

三、美学论：

10．凌逾、徐诗颖、张衡等：《笔墨跨界舞，故国梦重归——作家施玮〈故国宫卷〉访谈录》，《名作欣赏》2020年第3期。

11．听香相遇朵拉情——朵拉、凌逾访谈录，《语言与文化研究》第14辑，光明日报出版社2019年2月出版。

12．凌逾：《Footnotes：写画感觉的大书——唐睿访谈》，《苏州教育学院学报》2017年第5期。

13．黄劲辉、凌逾访谈：《港派文学大师影像之世与界——访问黄劲辉导演实录》，《香港文学》2017年6月号。

14．凌逾、林兰英：《沙城筑文——论〈写托邦与消失咒〉改编剧〈洞穴剧〉》，《城市文艺》第97期，2018年10月，第84~90页。

四、传播论：

15．凌逾、黄丽兰：《陶然访谈录：斟饮〈香港文学〉办刊之苦甘》,《香港作家》2015年11月号,陈桂花、黄丽兰整理,第17~20页。

16．陶然、凌逾：《对话陶然：文学创作与香港文化漫谈》,收入曹顺庆、张放编:《华文文学评论》(第四辑),四川大学出版社2016年11月版。

17．凌逾、霍超群、林兰英：《"小而精致,而非大而无当"——向〈香港文学〉总编辑陶然提问》,《博览群书》2017年10月号。

18．《中国芯、中国造如何走向世界——孙博、凌逾等座谈》,详见"跨界经纬"公众号。